1 한국 여성문학 선집

1898년—1920년대 중반

여성문학의 탄생

1898년—1920년대 중반

여성문학의 탄생

1

한국 여성문학 선집

여성문학사연구모임 엮음

민음사

책머리에

『한국 여성문학 선집』을 구상하고 모임을 꾸린 2012년 이후 12년 만에 책이 출간되었다. 연구 모임 구성원 중 김양선, 김은하, 이선옥, 이명호는 1990년대 한국여성연구소 문학분과에서 페미니즘 문학을 함께 공부하던 인연이 있었고, 이희원은 한국영미문학페미니즘학회와 협업을 모색하면서 인연을 맺었다. 마지막으로 현대시 전공자 이경수가 객원 에디터로 참여하면서 다양한 장르와 비교문학적 검토를 할 수 있게 되었다.

사실 우리 연구 모임은 더 오래전에 시작되었다. 지금으로부터 30년 전, 옹색하지만 활기만은 넘쳤던 사당동 남성시장 골목에서 큰 가방을 메고 '한국여성연구소'라는 현판이 걸린 2층 연구소로 향하던 한 무리의 여학생들이 있었다. 한국여성연구소는 1980년대 여성운동과 여성 연구의 발전을 토대로 탄생한 진보적인 여성 학술 운동 단체였고, 그 여학생들은 연구소 문학분과의 구성원이었다. 여학생들은 국문학의 문서고를 뒤져 오랫동안 '규수'라는 멸칭으로 '퉁'쳐지고 '여류문학'이라는 이름으로 게토화된 여성문학사를 함께 찾고 읽었다. 이들 중에 우리도 있었다. 이러한 회고는 우리 중 몇몇을 페미니즘 문학 연구의 기원으로 내세우며 역사를 사유화하려는 것이 아니다. 1980년대 후반부터 1990년대 초반까지 제도권 바깥에 일었던 진보적 학술 운동의 바람 속에서 자신을 페미니스트로 정체화하고 한국문학의 남성중심성과 불화하며 이를 의심하고 깨고자 하는 여성들은 어디에나 있었기 때문이다. 이 선집은 그 역사의 일부이자 불온한 여성 독자이기를 자처한 여성 연구자들의 보이지 않는 협업의 산물이라고 해도 좋을 것이다.

페미니즘 문학을 공부해 온 연구자라면 누구나 여성 글쓰기의 역사를 계보적으로 정리하겠다는 꿈을 품었을 것이다. 왜 우리에게는 『다락방의 미친 여자』 같은 전복적인 여성문학사, 『노튼 여성문학 앤솔러지』 같은 여성문학 선집이 없는가? 왜 한국의 여성 연구자는 이 작업을 수행하지 못하고 있는가? 이런 아쉬움과 부채 의식이 우리가 여성의 시선으로 여성문학의 유산을 정리해 보자는 무모한 길로 이끌었다. 『한국 여성문학 선집』 출판 모임을 결성한 후 우리는 2주에 한 번 정도 작품과 관련 비평문을 읽고 연구사를 검토했다. 근대 초기부터 1990년대까지 한국문학장에서 정당한 평가를 받지 못했던 여성 작가들을 찾아내고 이들의 작품 중에서 선집에 수록할 작품을 선별했다. 사실상 근현대 100년을 아우르는 방대한 시대를 포괄하는 터라 작품을 읽는 것도 고르는 것도 만만치 않았다. 작품 선정을 둘러싼 의견 차이로 합의를 보지 못하고 수차례 논쟁만 이어 간 날도 많았다. 생각보다 기간이 길어지면서 모임을 오랫동안 중단한 때도 있었다. 그러나 우리가 그 세월을 버티며 작업을 계속해 올 수 있었던 것은 여성 연구자의 손으로 여성문학 선집을 출판해야 한다는 책무감 때문이었다.

지금까지 한국문학(사)은 남성 중심의 문학사와 정전을 굳건하게 구축해 왔기에 여성문학은 전통을 이어 왔으면서도 그 역사적 계보와 독자적인 문학적 가치를 온전히 인정받지 못했다. 여성 작가의 '저자성'과 여성문학의 '문학성'은 언제나 의심받으며 주류 문학사에서 배제되거나 주변화되어 왔다. 여성문학을 문학사에 온전히 기입하기 위해서는 여성의 관점으로 독자적인 여성문학사가 서술되어야 하는 이유다. 그리고 독자적인 여성문학사 서술 이전에 선행되어야 하는 것이 바로 여성문학 선집이다. 여성의 시선으로 선별된 일차 텍스트들이 만들어진 이후에야 여성문학사 서술 작업을 시작할 수 있기 때문이다. 지금까지 간헐적으로 여성문학 선집이 출판되었으나 시기적으로는 일제강점기나 1960년대까지로 국한되고, 장르는 주로 소설에 한정되었다. 우리 선집은 특정 시기와 장르에 국한되지 않고 근현대 한국 여성문학의 성취 전체를 포괄하고, 여성의 지식 생산과 글쓰기 실천을 집대성하고 아카이빙한 최초의 작업이다.

우리가 작품을 선별한 기준은 남성 중심 담론과 각축하는 독자적인 여성 주체의 부상과 쇠퇴, 그리고 여성주의적 글쓰기의 새로운 내용적·형식적 전환을 보여 주는 작품의 등장이다. 여성 작가들은 남성 중심적 질서에 한편으로는 포섭되고 다른 한편으로는 저항하면서 나름의 전통을 형성해 왔다. 여성 작가들은 포섭과 저항, 편입과 위반의 이중성 가운데서 흔들리면서도 주체적인 여성의 목소리를 발화하고 그것을 드러낼 수 있는 새로운 미적 형식을 창조해 왔다. 우리는 여성 작가들이 수행해 온 주체화와 미적 형식의 창조를 작품 선정의 일차 기준으로 삼았다. 식민지 근대와 탈식민화의 과정을 겪어 온 근현대 한국의 역사에서 여성은 단일한 존재가 아니라 민족, 계급, 섹슈얼리티 등 다양한 사회적 범주가 교차하는 복합적 존재이다. 우리는 여성들의 이런 다면적 경험을 표현하는 글쓰기에 주목해 작품을 선정했다. 기존의 제도화된 문학 형식만이 아니라 잡지 창간사, 선언문, 편지, 일기, 독자투고, 노동 수기 등등 여성문학의 발전에 토대를 이루는 다양한 글쓰기들도 포괄했다.

여성문학 선집이 지닌 '최초'의 의미와 자료적·교육적 가치를 고려해 모든 작품은 초간본 원문을 우선해 수록했다. 근대 초기 작품은 가

독성을 고려해 현대어 표기를 함께 실었다. 각 권의 총론과 작품 해설을 겸한 시대 개관에서는 작품이 생성된 문학(사) 바깥의 맥락을 고려하고자 사회·정치·문화적 배경을 함께 서술했다.

『한국 여성문학 선집』은 시대별로 구분한 7권의 책으로 구성되었다. 1권은 근대화 시기인 1898년~1920년대 중반을 '한국 여성문학의 탄생'으로 조명한다. 시대적으로 한국 근대문학의 출발기인 이때, 신문과 여성잡지 등 공론장에 글을 읽고 쓰는 '조선의 배운 여자들'이 등장했다. 기존 근대문학사 서술에서 축출되었거나 폄하되었던 이 시기 여성 작가들은 계몽적·정론적 글쓰기와 문학적·미적 글쓰기를 횡단하며 '여성도 작가'임을 입증하고자 했다.

2권은 해방 전 일제강점기인 1920년대 후반~1945년 여성문학의 특징을 '계급·민족·여성의 교차'로 제시한다. 식민 통치가 공고해진 이 시기는 여성문학이 계급·민족·성의 교차성을 고민하고 이를 형상화하며 여성 작가로서의 정체성을 확보하려 한 근대 여성문학의 형성기이다. 사회주의와 민족해방, 여성해방에서 변혁의 가능성을 모색하고, 여성주의적 리얼리즘을 실험하는 방향으로 글쓰기의 성격이 뚜렷하게 변화한다.

3권은 해방과 한국전쟁을 거친 1945년~1950년대 여성문학을 '전쟁과 생존'이라는 주제로 바라본다. 해방과 한국전쟁, 포스트 한국전쟁기를 여성문학의 침체기라고들 하지만, 개인 혹은 작가로서 생존을 모색하던 여성작가들은 급진적 글쓰기 활동을 했다. 좌우익이 갈등하던 해방기에는 정치 현안에 적극 반응하면서 문학적 시민권을 획득하고자 했으며, 한국전쟁 후에는 가부장적 국가 재건의 흐름 속에서 실질적이고도 상징적 폭력 가운데 놓인 여성들을 대변했다.

4권은 1960년대 여성문학을 4·19혁명의 자장 아래에서 일어난 '세대교체와 저자성 투쟁'으로 다룬다. 한국 여성문학이 여성문학장과 제도를 독자적으로 형성한 시기이다. 본격적으로 '여류'라는 용어가 심판대에 오르고 이전 세대의 불온한 여성들이 물러나면서, 지성을 갖춘 여성 주체들이 대거 등장하는 여성주의 문학으로의 갱신이 이루어졌다.

5권은 1970년대 개발독재기 여성문학에 나타난 '개발 레짐과 여성주의적 각성'을 다룬다. 개발독재기의 젠더 통치가 가시화된 1970년대에 여성의 신체와 섹슈얼리티는 혐오와 처벌의 대상이었다. 이런 통치에 대한 부정과 저항은 '중산층 여성의 히스테리적 글쓰기'와 '여성 노동자의 체험적 글쓰기'로 나타났다. 또한 페미니즘 이론이 번역 출판되고, 1975년 세계여성대회를 계기로 여성운동이 본격화되었다.

6권은 1980년대의 '운동으로서의 글쓰기'를 다룬다. 노동운동을 비롯한 조직적인 사회운동과 민족·민중문학론 논쟁이 활발하게 진행되었던 1980년대에는 민족·민중문학과 페미니즘의 교차성 그리고 민족·민중·젠더의 교차성이 여성문학의 핵심 의제로 부각되었다. 민중 여성의 삶을 반영한 시와 소설이 발표되었고, 마당놀이와 노래극 등 민중적 장르가 재현되었다. 또한 페미니즘 잡지의 발간과 함께 여성해방 문학 비평이 본격화되었다.

7권은 민주화가 이루어진 87년 체제 이후 1990년대 여성문학을 '성차화된 개인과 여성적 글쓰기'로 조명한다. 민족·민중문학이라는 거대 서사가 사라지고, 그로 인해 억압되었던 것들의 회귀가 여성문학에서 본격적으로 이루어진 시기이다. 성, 사랑, 욕망 등 사적인 일상의 영역이 새롭게 발견되며 '여성적 글쓰기'가 본격적으로 성장했다. 여성 작가와 여성문학은 더 이상 게토화된 영역에 머무르지 않고 한국문학의 중심에서 한국문학을 견인했다. 여성 작가의 증가와 함께 성차화된 개인 주체의 다양한 여성적 글쓰기가 이루어졌다.

이 선집이 국문학 연구자뿐 아니라 일반 독자들도 한국의 근현대 여성문학의 계보를 이해하고 여성주의 작품을 감상하는 데 길잡이 역할을 할 수 있기를 기대한다. 마지막으로『한국 여성문학 선집』은 여성문학의 종착점이 아님을 밝힌다. 여성문학 선집은 앞으로도 시대마다 문학 공동체마다 다시, 그리고 새롭게 쓰일 것이다. 본격문학과 국민문학을 넘어 대중문학과 퀴어문학, 디아스포라문학을 포괄하는 다양한 선집을 후속 과제로 남겨 두고자 한다. 선집 이후의 선집을 위한 도전이 계속되기를 바란다.

마지막으로 이 선집의 발간을 기대하고 지원해 준 많은 사람들이 있었다. 여기저기 흩어진 원본 자료들을 찾고 정리하는 수고를 한 정고은 선생님, 작가 소개 원고를 집필한 한국 여성문학 연구자들, 그리고 까다로운 저작권 작업과 더딘 작업 속도에도 교정과 출간 작업을 꼼꼼하게 진행해 준 민음사 편집부를 비롯해 모든 관계자분들께 감사드린다. 무엇보다 우리가 다채롭고 풍부한 여성문학의 전통을 담을 수 있었던 것은 이 역사를 만들어 온 작가분들 덕분이다. 고개 숙여 감사드린다.

여성문학사연구모임 일동

일러두기

1. 수록 작품은 초간본을 중심으로 삼았고, 초간본을 구득하지 못한 경우 최초 발표 지면 글을 수록했다. 저작권자나 저작권 대리인의 요청이 있는 경우 개정판 작품을 실었다. 출처는 각 작품 말미에 최초 발표 지면, 초간본, 개정판 순으로 밝혀 적었다.
2. 작품 수록 순서는 작가 출생 연도를 따랐고, 출생 연도가 같은 경우 이름의 가나다순을 따랐다. 작품의 최초 발표 연도 확인이 어려운 경우가 있어 한 작가의 여러 작품을 수록한 경우 시, 소설, 희곡, 산문 등 장르 순으로 정리했다.
3. 저작자·저작권 대리인의 요청으로 작품을 수록하지 못한 경우, 분량상의 문제로 장편소설의 일부만 수록한 경우, 해당 작품과 부분을 선정한 이유를 '작품 소개'로 밝혀 적었다.
4. 어문학적 시대상을 고려해 맞춤법 및 외래어, 기호 표기는 원문을 그대로 살렸다. 띄어쓰기와 마침표는 현행 맞춤법 규정을 따랐다. 단, 현대어본을 별도 수록한 작품은 띄어쓰기를 원문대로 수록했고, 시의 경우에도 시인이 의도한 리듬감과 운율을 위해 띄어쓰기를 원문대로 수록했다.
5. 작품에서 오식·오타·탈락 글자가 있는 경우 원문대로 적고 주석에 이를 밝혀 적었다. 원문의 글자를 판독하기 어려울 때는 □ 기호로 입력했다.
6. 작품에서 뜻풀이나 부연 설명이 필요한 낱말과 문장에는 각주를 달았다. 한자는 원문대로 표기 후 한글을 병기했다.
7. 1권의 모든 작품과 2권의 「이혼고백장」, 「추석전야」는 독자의 이해를 돕기 위해 현대어본을 함께 실었다. 오식·오타·탈락 글자는 원문에서, 뜻풀이는 현대어본에서 각주로 표기했다.
    ― 현대어본에서는 원문의 오식·오타·탈락 글자를 수정 반영했고, 한자는 가급적 한글로 바꾸되 필요한 경우 부분적으로 한자를 병기했다. 맞춤법과 외래어는 현행 표기법을 따랐다. 원문에 없더라도 문장이 끝나면 마침표를 찍었다. 물음표, 느낌표, 쉼표는 맥락상 찍어야 할 경우라도 원문을 따랐고, 쉼표는 문장의 끝이 확실한 경우 마침표로 표기했다. 「」는 대화체인 경우 큰따옴표, 강조의 경우 작은따옴표로 표기했다. 줄표와 줄바꿈은 원문을 따랐다.

차례

여성문학의 탄생,
조선의 배운 여자들과 개인의 등장

근대의 입구, 공론장과 여성

조선은 개항(1876)과 동학농민운동(1894), 갑오개혁(1894)을 계기로 근대를 맞이했다. 이 시기는 자주독립을 우선시하는가 근대화를 우선시하는가에 따라 애국계몽기 혹은 개화기라고 불린다. 정치·경제·사회적인 면에서 전근대적인 구습을 타파하고 개혁을 시도하는 움직임과 외세에 저항하는 운동이 모든 계층에서 다양하게 전개되었다. 독립협회는 1896년 결성되어 1899년 해산되기까지 대외적으로 자주독립을, 대내적으로 근대 민권 사상에 기초한 정치 개혁을 목표로 다양한 대중운동을 펼쳤다. 특히 최초의 순한글 신문 《독립신문》은 근대적 지식과 정치 담론을 대중에게 전파하는 데 기여했다. 근대적 교육제도를 갖춘 배재학당(1885), 이화학당(1886) 등 고등교육기관도 설립되었다.

하지만 을사늑약(1905)과 국권피탈(1910)을 기점으로 일본의 식민 지배가 본격적으로 시작되면서 조선은 왜곡된 식민지 근대화의 길을 걷게 된다. 일본의 식민 지배에 저항하는 움직임은 1919년 삼일운동으로 나타났다. 실패로 끝난 운동이라는 평가에도 불구하고 삼일운동은 문화와 지식장뿐 아니라 사회운동의 분화를 이끈 동력이 되었다. 삼일운동 이후 일시적 유화 국면에 접어들면서 《조선일보》(1920), 《동아일보》(1920) 등 신문과 《개벽》(1920) 같은 종합잡지가 발간되었고, 일본의 식민지 정책과 경제적 수탈에 대응하고 민족의식 각성을 위한 운동은 노동, 농민, 청년, 여성 등 각 계층으로 분화되어 활발하게 전개되었다. 무엇보다 신문과 잡지 등 매체가 생겨나고 이를 향유할 교육받은 독자층이 늘면서 '읽고 쓰는 존재'가 등장한 점, 현상 문예 제도와 신춘문예, 《조선문단》 같은 문학 전문 잡지를 통해 근대적 문학 개념과 양식이 정착된 점이 이 시기의 뚜렷한 특징이다.

근대 지식과 문화의 유입은 여성들의 삶과 지식에도 영향을 미쳤다. 여학교를 비롯한 근대 교육기관의 필요성을 자각한 여성 주체들의 움직임, 근대적 교육을 받은 신여성의 등장, 개화 계몽의 열기로 꽉 찬 공론장의 부상은 여성의 읽기와 쓰기를 이끈 요인들이다. 이 시기 공적 담론은 신문·잡지와 같은 인쇄 매체를 통해 유포되었고, 이와 같은 공론장에 글 쓰는 여자가 출현한 것은 여성문학사의 기원을 이루는 중요한 장면이다. 특히 1898년 독립협회가 주최한 만민공동회와 독립협회의 강제 해산을 반대하며 대중들이 광장에서 연설의 장을 열었던 사건은 집 안의 여성들이 '소문'이나 '신문'이라는 간접화된 통로로나마 공론장의 열기를 경험하고 광장의 목소리를 내도록 촉발했다. 《여자계》(1917), 《신여자》(1920), 《신여성》(1923) 등 여성 매체는 논설, 독자 투고뿐 아니라 수필, 소설, 시 등 문학적인 글쓰기를 훈련하는 장을 마련했다. 여성의 권리와 각성, 자유연애에 대한 열망을 담은 이 시기의 작품들은 민족이나 가부장적 질서로 환원되지 않는 여성-개인의 목소리를 근대적 문학 양식에 담은 신여성에 의한, 신여성에 대한 글쓰기다.

글 쓰는 여자의 등장

《제국신문》,《독립신문》,《대한매일신보》,《만세보》등 애국계몽기 매체의 '독자 투고'는 여성이 읽기의 주체(독자)에서 쓰기의 주체(작가)로 전환하는 장이었다. 우리는 여성문학사 서술의 첫 장을 여성들의 독자 투고로 시작하려고 한다. 이 매체들을 기반으로 한 여성들의 글쓰기는 '문학성'이라는 좌표와는 떨어져 있지만 정론적·계몽적 글쓰기를 통해 근대-민족-젠더의 교차성을 분명하게 드러냈다. '남녀동등권', 그리고 그 전제 조건으로서 교육받을 권리는 근대 초기 선언문, 독자 투고, 사설을 통해 집중적으로 발화된다. 요컨대 애국계몽기 여성의 글쓰기는 차이보다는 평등의 원리, 계몽과 개화라는 민족국가 담론의 주요 의제를 수용하는 양상을 보인다.

일명 「여학교설시통문」(1898)은 북촌의 양반 여성들인 이 소사, 김 소사가 투고하여 《독립신문》과 《황성신문》에 발표되었다. 근대 매체인 신문을 통해 공적 담론인 '선언문'의 형식으로 페미니스트 집합 의식을 발표한 최초의 글이다. 이 통문은 첫째, 문명개화의 시대를 맞아 구법과 구습이 개혁되었는데 유독 여성들만 옛 법을 그대로 지니고 있어서 마치 '귀먹고 눈 어두운 병신과 같다'고 표현하면서 여성들의 해방을 주장했다. 둘째, 여성이 집 안에만 갇혀 있는 현실을 애석해하면서, 그런 현상은 여성들의 경제적 무능력에서 비롯되었기에 여성들도 남자들과 마찬가지로 경제적 능력을 가져야 한다고 주장했다. 셋째, 개명 진보와 남녀평등을 실현하기 위해서는 무엇보다 여성들이 동등한 교육을 받아야 하며, 이를 위한 여성 교육기관의 설립이 급선무임을 주장한다. 통문의 주장은 "여성은 자유롭게 그리고 권리에서 남성과 평등하게 태어나며 그렇게 존속한다."로 시작하는 올랭프 드 구주의 「여성과 여성 시민의 권리 선언」 제1조를 떠올리게 하며, 이는 근대적 남녀동등권을 언설화한 것이다. 「여학교설시통문」은 서양의 여성 권리 선언과 마찬가지로 여성의 천부인권, 직업권, 교육권 등 근대 인간의 보편적 권리를 강조한다. 그런데 이런 주장을 발화하는 방식이 사뭇 격정적이다. "일향 귀먹고 눈먼 병신 모양으로 구습에만 빠져 있나뇨. 이것이 한심한 일이로다. 혹자 이목구비와 사지오관 육체가 남녀가 다름이 있는가. 어찌하야 병신 모양으로 사나이의 벌어 주는 것만 앉아서 먹고"(37쪽)와 같은 구절을 보면 '우리 여인'들을 귀먹고 눈먼 존재, 사내가 벌어다 주는 것만 받아먹는 존재로 지칭해 비체卑體, abject화한다. '한심', '슬프다'와 같은 비悲와 분憤의 정서적 어휘를 가져와서 여성이 미몽迷夢 상태에서 벗어날 것을 촉구하기도 한다. 이런 주장은 '옛 풍속을 모두 폐지'하는 급진적인 단절, '개명 진보'를 위한 여학교 설립의 필요성을 정당화하기 위한 것이다. 이 시기 여성들은 학교 설립 운동이나 국채보상운동 같은 집단적인 근대 체험에 동참하면서 자신의 존재성을 확인하고, 공론장에서 집단지성의 힘을 발휘했다. 「여학교설시통문」은 당대 지식장의 계몽적 글쓰기의 젠더적 전유이자, 당시 3퍼센트에도 미치지 못했던 글을 읽고 쓸 수 있는 상류계급의 여성들이 여성 동성 사회의 의제를 대표해 말했다는 점에서 상징적 의미가 있다.

김 소사, 이 소사는 같은 해 최초의 여성운동 단체인 찬양회를 조직했다. 이 찬양회의 이름으로 게재된 개화가사 「부인회 애국가」는 관립 여학교 설립 청원 상소에 황제가 찬성한다는 답을 내리자 이를 기리고자 지은 노래이다. 표면적으로는 "황제 폐하 억만세라", "대한제국 억만세라", "성상의 높은 은덕"을 찬양하는 말들로 이루어져 있지만, "문명동방", "동포 여자 많이 모아/ 배양 성취 할 양으로"와 같은 시어에서 드러나듯 문명개화와 여성 교육을 향한 의지를 표명하는 것이 핵심 주제이다. 개화가사의 클리셰를 답습하면서도 서양이 아닌 동양("동방"), 남성이 아닌 여성의 근대와 계몽을 말한다는 점에서 민족과 젠더의 교차성을 압축적으로 담아냈다고 평가된다.

신소당은 평안도에 사는 여노인이라는 의미의 '자칭 평안도 여노인' 혹은 '평안도 안주 여노인 신소당'이라는 이름으로 1898년 11월 5일, 11월 10일 《제국신문》에 연이어 독자 투고를 했다. 11월 10일 독자 투고는 1898년 독립협회와 만민공동회 활동이 활발하게 전개되다가 10월 20일 고종의 언론과 집회 금지 조치, 11월 4일과 7일 독립협회 해산령과 협회 인사들의 투옥으로 조선이 위기에 처한 긴박한 사정에 대해 신소당이 국민이자 여자로서 자신의 입장을 표명한 글이다. 신소당은 군명을 거역하면서까지 만민공동회에 모여드는 대한 백성들의 "보국안민" 정신을 "통곡애절", "치우한 여자로되 소문듣고 눈물 나오"(42쪽)와 같은 심정으로 표현한다. 당시 시국에 대해 여성의 목소리로 발화하고 있는 것이다.

신소당의 글은 국채보상운동이 전국적으로 활발하게 전개된 1907년에 다시 나타난다. 1907년 《대한매일신보》와 《만세보》에 투고한 「진주 부용 형 전 사례서(진주에 사는 부용 형에게 부치는 편지)」는 진주 애국부인회 발기인 부용에게 보내는 서간체 형식의 글이다. 이 글에서 신소당은 국채보상운동의 일환으로 애국부인회를 만든 부용 형의 "충의"에 감동해 시종일관 그녀를 "형"으로 부르고, "도내에 유지하신 동포 부인들과 단결합심"(46쪽)을 강조하는 등 여성들끼리의 강한 연대감을 표현한다. "이 몸이 여자이오나 이천만 동포 중에 참여한 몸이온즉 국가화육 중 일물이라 국채보상 발기하여 부인회를 설시하였사오나 (……) 애국성심은 남녀가 일반이요 경향이 없사온데"(45쪽)라는 발화는 국채보상운동과 같은 민족적 의제에 "여성"으로서 적극 개입하고자 하는 의지를 드러낸 것이다.

"애국성심은 남녀가 일반"이라는 구절은 애국계몽기 미디어에서 흔히 접할 수 있는 평등의 논리이다. 여자도 국민이 되어 부국강병과 보국안민에 힘쓰고, 이의 바탕이 되는 근대 교육의 열기에 적극 동참해야 한다는 근대 초기 공론장의 지배적인 여성 담론에 대한 현대의 평가는 다소 상반된다. 근대 계몽기의 여성평등론이 여성을 근대적 국민의 일원으로 재탄생시키기 위한 계몽 프로젝트에서 국권과 남녀동등권을 등치시킴으로써 여성을 탈성화했다고 비판하는 입장이 있다. 하지만 이와 같은 시각은 여성의 평등에의 열망, 당시 공론장에서 여성의 글쓰기가 지닌 의의를 축소하는 것이다. 이 시기 여성들은 독립협회와 만민공동회, 국채보상운동, 여학교 설립 운동 같은 움직임에 적극 동참하면서 자신의 존재성을 확인하고, 공론장에서 집단지성의 힘을 발휘했다.

여성이 자기 목소리를 내면서 독자적인 지식·지성의 장을 주조해 가는 다음 장면은 《여자계》, 국내 발간 첫 여성 잡지인 《신여자》의 발간사, 논설, 지금의 수필을 일컫는 잡감雜感 등의 글이다. 잡지의 발간 주체이자 필자는 제1기 여성 작가로 일컬어지는 김일엽, 나혜석 등 신여성, 즉 '배운 여자'들이었다. 김일엽은 「우리 신여자의 요구와 주장」(1920)에서 "남녀의 성별에 제한되는 일이 없이 평등의 자유, 평등의 권리, 평등의 의무, 평등의 노작, 평등의 향락 중에서 자기 발전을 수행하여 최선한 생활을 영코저"(234쪽) 해야 한다고 주장한다. '평등'이라는 어휘의 반복은 그 테제가 무엇보다 중요함을 수사적으로 부각한다. 애국계몽기 독자 투고에서 '우리 동포들', '우리 여인들', 김일엽의 논설에서 '우리 여자', '우리 신여자'는 '우리'라는 발신자와 수신자를 하나로 묶는 호명법을 반복 사용함으로써 집단적 정체성을 확보하고, 확산하는 효과를 자아낸다.

김일엽의 《신여자》 창간호 「서시」(1920)는 시로 쓴 여성해방 선언문이라 할 만하다. "어둠 속에 우는 닭 소리"와 "새벽"이라는 시간 지시어를 사용함으로써 신여자가 여성해방의 '새벽'을 열 것이라는 긍정적이고 진취적인 메시지를 전달한다. 나혜석의 시 「인형의 가」(1921)는 당시 여성-개인의 주체적 자각과 해방을 상징하는 대명사인 '노라'를 호명하며 남성 가부장이 설계한 '인형의 집'에서 뛰쳐나와 '사람'이 될 것임을 선언한다. 여성 주체로서 '나'의 각성을 노래하는 이 시는 마지막 연에서 "사랑하는 소녀들"을 호명하면서 여성 주체의 각성과 여성해방이라는 계몽의 주제를 선명히 드러낸다. '나'에서 '우리', 혹은 '-들'로의 확장성은 근대 초기 선언문의 주제와 맞닿아 있다.

이제 여성의 목소리는 배운 여성이 아닌 직업을 가진 일반 대중 여성에게로 확장된다. 경성의 권번 기생으로 추정되는 김월선이 쓴 「창간에 제하야」(1927)는 기생의 존재를 사회의 해악으로 여기며 기생 자신과 사회를 위하여 이 "부자연한 제도"가 없어져야 한다고 말한다. 하지만 현재 그것이 어렵다면 "모든 점에 있어서 향상되며 진보되어야 하겠다."(319쪽)라고 주장한다. 즉 제도 철폐가 힘든 상황에서 해악을 줄이는 현실적인 방안을 제시하면서, 그 방법의 하나로 잡지 《장한》의 창간을 드는 것이다. 신여성 중심의 공론장과 문학장에서 《장한》은 주변부 타자의 목소리와 존재성을 각인함으로써 여성 공론장의 확장 가능성을 보여 주었다.

신여성 담론의 문학화와 미적 개인의 등장

나혜석과 김일엽은 논설, 시평時評, 잡감과 같은 계몽적 글쓰기에서 시작했지만, 소설과 시를 통해 여성의 '자각'과 '해방', '계몽'과 '교육'의 필요성을 문학적으로 형상화했다. 김일엽의 「자각」(1926), 나혜석의 「경희」(1918)는 신여성의 글쓰기가 사회가 강요하는 모성성·여성성의 역할과 결별하는 데서 비롯됐음을 보여 준다. 「자각」은 근대문학 초기의 양식인 서간체와 고백체의 양식을 빌려 구여성의 처지, 일본 유학생들의 자유연애 풍조 등을 폭로한다. 소설에서 '나'는 일본 유학을 떠난 남편을 기다리면서 "그를 생각하는 것이 그때 나의 생활의 전체였나이다."(214쪽)라고 말하듯 남편 없는 시집살이를 힘겹게 견딘다. 그녀는 시댁과 남편에게 자신의 전 존재를 내맡긴, 주체성이 결여된 구여성이다. 남편이 신여성과의 자유연애 풍조에 물들어 이혼을 요구하자 그녀는 이를 수락하고 시집을 나와 근대 교육을 받은 이후 남편의 재결합 요청을 단호히 거절한다. 그녀는 사회가 강요하는 모성과 어머니 역할과도 결별한다. "나는 자식의 사랑으로 인하여 내 전 생활을 희생할 수는 절대로 없나이다. 자식의 생활과 나의 생활을 한데 섞어 놓고 헤매일 수는 없나이다."(222쪽)라는 구절이 그것이다. "내 자존심과 인격"을 무엇보다 중요하게 여기며, "이왕 사람이 아닌 노예의 생활에서 벗어났으니 이제는 한 개 완전한 사람이 되어 값있고 뜻있는 생활을 하여야겠나이다."(224쪽)라는 선언은 개인의 주체(성)를 급진적으로 사유하는 당시 신여성 담론을 소설화한 것이다.

한편 나혜석은 시, 소설, 희곡, 평론, 수필, 일기, 여행기 등 다양한 형식의 글쓰기를 시도했는데, 이런 다양한 글쓰기에는 가부장제에 대한 비판과 아내이자 어머니, 작가이자 화가로서 공사 영역에서 자신이 겪었던 억압의 체험이라는 일관된 주제 의식이 담겨있다. 이는 나혜석의 문학적 글쓰기가 여성 지식인으로서 정체성 투쟁의 일환이었다는 점을 뜻한다. 「경희」는 동경 유학생 신여성의 이름을 소설의 제목으로 삼음으로써 작가가 생각하는 이상적인 신여성상을 제시했다. '경희'는 당시 동경 유학생과 신여성에 대한 부정적 인식을 해체하는데, 그 방식이 '계몽'적이면서도 통상 (구)여성의 영역이라 알려진 바느질, 청소, 빨래와 같은 가사 노동을 합리화하는 '과학'적 지식을 통해서이다. 남성의 것으로 전유되었던 계몽-과학-지식을 가져와서 여성의 영역을 효율적으로 관리하고 분배하며, 거기에서 즐거움을 얻는 신여성을 통해 가십이나 소문, 왜곡의 대상이었던 신여성상을 교정한 것이다. 「경희」의 전반부가 근대적인 여성 교육의 필요성과 합리적인 가정생활, 신여성의 재기발랄함과 구습에 갇힌 구여성의 무력함을 대조적으로 보여 주는 데 초점을 맞췄다면, 후반부는 아버지에게 결혼을 강요받는 것을 계기로 신여성으로 살아가는 험한 길과 구여성이라는 익숙한 길 두 가지 선택지를 두고 조선 사회에서 여자로서의 자신의 위치를 본격적으로 분석하며 모종의 자각을 하는 과정을 서사화한다. 어떤 길을 선택할 것인가, 어떻게 살 것인가라는 고민은 육체적 징후로 드러난다. 몸이 늘어지거나 오그라들거나 무거워지는, 신경증에 기인한 고통을 거치면서 경희는 자신이 인간임을 자각한다. "생각을 하고 창조를 해내는 것이 사람"이고, "사람은 제 힘으로 찾고 제 실력으로 얻는다."라는 당연한 깨달음은 계발·계몽의 주재자가 바로 자신임을 발견하는 것이다. 그 유명한 "경희도 사람이다. 그다음에는 여자다, 그러면 여자라는 것보다 먼저 사람이다. 또 조선 사회의 여자보다 먼저 우주 안 전 인류의 여성이다."(312쪽)라는 구절을 보자. 여자라는 성별 특수성을 의식하면서도 여자 이전에 사람임을 강조하는 것, 조선이라는 국지적 관점을 넘어 우주 안 전 인류로 지리적 경계를 확장하는 것은 나혜석의 시대, '경희'의 시대가 차이보다는 평등이, 계몽을 통한 확장성과 '사람-여자'라는 여성 시민권 확보가 무엇보다 중요했음을 시사한다.

　김일엽과 나혜석의 소설에서 보이는 계몽의 수사학은 조선 사회의 가부장적 이데올로기, 여성의 미몽 상태 등을 문제 삼으면서 이를 해결할 대안으로 개인의 자각을 강조한다. 이들의 계몽은 '근대-민족-국가'로 수렴되지 않는다. 오히려 식민지 조선에서 근대-남성성, 가부장제 이데올로기에 포섭되지 않는 여성-개인의 주체성을 강조하는 페미니즘 텍스트로서 의미가 있다.

　김명순은 『생명의 과실』(1925), 『애인의 선물』(1928) 두 권의 작품집을 발간하여 '문사'가 아닌 '작가'로서 존재 증명을 했다는 점에서 김일엽, 나혜석과 구별된다. 자신의 사생활을 둘러싼 소문에 항변하기 위한 알리바이로서의 소설 쓰기에 해당하는 「탄실이와 주영이」(1924), 자전적 성격이 강한 「칠면조」(1921)가 미완인 데 반해, 신문에 연재된 후 『생명의 과실』에 개작 수록된 「도라다볼 때」 (1925)는 완성작이자 현실의 제약을 딛고 이를 아름다움과 문학 교양으로 승화하는 여성의 형상을 제시했다는 점에서 의미가 있다.[1] 「도라다볼 때」에서 고모 류애덕의 경계를 받으며 청교도적 삶을 살던 류소련은 과학자인 효순과 독일 작가 하웁트만의 희곡 「외로운 사람들」을 두고 해석과 대화를 하며 정서적 교감을 한다. 하지만 현실에서는 효순에게 이미 아내가 있는 데다, 후처였던 소련 어머니의 '혈통'을 소련이 이어 가면 안 된다는 이유로 고모가 반대하면서 이들의 사랑은 무산된다. 그러나 사랑의 좌절, 속물적이고 방탕한 부르주아 최병서와의 불행한 결혼이라는 표면적 이야기 이면에는 소련의 자유의지와 근대적 지식, 그리고 아름다움에 대한 열망이 있다. 「외로운 사람들」에 대한 분석적 대화, 롱펠로의 시 「화살과 노래」, 로댕의 그림은 자유를 바라는 소련의 취미로 서사에 배치된다. 「도라다볼 때」는 근대적 지식 및 교양 습득에서 중요한 위치를 차지하게 된 문학이 여성의 주체적 선택에 영향을 끼쳤음을 보여 준다. 소설 마지막에서 소련은 "이 밤이 새인 이날에 그 회당까지 가서 효순의 강연을 들을 것과 감동할 것은 당연한 일이고 또 그렇든지 말든지 영원한 생명에 어울려, 샘물이 흐르듯이 신선하게 살아 나갈 것"을, "자유를 얻은 사람의 쾌활한 용감함"(123쪽)으로 살아갈 것을 결심한다. 감상적인 사소설 작가라는 당시 평가와는 달리 신여성의

---

1 『생명의 과실』(1925)에 실린 초판본 「돌아다볼 때」는 《조선일보》 연재본(1924)에서 많은 부분이 개작되었다. 연재본에서는 류소련이 부모로부터 물려받은 더러운 피를 비관하면서 자살하는 데 반해, 초판본에서는 "샘물이 흐르듯이 신선하게 살아 나갈 것"이라고 다짐하는 것으로 끝난다. 이 선집에서는 작가의 '개작'이 지닌 문학 (사)적 의미를 고려하여 초판본을 저본으로 했다.

자기 개조 의지를 선명하게 드러낸 것이다. 이 점에서 사적인 경험을 사회적으로 맥락화하는 나혜석의 글쓰기와도 이어진다.

이 시기 김명순은 근대 여성 작가 최초로 「어붓자식」(1923)과 「두 애인」(1927) 등 희곡 작품을 썼다. 비록 무대에 올리지는 못했으나, 이 두 편의 희곡은 남성-지식인-상층 부르주아가 중심인 근대의 허위성을 비판하고 이상적, 낭만적 사랑과 지식을 추구하는 신여성의 내면을 상징주의 기법으로 그린 작품들로서 근대 여성 희곡의 출발을 알렸다. 「두 애인」에서 주인공인 '아내' 기정은 결혼은 했지만 육체적인 결합을 배제한 부부 관계를 유지하는 이상주의자이다. 그녀는 기독교인 김춘영과 사회주의자 이관주를 숭앙하는데, 여기에서 기독교와 사회주의는 근대-남성의 사상 체계로서 낭만적 사랑과 함께 그녀가 이상적이라 여기고 동경하는 가치이다. 하지만 "사상 방면 신앙 방면으로"(171쪽) 자기가 숭배할 만한 남성을 구하고자 한 기정은 이 새로운 사상들조차 현실과는 맞지 않는다는 것을 깨닫는다. 그녀는 김춘영의 성적 방종을 소문으로 듣고 절망하는가 하면 이관주의 애욕에 이용당하고 본처에게 폭행을 당하기까지 한다. "동성 간 친구와 같이 지내자는 조건"(167쪽)을 내건 기정의 사랑 방식을 수용할 수 없던 남편은 집을 나가 다른 여자와 살림을 차린다. 4장은 이관주 부인에게 맞아 얼굴과 머리, 다리와 팔이 터지고 부러진 채 집 안에서 서서히 죽어 가는 육체를 통해 기정의 좌절과 몰락을 보여 준다. 아내 기정의 훼손된 육체를 보고 남편은 "애처로운 이상을 실현치 못하신"(187쪽) 결과라고 진단한다. 기정의 지나친 이상주의는 전근대와 근대가 중첩되면서 빚어진 낭만적 사랑의 허위성과 결혼제도의 모순을 결과적으로 돌파하지 못했다. 가정 밖으로, 결혼제도 바깥으로 나가고자 했던 여성은 방 안에 유폐되고, "내가 이번에 죽어 다시 사람이 되고 또 여자로 태어나거든 꼭 당신 같은 어른에게로 정말 시집을 터입니다."(187쪽)라는 기정의 대사에서 드러나듯 다시 집안의 천사 되기를 자처한다. 이러한 「두 애인」의 결말은 기정의 패배와 좌절, 가부장제로의 편입을 통해 여성의 자유를 인정하지 않았던 식민지 조선의 억압적 현실을 폭로한다.

　김명순은 시 「저주」와 「유언」에서도 시적 화자의 격정적 목소리를 통해 조선 사회와 불화하고 좌절한 여성 주체를 그려 낸다. 「저주」에서 '사랑'은 더 이상 낭만적이거나 이상적인 마음이나 이념과는 거리가 멀다. 사랑은 "길바닥에, 구을르는 사랑아", "처녀의 가슴에서 피를 뽑는 아귀야", "속이고 또 속이는 단순한 거짓말"로 시적으로 정의된다. 사람들에게 상처 입고 세상에 속임을 당한 여성 주체는 "피를 뽑는 아귀", "구을르는 사랑"과 같은 강렬하고 폭력적인 시어와 상상력으로 자신의 감정을 드러낸다. 「유언」에서는 자신을 학대한 조선을 향해 비정한 말을 남긴다. 이미 조선에게서 버림받았다고 느끼는 시의 주체는 "죽은 시체에게라도 더 학대해" 달라고, "이다음에 나 같은 사람이 나더라도" 할 수 있는 대로 또 학대해 보라고 외친다. 시의 주체에게 조선은 영영 작별하고 싶은 "이 사나운 곳"에 지나지 않는다. 시로 쓴 '유언'이라는 형식, 피와 시체, 자학의 상상력, 증오의 정동을 통해 자유로운 개인으로 서고자 했던 여성 주체에게 가해진 당대 조선 사회의 폭력에 저항하는 것이다. 이런 김명순 시의 정동은 김일엽이나 나혜석의 선언적인 여성 해방시, 1930년대 모윤숙과 노천명의 시 세계와도 다른 독자적인 것으로 평가할 수 있다.

남성 중심의 지식장을 깨는 여성 글쓰기

'여성도 국민'이라는 선언을 경유해 「여학교설시통문」과 「경희」의 '여성도 사람'이라는 선언, 즉 '여성-시민'의 자리에 이른 근대-초기 여성들의 글쓰기는 계몽적 글쓰기를 젠더화했다. 김명순은 나혜석과 김일엽의 '신여성' 담론, 자유연애라는 이상을 본격적으로 문학적 글쓰기에 녹여 냈다. 가부장제와 남성 중심의 공론장의 소문과 평가에 저항하면서 미완의 소설 쓰기를 반복하고, 문학과 지식-교양을 열망하는 여성을 창조한 김명순의 여정은 '작가성'과 '문학성'을 끊임없이 의심받으면서도 이를 뚫고 나가려 한 여성 문학 탄생기의 현실을 의미심장하게 보여 준다.

이처럼 근대 초기 여성 작가-지식인, 즉 '배운 여자들'은 문학과 비문학의 경계를 허물고, 정론적·계몽적 글쓰기와 문학적 글쓰기의 경계를 횡단했다. 이들은 그간 남성이 점유한 근대 매체와 계몽적 목소리의 지식장을 모방하고 전유해 자신들의 이념과 욕망을 씀으로써 남성 중심의 근대 지식 질서에 균열을 내고자 했다. 특히 이들의 글쓰기는 선언문의 격정적 목소리, '우리'라는 여성-공동체를 호명하는 청유형의 문법을 구사하면서 여성-집단지성의 범례를 제시한 한편, 식민지 조선에서 신여성이 처한 구속적 상황을 고백하고 폭로하며 미학적 글쓰기로 드러냄으로써 공론장에 글 쓰는 여성의 존재를 뚜렷하게 각인시켰다.

김양선

27

김 소사 (金 召史·미상∼1903), 이 소사 (李 召史·미상∼미상)

'소사召史'는 결혼한 여성을 일컫는 명칭이다. 「여학교설시통
문」을 기고한 양성당 이씨(이 소사)와 양현당 김씨(김 소사)는 각
각 한국 최초의 여성운동 단체인 찬양회 회장, 부회장을 맡았던 인
물이다. 양성당 이씨는 왕가 종친 출신(하급 무관인 '참위' 벼슬을 지
낸 '이재롱'의 처)으로 알려져 있으며 양현당 김씨는 평안도 서경 출
신으로 자녀 없이 과부가 된 뒤 서울로 와서 북촌 양반 부인들과 교
유했고 자산도 꽤 있었던 것으로 추측된다. 한편 1898년 9월 12일
북촌 부인 대표들과 남자 협찬원들은 순성여학교의 설립을 결의한
후 이 여학교를 후원하기 위해 찬양회를 조직했다. 순성여학교는
1899년 설립되었다. 양현당 김씨는 순성여학교 초대 교장을 맡았
다. 이 학교는 한국 여성에 의해 설립된 최초의 여학교로 7∼8세에
서 12∼13세 연령의 여학생들을 대상으로 소학교 과정을 교육했다.
《황성신문》 기사에 따르면 김 소사는 여학생들을 5년여 동안 가르
쳤으나 재정 부족으로 곤란을 겪었으며, 1903년 병으로 세상을 떠
났다고 한다.

양성당 이씨와 양현당 김씨가 기고한 「여학교설시통문」은
1898년 9월 8일 자 《황성신문》에, 9월 9일 자 《독립신문》에 전문이
실렸으며, 전문 끝에는 "구월일일 녀학교 통문 발긔인/ 리소스 김소
스"라고 적혀 있다. '별보'로 실린 이 글은 여성들의 천부인권, 직업

권, 교육권 등을 주장했다. 여성도 시민의 권리를 마땅히 향유해야 할 자율적인 개인이라고 주장한 한국 최초의 여성 권리 선언문으로 역사적 의의를 가진다.

또한 양현당 김씨를 비롯한 북촌 여성들이 주도한 찬양회는 정기 모임과 연설, 토론회를 개최하여 이후 다른 여성 단체의 모델이 되었다. 「여학교설시통문」이 발표된 지 한 달여 만인 1898년 10월 11일 백여 명가량의 찬양회 회원들은 고종이 거주하는 경운궁 앞에 모여 여학교를 설립할 재정을 지원해 달라는 상소문을 제출하는 등 근대 여성(교육)운동을 주도했다. 처음 주장은 북촌의 양반 부인들에서 시작했으나 일반 서민층 부녀와 기생, 남성도 가담했다.

양현당 김씨는 통문 작성에서부터 줄곧 근대적 여학교 설립 운동의 중심에 있던 인물로 근대 여성의 교육과 계몽을 이끄는 중요한 역할을 했다.

김양선

부인회 이국가[1]

三千삼천리 넓은 강토   二千万이천만즁 만흔 동포
슌셩 학교 찬양회에   이국가를 드러 보오
단군 긔ᄌ 긔千쳔년에   부인 협회 쳐음일셰
쳐음일셰 쳐음일셰   녀학교가 쳐음일셰
문명동방 대한국에   황뎨 폐하 쳐음일셰

셩샹의 놉흔 은덕   하늘 아리 하늘이라
슌셩 학교 창셜 ᄒ고   동포 녀ᄌ 만히 모하
비양 셩취 ᄒ량으로   각항 지죠 ᄀᆯᄋ치니
구미 각국 부러 마쇼   문명 동방 더옥 좃타
萬만셰 萬만셰 億萬억만셰라

1 이 작품은 분연만 되고 연철된 것을 편자가 음수 및 시행을 구분하여 편성한 것이
   다. 읽는 순서는 다른 「이국가」 유형과는 달리 횡으로 읽으면 된다.

황뎨 폐하 億萬억만세라　　　　萬만셰 萬만셰 億萬억만셰라
대한 뎨국 億萬억만세라　　　　千쳔셰 千쳔셰 萬千만쳔셰라

동궁 뎐하 萬千만쳔세라　　　　千쳔셰 千쳔셰 萬千만쳔셰라
슌셩 학교 萬千만친셰라　　　　百백셰 百백셰 千百쳔백셰라
우리 동포 千百쳔백셰라　　　　百백셰 百백셰 千百쳔백셰라
찬양 회쟝 千百쳔백셰라　　　　百백셰 百백셰 千百쳔백셰라
찬양 회원 千百쳔백셰라

— 찬양회 부인회,《독립신문》, 1898년 10월 18일

부인회 애국가

삼천 리 넓은 강토
순성 학교 찬양회에
단군 기자 기천년에
처음일세 처음일세
문명동방 대한국에

이천만 중 많은 동포
애국가를 들어 보오
부인 협회 처음일세
여학교가 처음일세
황제 폐하 처음일세

성상의 높은 은덕
순성 학교 창설하고
배양 성취 할 양으로
구미 각국 부러워 마소
만세 만세 억만세라

하늘 아래 하늘이라
동포 여자 많이 모아
각항 재주 가르치니
문명 동방 더욱 좋다

황제 폐하 억만세라
대한제국 억만세라

만세 만세 억만세라
천세 천세 만천세라

동궁 전하 만천세라   천세 천세 만천세라
순성 학교 만천세라   백세 백세 천백세라
우리 동포 천백세라   백세 백세 천백세라
찬양 회장 천백세라   백세 백세 천백세라
찬양 회원 천백세라

여학교설시통문[1]

대져 물이 극호면반다시 변호고 법이극호면 반다시 갓츔은 고
금에 쩌덧흐리치라 아 동방 삼쳔리 강토와

렬셩죠 오뷕여년 긔업으로 승평 일월에 취포무스 호더니 우리

성샹 폐하의 외외탕탕 호신 덕업으로림어 호읍신 후에 국운
이 더욱 셩왕호야 임의 대황뎨 위에어호읍시고 문명 긔화홀 졍치
로 만긔를 총찰 호시니 이제 우리 이쳔만 동포 형뎨가 셩의를 효슌
하야 젼일 희튀흔 힝습은 영영 부리고 각각 긔명한 신식을 쥰힝홀
시 스스이 취셔되여 일신 우일신 흠을 사롬마다 힘쓸 거시여놀 엇
지하야 일향 귀먹고 눈먼병신 모양으로 구습에만 쌔져 잇는뇨 이거
시 한심헌 일이로다 혹쟈 이목구비와 스지오관 륙톄가 남녀가 다름
이 잇는가 엇지하야 병신모양으로 사나희의 버러 쥬는 것만 안져먹
고 평싱을 심규에 쳐하야놈의 절졔만 밧으리오 이왕에 우리보다 몬

---

1   《황성신문》에 제목 없이 '별보(別報)'로 실렸다. '여학교설시통문'은 이 글의 성격
과 취지를 고려해 후대에 붙여진 제목이다.

저 문명기화헌 나라들을 보면 남녀가 동등권이 잇는지라 어려셔브
터 각각 학교에 든니며 각종 학문을 다 빅호아 이목을 널펴 쟝셩헌
후에 사나희와 부부지 의을 결허여 평성을 살더리도 그 사나희의게
일호도 압제를 밧지 아니허고 후대흠을 밧음은 다름아니라 그 학문
과 지식이 사나희와못지 아니헌고로 권리도 일반이니 엇지 아름답
지 아니허리오 슬프도다 전일을 싱각허면 사나희가 위력으로 녀편
네를 압제허랴고 한갓 넷글을 빙자하야 말허되 녀ㅈ는 안에 잇셔
밧글 말허지말며 술과 밥을 지음이 맛당허다 허는지라 엇지허여 슈
지 류테가 사나희와 일반 이여놀 이곳흔 압제를밧어 셰샹형편을 알
지못허고 죽은 사룸 모양이 되리오 이져는 넷풍규를 전폐ᄒᆞ고 기
명 진보ᄒᆞ야 우리 나라도 타국과 ᄀᆞ치 녀학교를 설립 ᄒᆞ고 각각 녀
아들을 보늬어 각항ᄌᆡ조를 빅호아 일후에 녀즁 군ᄌᆞ들이 되게 ᄒᆞ올
ᄎᆞ로방쟝 녀학교를 챵설허오니 유지허신 우리 동포 형뎨 여러 녀즁
영웅호걸 님네 들은 각각 분발지 심을 내여 귀흔녀아들을 우리 녀
학교에 드려 보늬시랴 허시거든 곳 착명 ᄒᆞ시기를 ᄇᆞ라나이다

구월일일 녀학교 통문 발긔인
리소ᄉᆞ 김소ᄉᆞ

—《황성신문》, 1898년 9월 8일

여학교설시통문

대저 물이 극하면 반드시 변하고 법이 극하면 반드시 갖춤은 고금의 떳떳한 이치라. 아 동방 삼천리 강토와

열성조列聖朝[1] 오백여 년 기업으로 승평昇平/承平[2] 일월에 취포醉飽[3] 무사하더니 우리

성상 폐하의 외외탕탕하신 덕업으로 임어臨御[4]하옵신 후에 국운이 더욱 성왕하여 이미 대황제 위에 어하옵시고 문명개화할 정치로 만기萬機[5]를 총찰하시니 이제 우리 이천만 동포 형제가 성의를 효순하야 전일 해태懈怠[6]한 행습은 영영 버리고 각각 개명한 신식을 준행할 새 사사이 취서就緒[7]되어 일신우일신 함을 사람마다 힘쓸 것이

1 여러 대代의 임금의 시대.
2 나라가 태평함.
3 취하도록 술을 마시고 배부르도록 음식을 먹음.
4 왕위에 오르다.
5 정치상의 온갖 중요한 기틀.
6 행동이 느리고 움직이거나 일하기를 싫어하는 태도나 버릇.
7 일의 첫발을 내디딤.

거늘 어찌하야 일향 귀먹고 눈먼 병신 모양으로 구습에만 빠져 있나
뇨. 이것이 한심한 일이로다. 혹자 이목구비와 사지오관 육체가 남녀
가 다름이 있는가. 어찌하야 병신 모양으로 사나이의 벌어 주는 것만
앉아서 먹고 평생을 심규深閨[8]에 처하여 남의 절제만 받으리오. 이왕
에 우리보다 먼저 문명개화한 나라들을 보면 남녀가 동등권이 있는
지라 어려서부터 각각 학교에 다니며 각종 학문을 다 배워 이목을 넓
혀 장성한 후에 사나이와 부부지의를 결하여 평생을 살더라도 그 사
나이에게 일호도 압제를 받지 아니하고 후대함을 받음은 다름 아니
라 그 학문과 지식이 사나이 못지 아니한고로 권리도 일반이니 어찌
아름답지 아니하리오. 슬프도다. 전일을 생각하면 사나이가 위력으
로 여편네를 압제하려고 한갓 옛글을 빙자하여 말하되 여자는 안에
있어 밖을 말하지 말며 술과 밥을 지음이 마땅하다 하는지라. 어찌하
여 사지 육체가 사나이와 일반이거늘 이 같은 압제를 받아 세상 형편
을 알지 못하고 죽은 사람 모양이 되리오. 이제는 옛 풍규를 전폐하
고 개명 진보하여 우리나라도 타국과 같이 여학교를 설립하고 각각
여아들을 보내어 각항 재주를 배워 일후에 여중 군자들이 되게 할 차
로 방장方將[9] 여학교를 창설하오니 유지하신 우리 동포 형제 여러 여
중 영웅호걸님네들은 각각 분발지심을 내어 귀한 여아들을 우리 여
학교에 들여보내리라 하시거든 곧 착명着名[10]하시기를 바라나이다.

구월 일 일 여학교 통문 발기인

이 소사 김 소사

8   여자가 거처하는, 깊이 들어앉은 집이나 방.
9   말하고 있는 시점부터 바로 조금 후.
10   문안 따위에 이름을 적어 넣음.

김 소사 · 이 소사

신소당(申簫堂·1853 혹은 1869~1930)

판서를 지낸 김규홍의 부실로 경성에 거주하면서 아들 네 명을 낳았다. 진명부인회 회장, 1910년 양정여학교 지원을 위한 양정여자교육회 설립 당시 평의원을 역임했다. 국채보상부인회 발기인으로 애국계몽운동과 여성운동에 앞장섰고, 1906년경 광동(소)학교를 설립해 자비로 운영했고 여자교육회가 친일 경향을 보이자 1907년 진명부인회를 따로 발의하고 초대 회장으로 활동했다. 진명부인회는 애국계몽기에 '여성에 의해' 독자적으로 설립된 최초의 여성 단체로서 의의가 있다.

1898년에서 1909년까지 여섯 편의 글을 발표했다. 1898년에서 1906년 사이에 쓴 글은 애국계몽기 민족 담론의 핵심 의제였던 보국안민, 부국강병, 독립협회와 만민공동회의 필요성을 강조하는 내용이다. 1906년에서 1909년에 쓰인 글에서는 여성 교육과 국채보상운동에 대해 다루었다.

여성의 공적 활동과 글쓰기가 극히 제한적이었던 애국계몽기에 공적 영역에서 자신의 이름을 걸고 글을 썼다는 점에서 신소당의 글은 근대 여성의 글쓰기 실천을 보여 주는 역사적 의의가 있다.

김양선

평안도 안쥬 녀노인 신소당은

평안도 안쥬 녀노인 신소당은 쓰긔직 ᄒ노라

수일소문드러보니 독립협회혁파되고 만민공동회라ᄒ엿다니

공동회라ᄒᄂ거슨 디한빅셩아니릿가 디한빅셩도엿거든 군명승순

ᄒᆯ거시나 군명을억의와도 올흔일은 직간ᄒ네 우리 죠선숨쳔리를

틔됴씌셔어드신후 공밍지도본바듭셔 몃빅년나리시다 치란이유수

ᄒ야 갑오란리낫ᄉ온즉 나라이불안ᄒ[1]고 빅셩이도탄될제 긔명홀

줄아랏겟소 셩덕이놉고크ᄉ 대황뎨되옵신후 ᄌ쥬를ᄒ옵셔서 독립

문셰온후에 신민이합심ᄒ여 독립협회챵셜홀졔 혁파될줄알수잇소

혁파가되엿기로 아쥬혁파될니잇소 군명을거역흔듯 대황뎨폐하근

심 편하실니계실잇가 이민근심계시오나 엄칙을닉리옵셔 챵셩의굿

셋ᄆᆷ 보시ᄌ고나리시듯 만민에공동회로 모혀드는회원들은 보국

안민ᄒ량으로 죽을ᄉᄌ심쥬ᄒ야 통곡이졀흔다ᄒ니 치우흔녀ᄌ로

되 소문듯고눈물ᄂᆞ오 억만창셩부모근심 측은근심나옵실듯 이쳔만

---

1   'ᄒ'의 오기.

동포들은 셩의를승순ᄒ야 신민이합심된후 긔명진보속키ᄒ와 부강
이되오셔셔 타국병뎡보호말고 대한군병보호ᄒ면 대한텬디금셕될
듯 금셕갓치굿계되면 만만세를부르면셔 셩은을축수ᄒᆯ듯 심즁소회
ᄒ랴ᄒᆫ즉 눈물계워못ᄒ겟소

—《제국신문》, 1898년 11월 10일

평안도 안주 여노인 신소당은

평안도 안주 여노인 신소당은 또 기재하노라.

수일 소문 들어 보니 독립협회 혁파되고 만민공동회라 하였다니 공동회라 하는 것은 대한 백성 아닙니까. 대한 백성 되었거든 군명승순君命承順[1]할 것이나 군명을 어기어도 옳은 일은 직간하네. 우리 조선 삼천리를 태조께서 얻으신 후 공맹지도 본받으셔서 몇백 년 내리시다 치란治亂이 유수有數하여[2] 갑오난리 났사오니 나라가 불안하고 백성이 도탄될 때 개명할 줄 알았겠소. 성덕이 높고 커서 대황제 되옵신 후 자주를 하옵셔서 독립문 세운 후에 신민이 합심하여 독립협회 창설할 때 혁파될 줄 알 수 있소. 혁파가 되었기로 아주 혁파될 리 있소. 군명을 거역한 듯 대황제 폐하 근심 편하실 리 계시겠습니까. 애민 근심 계시오나 엄칙을 내리옵셔서 창생의 굳센 마음 보시자고 내리시듯 만민에 공동회로 모여드는 회원들은 보국

---

1   임금의 명령이나 뜻을 따름.
2   나라의 정치가 잘 다스려지고 어지러운 것에는 정해진 운수가 있어.

안민할 양으로 죽을 사자 심주心柱하여[3] 통곡애절 한다 하니 치우癡愚한[4] 여자로되 소문 듣고 눈물 나오. 억만창생 부모근심 측은근심 나오실 듯 이천만 동포들은 성의를 승순하여 신민이 합심된 후 개명진보 속히 하여 부강이 되어서 타국병정 보호 말고 대한 군병 보호하면 대한 천지 금석될 듯 금석같이 굳게 되면 만만세를 부르면서 성은을 축수할 듯 심중소회하려 한즉 눈물겨워 못 하겠소.

3   마음의 줏대로 삼아, 즉 굳게 마음먹어서.
4   못생기고 어리석은.

진주부용형[1] 젼ᄉ례셔

텬도가순환ᄒᆞᄉ국채보상에민심이단결되야의무가발달ᄒᆞ오니
단군ᄉ쳔년과입아조오ᄇᆡ년에여차경행은쳐음이온지라이몸이녀ᄌ
오나이쳔만동포듕에참여ᄒᆞ온몸이온즉국가화육듕일물이라국채보
상발긔ᄒᆞ야부인회를셜시ᄒᆞ엿사오나이마음이붓그러온바ᄂᆞᆫ무식소
치온듕다행ᄒᆞᆫ바난

동포부인계셔열심ᄒᆞ오시니동동촉촉ᄒᆞ온마음일야간ᄉᆡᆼ각기를
애국셩심은남녀가일반이요경향이업ᄉᆞ온ᄃᆡ향곡ᅌᅧ셔엇더ᄒᆞ신부인게
셔ᄉ업을셩입ᄒᆞ오셔일체합심ᄒᆞ랴난지희소식드르랴고갹신문졈검
터니쳔만의외에진주군부용형이이국부인회를고동ᄒᆞ오시니진주에
난미논긔씨가계시옵고평양에난계월향씨계시드니애국셩심미진ᄒᆞ
야형예듕의발달ᄒᆞ니튱셩튱ᄌ난고금이업ᄉᆞ온듯냥액에나리업서곳
가셔치ᄒᆞ치못ᄒᆞ오나남산에난지남셕이잇고북산에난쇠가잇말이냥
인두고이름인듯형에튱의를우리ㅏ라신민으로어늬누가감동치아니

1 '부용 형'의 오기.

릿가걕국지인도찬숑치아니리업사올듯강주식이라ᄒ난ᄌ난아지못
계라엇더ᄒ ᄌ이관딕강포와셰력을밋고감히져희코자ᄒ니이ᄂ만민
에죄인이요나라에도젹이라신명²⁾이직상ᄒ오시니엇지앙화가업사
릿가강지식³⁾에만만츙악ᄒ죄상은ᄎ졔로셩ᄒ와이쳔만싱명⁴⁾에공분
ᄒ요물신셜ᄒ올거시니원컨딕부용형은딕의를바리지마르심도내에
유지ᄒ신동포부인들과단걸⁵⁾합슴ᄒ우셰셔형과뎨와갓튼여ᄌ들도
국은일만분지인이라도갑파보기를쳔만번축수바라옵나이다

경셩대안동ᄉ심통ᄉ무소슨소당

─《대한매일신보》, 1907년 3월 27일

---

2 '신명'의 오기.
3 '강주식'의 오기.
4 '생명'의 오기.
5 '단결'의 오기.

진주 부용 형 전 사례서

천도가 순환하사 국채보상에 민심이 단결되어 의무가 발달하
오니 단군 사천 년과 입아조入我朝[1] 오백 년에 여차경행如此慶幸[2]은
처음이온지라 이 몸이 여자이오나 이천만 동포 중에 참여한 몸이온
즉 국가화육 중 일물國家化育中一物[3]이라 국채보상 발기하여 부인회를
설시하였사오나 이 마음이 부끄러운 바는 무식 소치온 중 다행한
바이나

동포 부인께서 열심히 하오시니 동동촉촉한 마음 일야간 생각
하기를 애국 성심은 남녀가 일반이요 경향이 없사온데 향곡에서 어
떠하신 부인께서 사업을 성립하오셔서 일체 합심하려는지 희소식
들으려고 각 신문 점검하더니 천만의외에 진주군 부용 형이 애국부
인회를 고동鼓動하오시니[4] 진주에는 미논개 씨가 계시옵고 평양에

---

1   조선 왕조에 들어와, 즉 조선이 생기고 나서.
2   이와 같이 경사스럽고 다행한 일.
3   국가가 기른 만물 중 하나라는 뜻으로, 여성도 국민의 일원이라는 의미.
4   부추겨서 더욱 힘을 내도록 하다.

는 계월향 씨 계시더니 애국 성심 미진하여 형의 충의 발달하니 충
성 충 자는 고금이 없사온 듯 양액兩腋에 나래 없어[5] 곧 가서 치하하
지 못하오나 남산에는 지남석이 있고 북산에는 쇠가 있단 말이 양
인 두고 이름인 듯 형의 충의를 우리나라 신민으로 어느 누가 감동
치 아니리잇가. 각국 지인도 찬송치 아니 리[6] 없사올 듯 강주식이라
하는 자는 알지 못계라. 어떠한 자이건대 강포强暴[7]와 세력을 믿고
감히 저희沮戱코자[8] 하니 이는 만민에 죄인이요 나라에 도적이라 신
명이 재상在上하오시니[9] 어찌 앙화가 없사오리까. 강주식의 만만흉
악[10]한 죄상은 차제로 성하여 이천만 생명에 공분함을 신설하올 것
이니 원컨대 부용 형은 대의를 버리지 마시고 도내에 유지하신 동
포부인들과 단결합심하셔서 형과 저와 같은 여자들도 국은 일만분
지 일이라도 갚아 보기를 천만 번 축수 바라옵나이다.

경성 대안동 사십통 사무소 신소당

5　양쪽 겨드랑이에 날개가 없어.
6　아니리: 않을 이(사람).
7　무자비한 폭력이나 완력.
8　귀찮게 굴어서 방해하다.
9　신령스러운 존재가 하늘에 계시니.
10　헤아릴 수 없이 악함.

김명순(金明淳 · 1896~1951)

김명순은 1896년 평양에서 갑부 김가산 소실의 딸로 태어나 기독교 계통인 사찰골학교를 거쳐 서울 진명여학교, 이화학당, 동경여자전문학교에서 수학했다. 1917년 잡지《청춘》의 현상 문예 공모에 소설 「의심의 소녀」로 당시 심사 위원 이광수의 찬사를 받으며 3등 입선해 등단했다. 그 이전에 유학생 잡지《학지광》에 시 「월광」을 실었다고 하나 지면이 유실되어 확인할 길이 없다. 이후 '망향초'란 필명으로 여성 잡지《여자계》에 수필 「초몽」(1918)과 소설 「조모의 묘전에」(1920) 등을 발표했다. 이후 최초의 동인지《창조》에서 동인으로 활동하고, 1925년부터는《매일신문사》기자로 활동했다. 여성 작가 최초로 개인 시집 『생명의 과실』(1925)과 문집 『애인의 선물』(1928년 이후 출간으로 추정)을 발간했다. 『조선 시인 선집—28문인 걸작』(1926)에 여성 시인으로는 유일하게 작품을 실었다. 영어, 프랑스어, 독일어 등 외국어에 능통했던 김명순은 활발한 작품 활동 이외에도 보들레르와 에드거 앨런 포를 최초로 번역했으며, 소설, 수필, 희곡, 번역 등 170여 편의 작품을 남겼다.

그러나 당대 봉건적인 사회 풍토에서 작가의 삶은 고난의 연속이었다. 태어날 때부터 첩의 딸이라고 손가락질을 받았으며, 일본 유학 당시에는 자살을 시도할 정도로 역경을 겪었다. 늘 여성주의적 시각을 견지했기 때문에 남성 문인 중심의 문단에서 문란한 신여성이라는 소문에 시달려야 했다. 김동인은 그녀를 모델로 한「김연실전」을 통해 문란한 신여성을 비난하기도 했다. 이러한 상황에 깊은 회의를 느낀 김명순은 1939년 영구 도일했고, 1951년 아오야마 뇌병원에서 별세한 것으로 추정된다.

김명순은 문학사에서 고백체라는 당시로서는 새로운 글쓰기 방법을 제시한 작가로, 개인의 자각을 기반으로 한 근대문학의 발전에 크게 기여했다고 평가받는다. 첫 번째 시집『생명의 과실』에서 그는 이 작품집을 "오해받아 온 젊은 생명의 고통과 비탄과 저주의 여름으로 세상에 내놓"는다고 말한다.

또한 그는 봉건적이고 막연하게 근대를 좇는 풍조에 반발해 자신만의 세계관을 확립했다. 당대 팽배했던 낭만적 사랑에 대한 동경 대신「탄실이과 주영이」(1924) 등에서 금욕적인 세계관을 기반으로 한 정신적 사랑을 추구하는 경향을 보인다. 소설「외로운 사람들」(1924) 등에서는 이러한 이상적 연애의 불가능성을 형상화하기도 한다. 또한 소설「분수령」(1928),「해 저문 때」(1938) 등에서는 독신 여성의 형상을 통해 새로운 주체성과 더불어 가족상을 제시했다.

박지영

遺言유언

조션아 내가너를 永訣영결할째
개천가에곡구러젓든지 들에피쏩앗든지
죽은屍體시체에게라도 더학대해다구
그래도 不足부족하거든
이다음에 나갓튼 사람이나드래도
할수만잇는대로 또虐待학대해보아라
그러면서로믜워하는 우리는영々작별된다
이사나운곳아 사나운곳아.

명 —《조선일보》, 1924년 5월 29일;
김명순, 『생명의 과실』(한성도서주식회사, 1925)

유언

조선아 내가 너를 영결할 때
개천가에 고꾸러졌든지 들에 피 뽑았든지
죽은 시체에게라도 더 학대해 다오
그래도 부족하거든
이다음에 나 같은 사람이 나더라도
할 수만 있는 대로 또 학대해 보아라
그러면 서로 미워하는 우리는 영영 작별된다
이 사나운 곳아 사나운 곳아

咀呪 저주

길바닥에, 구을느는사랑아
주린이의 입에서 굴러나와
사람사람의 귀를흔들엇다
『사랑』이란거짓말아.

처녀의가삼에서 피를쏩는아귀야
눈먼이의 손길에서 부서저
착한녀인들의 한을지엇다
『사랑』이란거짓말아.

내가 밋업지안은 밋업지안은너를
엇던날은맛나지라고 긔도하고
엇던날은 맛나지지말니고 념불한다
속히고 쏘속히는단순한 거짓말아.

김명순

주린이의 입에서 굴너서
눈먼이의 손길에 부서지는것아
내마음에서 사라저라
오오『사랑』이란거짓말아!

—《조선일보》, 1924년 5월 28일;
김명순, 『생명의 과실』(한성도서주식회사, 1925)

저주

길바닥에, 구을르는 사랑아
주린 이의 입에서 굴러나와
사람 사람의 귀를 흔들었다
'사랑'이란 거짓말아.

처녀의 가슴에서 피를 뽑는 아귀야
눈먼 이의 손길에서 부서져
착한 여인들의 한을 지었다
'사랑'이란 거짓말아.

내가 미덥지 않은 미덥지 않은 너를
어떤 날은 만나지라고 기도하고
어떤 날은 만나지지 말라고 염불한다
속이고 또 속이는 단순한 거짓말아.

주린 이의 입에서 굴러서
눈먼 이의 손길에 부서지는 것아
내 마음에서 사라져라
오오 '사랑'이란 거짓말아!

도라다볼째

―1

여름밤이다 둥그러가는 열잇흘의달빗이 이슬내리는대긔(大
氣)속에서 은실가치서리여서 련못가를거느리는 서름만흔 가삼속
에 허득여든다.

이슬을먹음은 풀밧헤서 반듸불이 드나드러 달빗을밧은이슬방
울과 어리여서는 공중에 진주인지 풀밧헤불꼿인지 반짝ㅅ한다.

소련은거느리든 발거름을멈추고 련못가에 조는듯이안젓다.
바람이언덕으로부터 부러내려서 련닙들이 소련을향하야 굽실굽실
절을하듯이 흐느적거렷다. 무엇인지 듯지도못하든 남방(南邦)의 창
자를싣는듯한서름이 눈압헤 아련아련한다.

맛치그의생각이 눈압헤이름지을수업는일들을 과거(過去)인지
미래(未來)인지 분간치못하게함과갓다.

음침히 조용한 최병셔집 셔편울타리박게서는 아해들이 하늘
을치어다보면서

김명순

『별하나 나하나 별두흘 나두흘 별셋 나셋 별백 나백 별천 나천』하고 노란소리들을 서로 불녀밧고주엇다. 이어린소리들이 그의 가삼속맨밋짜지드러서

『왜, 결합된한생명가티 한법측아래 한미듬으로 이세상을지나면서 하필남북에허여저잇다가, 우연히 또한성에모히게되여서도 맛나지도못하고울지안으면 안되엿느냐』하고 애닯은 은방울을흔드럿다,

『그러나아모도 우리를못맛나게할사람은업는것이안이냐 가튼회당에모힐몸이』하고 또다시맛날가말가 오뢰할째 이생각의 아—득함을 쮀두르는듯이 귀쑤램이들이그들의코러쓰를간단이업기어울넛다.

여름밤하늘의 맑음이 하늘가운데로 은하를건늬고 그가운데던저바렷다는『얼포이쓰』의 슯흔거문고를 지금이밤에 그윽히들녀주는듯하다.

구원(久遠)한 하날을우르러 옛 사람들이지은 옛이야기가 또다시그머리위에 포개여저서 서름을북도든다.

소련은 이슬에저저서 역시이날도뒷방삼간속으로드러갓다. 그는문을잠그려다가 방문을여러 노은채 발ㄹ을느리다말고 우득허니 섯섯다.

잇째맛참 창뎐리 언덕길아래로 지나가는사람들의음성이

『이집이지?』

『응—』

『송군 자—언덕위로라도 올나가서 잠간이라도보게그려, 그럿케맑은교제새이엇는데 못맛날벌을밧을 죄가 웨 잇단말인가』

『원! 그럿치안트래도 생각해보게 남의잠잠한행복을 깨트릴 의

리가 어듸잇겟나』

『그럴것이면 그련련한생각조차 씨슨듯이업시하든지……』하
면서 이야기하는 발소리들은 소련이가향해선 벽돌담밋까지갓가히
오면서

『리군 이것이 유령(幽靈)도아니고 동물도아닌사람의 우수(憂
愁)일것일세 자—부질업스니 내려가세 겹겹히벽돌로 싸아놉힌 담
박게와서서본다기로, 무슨위로가잇겟나』하고 한발소리가급급히
내려가면서

『리군 어서가서 Y孃양의반주(伴奏)할것을좀더분명히 익혀주
게』하매 그뒤로다른발소리들도, 싸라 내려가는듯하다.

소련은 쏘다시 소곰긔동이 된듯이 그자리에섯섯다. 이순간이
지나자 그의마음속은급히부르지진다—

『오—송씨의음성이다, 그이가안이면 어듸서그런음성을가
진사람이잇스랴 그럿타 그럿타』하고그는보선발로 벽돌담밋까
지쮜여내려가서 뒷문을어르려고하나, 빗장을튼튼히찔느고잠
을쇠를건문이 열쇠업시는 열녀질리가 업섯다. 그는허둥지둥련
못압흐로가서 셕등룡지추돌우에 밟도듬을하고서서 담박글내여
다보나 달밤에 넓은신작로가 뵈인듯이 환히뵈일뿐 더—편 길싯
헤 사람의그림자갓튼것이 감을ㅅ할지라도 그연가미연가하다.
소련은 실심한듯이 방마루로올나오면서 보선을벗고 방으로드러갓다.

소련은생각만이라도 되돌녀 보겟다는듯이, 여름문을쏙쏙잠그
고 지나온생각에 잠겻다.

그일년전봄에, ××학교 영문과(英文科)를 조흔성적으로 졸업
한소련은그봄부터 역시경성에서 ××학교영어교원이되여서 그아
름다운발음으로 생도들을가리켯다, 그와생도들새이도 지극히원만

김명순

하엿고 쏘션생들틈에서는 좀어린이취급을밧엇슬지라도 근심거리
가업섯다, 하나 소련은 그봄붓터 나날이수척해갓다.

혹이 그의수척해감을,—그가어릴째부터 엄한그고모의 감독
아래서만 자라나서 그럿타기도하고—엇던귀족과 혼셜(婚說)이잇
던것을 영리한체하고 신분이다르닛가 할수가업슴니다하고 거절은
하엿지만미련이 남아서 번민한다고 하기도하엿다.

그러나 그의사실은 이런구역이날헷소리들을 뒤집어업고 버리
지못할 이야기를짓는다.

二2

소련은 ××녀학교 영어교사가된 그이듬해사월하순에 학교전
례로 수학려행을하게되엿슬째 고등과 삼년생들을잇글고다른일본
션생들틈에석겨서 인천칙후소(仁川測候所)로가게되엿섯다.

그째일긔는 매일가티 금을ㅅ하고 그러면서도비방을 잠간ㅅ
쑤려보기도해서 웅성그러하게쪄속까지 사모치는봄치위가 얇은솜
저고리입은역개를버슨듯이 으스러트럿섯는데 소련이가 인천측후
소를차즌것도 이러한날들의하로이엇다.

션생들과 생도들은 얼범부려서 모든긔계실에인도되여 자못텬
국에서내려온듯이 고상한풍채를가지고 쏘그음성이란 한번드르면
영원히잇처지지안을젊은리학자의 셜명을드럿다.

젊은 리학자를 압헤두고 사십여명의 선생과 생도들은 디하실
(地下室)에서 디하실로 층층대에서 층층대로 올나갓다 내려갓다 하
엿다.

58

젊은리학자는 가장열심으로 그희든쌤에 붉으레한피빗을올니면서……

생도들이란것보다 특별히 소련에게 향해서

『아시겟슴닛가 아시겟습닛가』하고 셜명햇다. 소련도 열심으로 드르면서 각금아라듯는듯이 고개를 끗득여보엿다.

모든 긔게실의 셜비를구경식히고나셔 젊은리학자는 ××명학교 션생들에게 차를 대접하려고 응접실로 일도하엿다. 거긔서 그들은서로명함을박구엇는데 소련은 그가 됴선청년인것을알고 귀밋히 다라 오는것을 간신히참고잇섯다 그러나 송효순은 쌤이발개진소련에게 조선말로 그부드러움을 전부표면에 낫하내서

『나는당신이 생도인줄아럿서요 아주어려뵈이닛가요』하고 그의귀밋혜속색엿다 이쌔에 소련은 처음으로이셩(異性)의게대해서 그향긔로움을아럿다. 지금까지 사내내음새는 그리정하지안엇든것으로만아럿든것이—그예상을흐리고 이상한그몸갓가히만 긔다려지는 무엇을쌔닷게되엿슬쌔 쏘다시

『언제부터 그학교에게섯슴닛가 영어만가리키세요 과학에대해서는 아모취미도안가지섯서요』하고 그다라오는귀밋혜송씨의 조용한말을 드럿다.

그는왼몸이 무슨벽의 튼튼함을 의지하고십기도하고 자긔호올로인고요하고 경결한방속에 숨고십기도한 힘업슴과 비밀스러운 긔분에취햇섯다.

그는 그러면서 송효순이가 그몸갓가히 오지안키를바랫다. 그럴째효순도 갓흔긔분에눌니우는듯이 점점말을 업시하고 그엽헤서 다른일본선생들과 어음(語音)분명한 동경말로 이야기를햇다. 선생들은 송효순의게 대단한호의를보이는듯한 시션을보내면서 소련

을유심히바라보앗다. 그리고그눈들이 모두소련을부러워해서 그리 학자의몸갓가히안즌것을 우로러보는듯하엿다. 측후소로 써나올째 효순과소련은 특별히 조용하게

『서울어듸게서요』

『뎌숭이동……이예요』

『거긔가본택이십닛가』

『안이그럿치안어요』

『그럼, 려관임닛가』

『안이요 제가자라난고모의집이예요』

『그럼량친이안게심닛가?』

『녜……』하고 그는 발뒤쯤치를돌니려다가 쏘한참만에 [1)]『그럼 안령히게십쇼』했다 이째효손[2)]은 무엇을생각하는지머ㄴ히[3)]섯다가

『고모되시는어른은 누구세요』

『뎌―××학당의 류애덕이예요』

『그러면 훌늉하신어른를친척으로 뫼시는구면 혹시차자가뵈 이면 모르는체나안하시겟슴닛가?』하고이야기를햇섯다.

소련은 이처럼 효순과 이야기를박구고 생도들틈에 석긔여서 산등색이를내려왓섯다.

그후로그는, 도뎌히 잇지못할번민을가지게되엿다. 그는 길거 리에서라도, (그이가자긔를차자와본다고하엿슴으로)혹이 넓은가슴 을가진 준수한남자의쾌할한거름거리를볼것갓트면 그이나안닌가 하게되엿섯다, 그럴동안에 그는점점수척해가고 모든일에고달픔

1 기호 '『' 누락.
2 '효순'의 오기.
3 '멍히'의 오기.

을째닷게되엿섯다. 그는단한번이라도, 다시효순을맛나고십헛다, 그의그리워하는효순에게대한동경(憧憬)은 드대여감성(感性)으로붓터 령성에까지밋게되여 그는새로히과학에대해서도 취미를가지게되엿섯고……영원한길나드리에서라도맛나지라는소원까지품게되엿다. 그는밤과낫으로 그이를다시 맛나지라고긔도햇다. 잠간동안이엇슬지라도 그아름다운순결(純潔)을표시한듯한 감성(感性)이 정결한마음속에잇지못할츄억의보금자리를치게하엿든것이다. 하나그의마음은 망설거리지안을수업섯다. 아모리굿센 의지가잇다할지라도 단한번의맛남으로어든감명(感銘)이걸풋하면 새로히연구하려는 과학갓튼것을이저버리고는다만 자긔의눈으로 만나고만십헛다.

그는드대여 밤과낫으로 긔도하는보람도업시 맛나지못함으로, 시름시름병을 이루게까지되엿다. 그처녀의마음에서는송효순이외에 모—든남자들이 초개가티 뵈엿다 그러나 그러함을도라보지안코류애덕을향해서 소련에게청혼을하는사람들은 결코헤일만치두물지안엇다.

류애덕은 부모업는족하를 남부럽지안케 십여년기른피로로인함인지, 쏘는그의장래를위함인지분명히말을하지안으나 다만하로밥비 그를결혼식히고십허햇다. 엿던째는 소련의삼십원밧는 시간교사의월급이 너무적어서 수치라기도햇다.

소련은 이째를당해서 그마음을 더욱안정할수가업섯다. 그는 얼마나 삶에대해서맹랑한쓸々스런일인것을째다랏섯는지 쏘그고노의교훈이 얼마나 표리고잇섯든지 헤아려보려면 헤아려볼사록 분명히 그릇됨을 차자낼수도업건마는, 쓰거운ㅅ눈물이제절로 그햇슭한쌤을구을넛다. 다만그는밤과낫으로 그러지안어도처녀째에 더

61

더군다나 외로운처디의근심스러움과 쓸々스러움을 너무도지독하게맛보앗다. 그는어느날은침식을잇고 이분명히이름도지을수업는 압흠을열병알틋아럿다. 그는흡사히 병인가티되여서 ×명학교에 가기를쓰럿다. 하나그는하는수업시 거긔가지안으면 고모의생계를 도을수업셧다.

그는매일가티 사람그리운 불타는듯한두눈을너른길거리에사라처뵈이면서 ×명학교에를 왕래하엿셧스나 내종에는 아쥬근력을 이러셔 눈을쌍우에쩌러트리고 길지나는사람들을 치어다보지도안엇다. 이런째 처녀의처음으로 사람그리는마음이 그대로 들쩌지기도 쉬웟지마는 소련은 힘써서 자긔의마음을누르고 무엇을 그리는 그비밀을 속으로 속으로감초아서 드대여 모든삶에대해서생각하게 되고 쏘녀자의 살님사리들즁에도 조선녀자의사라온일과 사라갈일에대해서 생각하게되엿셧다. 쏘모—든사람의살님사리들을 비교도해보면서 과학에대하야 알고십허지는마음은 맛치고향을쩌난 어린이의그것과가티이름만드를지라도 가삼이두군거려젓다.

엇던째는 물리학이라든지 쏘는텬문학이라든지하는학문의이름이 송효순의대명사나되는듯햇다,하지만소련이스스로 그동모들간에는 그런마음을 차저볼수업는것을볼째 얼마나 섭섭함과 외짜로움을아럿스랴 그는벌서이십이넘은처녀인데 이처음으로 남유달니하는근심은 그의게붓그러운듯한 행동거지를하도록 식혓다.

그는 엇던째는 ×명학교리과션생에게 열심으로무러도보고, 엇던째는 녀인들의지나온이야기에도 귀를기우려보고 그들이얼마나, 그릇된 살님사리를하여왓는지도 정신차리게되엿셧다. 하나, 소련의건강은나날이 글너갈쑨이여서 그쓸々스러운류애덕녀사도 놀나지안을수업게되엿셧다. 이러할틈에, 소련은, 그향할곳업는마음에 병싸지들게되엿슴으로 리학과녀인들의모딈에도힘쓰지못하고, ×명학교에서영어를가리키고 집으로도라오면 문학서류를 손에들게되엿섯다. 거긔에는모든세상이 힘들지안케뵈여잇는탓이엿다. 전일에는 피아노도 열심으로 복습햇지만 깁흔비밀을가진마음은 자연히 어스렁 저녁째와가티 붉우레한저녁날빗가튼희망조차 일어버리기쉬워서 캄캄히 명상(瞑想)에 싸지어 마음의소리를내기도 싀리워졋섯다. 그는얼마나 뒤동산언덕우에서서 저녁하늘을바라보고 처창함을늣기엿슬가, 만일누구든지 그이의마음을알면, 비록 그련애(戀愛)란것이안일지라도 사람들의 일반으로가지는번민을 그럿케도깁히도, 삼가럽게함을 얼사안고 불상히역여주엇슬것이다. 하나 그에게는아모의 동정도 향해지지안엇다. 그는 문학서류를들고 고모의눈치를밧게도되고(류애덕의교육은생게를엇기위하야 학교졸업을 밧는것이주장이엇스닛가) 어두운마음의비밀을품고는 학교에서 갓흔선생들의 의심스러운눈씌를밧고, 생도들의 속살거림을밧엇다. 그는 그눈들에대해서, 은근히 검은눈을 둥그럿케쓰면서,

『아니요, 그럿친안어요 하지만 당신들이모르는내마음에 힘잇게바든긔억이 나를 이갓치 괴롭게해요[4]하고 눈으로변명햇다. 하나 그마음이 아모에게도통치는못하고, 갓흔 선생들은 단순히,

『처녀의 번민―상당히허영심도잇슬것이지』

『글세 답답해 류애덕씨가완고스러우닛가 그째왜긔회를놋첫든고 벌서 그귀족은 혼인례식을지낫다지…….』

『불상해라 그런자리를 놋치다니, 너무영리한체하는것도손이야』하고 자긔네들끼리쑹얼거리기도하고,

---

4   기호 ':' 누락.

『왜그럿케 수척해가시요 류소련씨 그런귀여운자태를가지고 번민갓흔것을 가질필요야 잇습닛가 아모런행복이라도 손쉽게스러 올것을……』

『몸조섭을 잘하세요 이왕지난일이야 쓸데잇습닛가, 쏘다음긔 회나 보시지요』하고 직접 아모관게업는 긔막힌동정을해주엇다. 소련은 이런째마다 수치와 모욕을한업시새닷고, 자긔가맛치이세상에 쓸데업는사람인것갓기도하고 쏘송효순에게대한비밀을 영영히 숨켜버려려야만올흘쯧한 미신이생겨지기도햇다.

모든것이다―어둡게 그의마음을 어두운곳에만 써러트리려고 햇다.

하나 그는역시 송효순이가 그리웟다, 잇처지지안엇다.그래서 그는 혼인말이잇슬째마다 거절햇다. 그고모류애덕녀사는 그연고를뭇지만, 뎌편에학식이업다는불만족들보담 자긔가신분이낫다는 겸손보담 쏘재산이업노라는, 감당못할정경에잇다는것보담,

『차자가도 몰느는체 안하시겟습닛가』하든 미덤성과 겸손과, 활발함을갓초아뵈이고 쏘고상한음성으로 모든 대담스러움을감초 아버리든 그인천측후소의 송효순이가 그리웟다. 그는그참을성과 진정한그리움에서나온 붓그림이아니면 인천측후소를차자갓슬지 도모르겟지만, 다만, 재치잇는 손씃흘기다리는듯한, 덥허노흔피아 노의 하얀키―가 아모소리도못내고잠잠할쑨이엿다.

三3

류애덕은 소련의아버지보담 다섯해위되는 웃동생이엿스며 그

의고향은 반도북편에잇는 박천고을이엇다. 류애덕의부친은 한국시대의 유자(儒者)로 류진사란이름을엇은 엄한로인이엇스나 불행히늣게본아들쌤에, 속을몹시태우다가, 그아들이 이십도되기젼에 고만이세상을쩌나버렷다, 이보담젼에, 류애덕은 열다섯살되자, 그이웃 리주사집으로출가를햇스나, 유자(儒者)와 (官吏관리)편새이에는 일상셜왕셜래(日常說往說來)가 곱지못햇슬쑨아니라, 류애덕의 남편은 불량셩(不良性)을 가진 병신이엇슴으로 가진 못된행위를다 하다가 집과처를버리고 영—나가버렷다. 그럼으로 아직어리여서 생과부가된, 류애덕은, 흔히친정사리를 햇스나 그도, 소련의덕모와, 새이가불합해서 가장고흘 을녀乙女의 째를 눈물과한숨으로보내다가, 조선안을 처음으로빗치는 문명의새벽빗을 먼저밧게되여서 후ㅅ세상을바라려고교회당에도 댕기게되고 쏘공부까지하게되여서 쓸쓸한삶에 향할곳업는마음을 배홈으로재미붓치여 나날이그 학식을 늘이엿스나 그역반도부인태반이 그러하도록, 미신적(迷信的) 미듬외에는 달니광명을 못바든이엇다. 그러나 그환경에서 남셩(男性)에 대한, 사모할맘을영구히 일허버린그는 다시출가할마음을 내이지안코 교육에쯧을두게되엿다. 그는운명이그러한탓인지 여긔에이르도록 비교적순한경로를밟아오게되엿섯다. 과부가되자 그모친의 보호아래 학비엇어공부하게되고 쏘박그로드러오는유혹은 아주업섯슴으로 그는해변가에 물결을희롱하고 든든히움즈기지안는 바위돌은아니엇다. 그럼으로 그는편벽햇스며 자긔만결백한체하는 폐단을버리지못했다. 그러나교회안에서 그엄하고단출한 행동은모든교인과 젊은학생들의존경을 밧게되엿다. 그래서 그는 그안에서 공부하고 쏘직업을일치안케되여, 가장안전한디위에서 생활하게되엿섯다. 그후에늘, 그의게근심을 씨치든그의량친은 한달전후하야

이세상을하직하고 소련의부친 류경환은 본처를버리고 멋달에한번식 게집을가르다가, 소련의어머니에게붓들니여 거긔서귀여운 쌀을보고재미를붓치게되엿스나 엇더한저주를밧음인지 소련의모친은 평생한숨으로 우슴을짓는일이드믈고, 걸핏하면 치마자락으로 겁프나오는눈물을씻다가, 그도한이뭉키여 더참을수가업든지 소련이가열한살되든해에 이세상을하직해버럿다, 이째에 이르러 거진거진 가산을 탕진한 류경환은, 소련을, 그누의에게맛겨버리고 다시 옛날부인을차자갓스나 거긔서일년이못된가을에 체증으로 세상을 써낫다.

그째부터소련은 그고모의보호아래, 잔쪄가굴거진드시몸과 마음이나날이 자라는 갓스나, 그의마음속맨밋헤빗백인어름장을 녹혀버릴긔회는쉽게다시오지안엇다. 류애덕이 소련을, 기름은 소련의얼골에 쓸쓸한그림자를남기도록 흠점이잇섯다. 비록, 의복과학비를군색하게하지안을지라도 병낫슬째, 약을늣추써줌이안일지라도 어된지모르게 데면데면하고, 쓸々스러웟다. 그데면へ하고 쓸々스러움은 소련이가 공부를 맛치게되엿슬째 좀 감해가는듯햇스나,엇더한 노여운말씃헤든지 혹은 혼인말씃헤든지반드시

『너의어머니를 달머서, 그럿치, 그러기에혈통이잇다는것이야』하고 불쾌한말을 들니엿다.

이러한말을듯고도소련은, 그고모의역설인줄만밋고 자긔의혈통을 생각지안엇스나 온정을못밧은 그는 반드시쾌활한인물이되지 못하고, 그성격에 어두운그늘을만히백히우게되여서 공연한눈물싸지흔하엿다.

그러한소련이가 인천서 송효순을 맛낫슬쌘무엇인지 왼몸이 녹을쯧한싸쯧함을아럿다. 하나 그것은쭘에다시쭘을본것가티 언

젠가는 힘을다해서 이저버려 버리지안으면안될환영(幻影)일 것갓햇다.

소련은 송효순을몹시 생각한어느날밤에 이상한쑴을보앗다.

— 조선안에서는 흔히보지못하든 경도하압천신사(下鴨天神社) 안 갓흔곳이엿다. 넓은나무숲속을이룬 신사쓸을 예둘너물살짜른 내—가흐로고 신사박그로나가는 다리엽헤는큰느틔나무가서서잇서서, 그감으럿케뵈이는 데일놉흔가지우에는 여섯닙으로 황금테두리를한남빗꼿이 달처럼공중에써잇섯다. 그아래는여전히냇물이 짜르게촬촬소리를내이면서흘너내려갓다. 자세히본즉그내ㅅ물에는 지금까지뵈이지안튼 쎄목이써내려가는데 그우에젊은녀자가 빗누은채흘너내려가면서 남쪽만 바라본다. 왼몸이웃슥해서 정신을차리려하여도 무엇이귀에 쌕々소리를치며—저긔써내려가는것이너이다!너이다! 하고 그귀를갈늘뜻이 왼몸이재릿재릿하도록 소리를질느다.

소련은 눈을쓰려고 몸을흔드러보고 소리를내여보려하여도 내가째엿거니 째엿거니하면서도눈이써지지안코 무서운쎄목이짜른물을짜라 흘너가는것이눈에선햇다—그럴동안에 그는잠이째여서 가삼우에 손을올녀놋코 둥걸잠을자든 그몸을 수습햇다.

그는눈이째여서 한번려행갓든 경도를쑴꾸엇다고 생각햇스나, 그쑴이무엇인지 효순을생각할째마다 무슨흉한증조가티 생각되엿다.

四4

그러나『째가이르면 굿은바위도 가삼을여러, 깁흔속밋헤서

67

김명순

소사오르는 샘물은 쌍에씀는다』듯이낫에는 맛나지라고 긔도하
고 밤에는 못맛나서가위눌느든소련은 드대여효순을 맛나게되엿
섯다.

바로 지금부터 이년전여름이엇다. 하로는 애덕녀사가 소련의
건강을염려하야 그더러 ×명학교는 퇴직하라고 권고할째 가벼운
로동시간(勞動時間)과 공부시간(工夫時間)을써놋코 곰곰히타일느
면서 몸조심해야한다고하던 애덕녀사는 급히무엇을 이젓다 생각낸
듯이 조희조각을 소련에게 던저주며 손님이올터이라고 아이스크림
맨들복숭아를 사오라고일넛다.

소련은 매일가티 손님이올째마다 혹시효순씨가오지안나하고
긔다렷스나 매일가티 오지안엇슴으로 오늘은 쏘엇썬손님이오시려
노―하고 풀긔업시이러나서 창경원 압까지거러나와 뎐차우에올낫
다. 그씻는듯한 여름날오후에 소련은고모의명령이라, 어긔지도못
하고 진고개까지가서 향그러운 물복숭아를 사왓섯다. 그째도애덕
녀사는 말하기를

『우리녀자청년회를 만히도와주시는 송달성씨가 오실터인데
새옷을가러입고 민첩히접대하라』하고일넛다, 이말을들을째 소련
은 송이라는데, 쌈작놀낫스나 이름이다르고 쏘그이를아는터이엿
슴으로 얼마큼안심하엿섯다.

그날저녁에 사십이넘은신사와 이십오륙세의 젊은신사는 게으
르지안코 급하지안은 흥크러운거름거리로 공업전문학교근처의 사
디(砂地)를거러서 숭이동을향하야갓다.

하늘은처녀의마음을 펼처서 비단보재기에 흰솜뎅이를싸듯이
포도빗도는연분홍을 다시열게푸러서 여름구름을 휘모라싼듯하고
쏜―얀디평선한 솟헤서는 녀인들이 우물물을 기러오고 기러갓다.

맛치하날과쌍이 더운째하루의피로를이즈려고 저녁바람을식혀서 조을니운 곡조를주고 밧는듯하엿다.

소련은 요새이보기시작햇든 어느각본책에서 본대로 파—란포 도덩클로 식탁을장식해놋코 부엌으로가서 그고모에게

『아즈머니 식탁채려노은것보세요』햇섯다.

일상 희로애수(喜怒哀愁)의 표정이분명치안은애덕녀사도 소 련의재치잇슴을보면 희색이만면해서

『그런작란이야 네장ㅅ기지』하엿다. 소련은 그고모의습관을 잘알므로 이안만해도 경사나당한듯해서 련해 그고모에게 말을거러 본다.

『엇썬손님이 이러케우리의 공대를밧으심닛가』하기도하고

『왜하필 저녁째 청하섯서요』하기도하고

『꼭 한분만오실가요』하기도햇섯다.

숙질은 이저녁째 두문버릇으로 재미스럽게 이야기하면서 아 이스크림을 둘을째 뜰에서 낫서트른발소리가 들니자『이리오너라』 하고불넛다. 이소리를듯고 소련의숙질은 하든이야기를 긋칠째 그 들의엽헤서 그릇을닥던 영복이란녀인이 닝큼이러서며

『에이구 벌서손님이 오신게로군』하고 뜰압흐로 내려갓다. 애 덕녀사도 허둥지둥 손을싯츠며, 이러나서 방안으로 드러가려다가 뜰로마주나가서, 사교에익은음성으로 인사를맛츠고 쏘다른처음보 는사람에게 인사를하는듯하엿다.

이째 소련은 무엇인지 가삼이두근거러서 이러서서 내다보지 안고는 디참을수입섯나. 그는사시나무가티썰니는 몸을이르켜서 부엌문박글 내다보앗섯다—. 그째야말로 소련의눈에 무엇이뵈엿 슬가, 그는 왼몸이 곳아지는듯이 자유로 음즈길수업서서 그머리를

돌니려다가 그러지도못하고 우득허니서서 내여다보앗다.

　그러나 조곰후에 손님을좌정하고 부억으로 도라온 류애덕은 예사롭게안저서 아이스크림을 두르는 소련을보고『손님이세분이다』하고일넛다.

　소련은 한참말업다가 썰니는음성으로

　『그이들이 누구입닛가』하고 무럿다. 총총히그릇에 음식을담던 애덕[5]녀사는 그손씻흘잠간멈추고 예사롭게

　『참, 그이야기를 네게는 아니햇섯구나 저—이제부터, 우리집에 학생이한분온단다. 윤은순이라하고 스물댓살된부인인데 그남편은 송달셩씨의생질되는 송효순씨라고하고 동경서대학을맛츠고 도라와서 인천게시다고 하시더라』햇다.

　소련은 은연중에

　『그럼 인천측후소에게신 송효순씨인게지요』하고 부르지젓다. 이째그고모는 좀늘나운듯이,

　『그이가 인천측후소에잇는것을 네가 엇더케알엇니 나는지금막, 인사를한터이다』하고 무럿다.이째소련은 잠간실수햇다고 생각햇스나,

　『저, 인천, 측후소에 려행갓슬째요』하고 시스럽지안케말하고 그낫빗을감추기위해서 저—편으로도라서서 단향내를 올니고 쓰러나는 차관쑤겅을여러보앗다.

　이가티 되여서 음식준비가 다되고 식탁을채려노앗슬째 소련과 효순은 삼촌과 삼촌새이에 쏘절벽갓튼 감시자압헤서 외나무다리를 마조건느려는듯이 맛낫스닛가 만흔이야기를 서로서로 박구지

5　'애덕'의 오기.

는못하엿스나 십이촉뎐등불빗아래 그들의붉은얼골에 남빗이돌도
록반가워하는모양은 그주위에 시션을 무두윗섯다.

하나, 그들은 맛나는처음부터 두사람은 다만아는사람으로박
게 더친할수도업고 다시그가운데 사랑이라거나 련애라거나한것을
이르켜서는 올치안은것으로 그들의 운명인 사회제도(制度)에 자유
(自由)를 무시한 조건(條件)에인을첫섯다.

하나 소련은 그들의 그럿토록반가운맛남을 맛낫스니 조용한
곳에 단두리맛나서 한깃거움을웃고한서름을 늣겨보고 십지안엇슬
가 아무리 구도덕의치마자락의 싸혀자라서 굿은형식을못버서나야
만한다는 소련의리셩(理性)일지라도 이당연한자연의요구를엇지금
하고만십헛스랴. 그러나 그들의경우는 그들의 그러한 감정을감추
고 효순은 그부인을류얘덕녀사의 보호아래 수양식히려고 차자오고
소련은 그조수가될신세이니 전일의생각이 확실히금단(禁斷)의 과
실(果實)을 집으려던듯하여서 그등뒤에서 어름물과 쓸는물을 뒤석
거 씨언지우는듯이불쾌햇다.

五5

그잇흔날부터 송효순의안해인 윤은순은 류애덕의집에와셔 잇
게되엿섯다.

그는볼래부터 구가정에자라난 구식녀자로 어렷슬째 그이른바
귀밋머리를맛푼 송효순의쳐이다. 하나 지금에이르러 그들은각각
싼경우에서 다른것을숭상하며 자랏스니 그들새이에는 갓튼아무런
지식도업고 쏙갓튼아무런 생각과감정의 동화도업슴으로 서로도와

서 영원히가튼 거리를밟버 쏙가티 나아갈동무는못될것이나.사회
의조직이 아즉도 자유를요구하는사람은 너머트려버리게만 되여잇
는고로 그의발거름을리상(理想)의목표(目標)인 자유의길우흐로만
바로향하지못하고 그마음의반분은쌍우헤서우후로훨신놉히고 쏘
반분으로는 다만한가련한녀자를 동정하는셈으로 리상에불타오르
는 감정을 누르는듯이은순을 녀자청년회가경영하는 리문안부인학
교에너엇다.

더는, 은순을 학교에넛코 늣게쑤린씨가 먼저쑤린건싸우헤 나
무보다 속히자라라는긔도로 복습할것싸지염려해서(자긔도 모르게
는 소련을 맛나보고십흔마음은 스스로분간치못하고)류애덕녀사의문을
두다리게되엿섯다.

그러나 언문박게모르는 윤은순은 소련이가 가르키기에도 너
무힘이업섯슴으로 엇지하면 그의복습갓튼것은 등한(等閑)이 역여
주게되고 의식주에만 상담하는일이만핫셧다.

그동안에 효순은 한달에한번 두공일에한번 차자와서 애덕녀
사에게 치하를하고갓다. 그럴쌔마다, 효순과 소련새이는 점점더멀
어저가고, 효순과애덕녀사새이는 친해지며 은순과소련새이는 갓
가워젓다.

소련과 효순은 맛참내 아는사람으로의친함조차업서저서 사람
뵈이지안은곳에서맛나면 머뭇거리다가 인사를 하지못하도록 서로
몰나보는듯하엿다. 이가티 되여서 은순과 소련새이가 한감독아래 공
부하고살님할동안에 서늘한 가을날들이 황금갓튼 은행나무숩헤 입
써러저가고 긴겨울의와서 사람들은 방안에서 굴껍찍이를 벡겨싸흘
동안에 늙은이가 묵어운짐을지고 긴고개를넘듯이간신히 눈녹앗다.

그동안에 그들은 만흔마음속 엣이야기를 서로박구웟다. 사람

들이 얼는 그들의친함을 보고

　형뎨들새이갓다고 칭찬햇다 그러나 은순을 친형가티 대접하
는 소련의낫빗에는 무엇을참는듯한 고난의 빗을 감출수업섯다.

　소련의 이야기는 흔히 자긔가몸이약해서 그고모의노력을 도
읍지못하고 쏘장차는 영구히 그고모의집을 아주써나야할이야기를
하고 은순은 자긔의사촌이 자긔와한집에서 자라나면서 그부모와
삼촌들의 말니는것도듯지안코 학대를밧아가면서 공부를해서 지금
은재미나게 돈모으고산다는 부러운이야기를햇다. 하나, 그들의친
함은 오래지못하고 날이싸쏫함을싸라 틈이생기게되엿다.

　봄날에야즈랭이가 평평한들의 먼곳과 갓가운곳에 싹도내지안
은 디평선우에 아롱지게할째 맛츰 소련은 그남편과약혼하게되엿
섯다.

　이런째를당하야 소련은얼마나 난처하엿스랴 그마음속에는 아
즉송효순의 인상이 나날이깁허가면 깁허갓지 조곰도 덜녀지지는안
는데 다른사람과 결혼하지안으면 안될경우! 그것을 누구에게호소
해야할지?그는심한우울증에걸녓다.

　그는다시 그고모에게 직업을 엇어서 독립생활을하면서 그고
모의 페를 씨치지안켓노라고까지 애원하여보앗스나 그고모는 어듸
서엇은지식인지 뎨일에도『피쑬이 잇서서안되여』하고 뎨이에도,

　『아무나 다—마음먹은대로 되는것은아니야』하고 을넛다.

　소련은 쏘다시그몸이 쇠침하여저갓다. 지리한겨울의치위가
풀녀 사람들의 마음속에는 놀고십픈마음이 모록모록 자라것만
소련의마음속에는 나날이부러가는이 그가슴속에빗백인 어름장이
엿다.

　그는 이쓸々한 심정푸리를 향할곳이업서서 눈쌀을 찝프리고

73

장래의북[6] 준비를 마지못해서 해보기는하나 싹히 원인을말치못할 그서름이 셔책을 들고는 한업는눈물을지우며 이아래갓튼문구(文句)를읇헛다.

누구나부르지안나

밤가운데 밤가운데
등불을 못단적은배는
노를일흠도아니련만
저어나갈마음을못엇어
누구나 부르지안나
누구나 부르지안나.

어름미테 어름미테
빗을 못밧는 목숨에는
흐를줄을 일흠도아니련만
녹혀내일 열도를 못엇어
누구나 부르지안나
누구나 부르지안나.

오오 오오
빗(光)과 열도(熱度)더위와빗
한곳으로 나오련만

6 '의복'의 오기.

올흔째를못엇어
누구나 부르지안나
누구나 부르지안나.

만일에

만일에 봄이나를녹이면
돌틈에서 파초여름을맺지요 맷지요
만일에 만일에.

만일에 조흔째를엇으면
바위를여러 내마음을쏫지요 쏫지요
만일에 만일에.

六6

그해봄이 저윽히 무르녹아서 소련의 파리하든몸은 보는사람
들의 마음을 놀내리만치 꼿송이처럼피여올낫다.
송효순은 류애덕씨집에 자조그안해를 차즈러, 오게되엿섯다.
그러고, 뎌는 소련을 평양최병서에게로 결혼식혀보내겟다는, 류애
덕녀사의 말을듯고는 반대하는듯이
『그런인물들을 가녕안에 벌서부터 너어버리면 이사회운동은
누가해노을는지요 조선의가족제도가 좀웬만할것갓트면 결혼은하
고도 일을못할배아니지만……아마 우물에빠저서는 우물물을츠지

도못하고 제방(堤防)을 다시쌋치도 못할걸이요 좀더 사회에 내노아 보시지요』하고 입을담으럿다한다. 소련은이런말을듯고 참으로감 사하엿다. 그래서 그는마음속으로

『그러면 효순씨는 내가이사회에서 의의(義意) 잇게 생활해나 가기를 바라시는구나』하고 생각해보앗다. 쏘그쯧을 저바리지도 못 할쯧이 그의마음이

『가정박그로 나가자』하고 부르지지기도햇다 그후에 몃칠이지 나서 송효순은 박사될론문을 쓰러일본으로 가겟다고 하면서 류애 덕씨집에머무르게되여서 소련과, 말해볼긔회를 엇게되엿다.

어느공일날아츰에 류애덕녀사와, 효순은일즉이, 외출하엿섯 는데, 효순이가, 먼저도라와서

『아주봄이 완연히 왓습니다 그보시는 책이무엇임닛가』하고 마루쯧헤서, 책을보든소련에게인사했다. 소련은 지금까지 효순의 아는체마는체하는 랭정함에뭇새여다만

『그싸라댕기면서 할쯧하든친절을 왜쯧치엇누, 그이가 내게좀 더친절이라도 하섯스면 이마음이풀니런만』햇섯다. 하나 이날싸라, 효순은급히 그에게친절해젓슴으로 막상닷처노으면 그럿치도못하 다는심리로, 깁분듯하기는하면서도『이마음에잠긴문이열녀지면 엇지하누, 그째야말로 무서운죄악을지을테지』하고 어름어름

『네아주쏙 봄이되엿서요』하고 자긔방을치우느라고 그남편이 온줄도모르는 은순이를 불느고나서 소련은 급히더한층 그얼골을 붉히면서, 효순을향해서얼는,

『하웁트만의 외로운사람들』하고 말을 맛추지못하고 은순이가 마루로 나오는것을 보고는 구원을밧은듯이

『은순씨 벌서 오섯는데요』하고일럿다. 은순은소련의얼골과

76

효순의얼골을 번갈나보아가면서 그남편의

『무얼햇소』하는 무름에

『방치우느라고』하고 입을홈으럿다.

이틈에 소련은 얼는이러서서 저―편마루구석에 노힌찬장압흐
로가면서 다긔(茶器)를 쓰냇다.

효순은 소련의랑패한듯이 어름어름하는태도를민망히 눈역여
보면서

『애덕선생님은 아즉안도라오섯슴닛가?』하고 우섯다. 소련은
다긔(茶器)를 쓰내들고

『네, 아즉안오섯서요 선생님과갓치 나가섯는데』하고 부억을
향해가며, 주인된직분을직히려는듯하다.

한참만에 소련은 차를 영복이라는 밥짓는이에게 들니여가지
고나왓다. 그동안에 효순은 소련이가보다노흔 책을열심으로 보고
잇섯다. 그려다가, 소련이가, 그압헤차를갓다노을째는,

『이책 어듸까지 읽으섯서요 처음으로 읽으세요 우리도 이책을
퍽읽엇지요』하고 말을거럿다. 소련은 효순의압헤 맛안즌은순에게
도 차를권하면서 다만놀나운듯이

『네, 네, 』할쑨이엿다. 효순은 소련의태도를 눈역여보기는하
나, 그리생소치는안은듯이

『이하웁트만의 외로운사람들가운데는 우리갓튼사람이잇지요
아즉맨씃까지 안보섯슬지모르지만 이와가치 외국의유명한작품이
조선청년의가슴을 속쓰라리게 하는 것은 두뭅듸다』하고 말하면서
그운택한눈을 먼히썻다.

소련은 은순의편으로 갓가히안즈며 쏘다시

『지금겨우다보앗슴니다』하고 간단히대답햇다. 효순은 하늘을

치어다보든눈을 아래로내려서 소련을이윽히 바라보며 그부드러운 음성으로

『아즉 생각까지 해보셧는지 모르지만, 책속에는 저와가티 부모가게시고 처자까지잇서도 세상에데일 외로운사람이잇슴니다 저는외국서공부할때는 그러케까지는 그책을늣김만케 보지못햇지만 이짱안에도라와서는 그러케우리의 흉금을곱게쓰다듬어주는것은 업다고 생각함니다』

소련은 이째비로소 이약이를조와하든 그의본능의 충동에잇글녀, 정신업시

『그럼 그요한네쓰와 마알[7]은 서로 참사랑을함니다그려……네……?』하고 영채잇는 눈을방울가티썻다. 효순은이째 미미히우스며

『소련씨 사랑하게되는것이 아님니다 우리는과거와미래를 통해서 한리상을세우고 거긔합당한것을 사랑하는것이고 하든것임니다. 그러나 그러헌리상적사랑은 사람들에게는흔하지안을쑨아니라, 그러케 사상의공명이잇고 정신상위안이잇스면 용해서는 허여지지못할 인정이생길것임니다. 그각본속에 인정교환은 조선의상태에 비하면훨신화려하지만 무엇인지 그요한네쓰가 구도덕의지배아래 그몸을쓸니게되는사정은 조선에흔히잇는 사실임니다. 말하자면 우리는이제 움돗는싹이고 그들은 자라나는나무라고하겟지요』

소련은 한참 머리를숙이고 생각하다가,

『그럼 사람은애써서 사랑을구하거나 일허버린다고 말할수업지안음닛가? 쏘우리가더자라나서 쏫필째까지 기다리드래도 결국

---

7   요하네스가 만난 여대생 '안나 마르'의 일본식 표기.

요한네쓰와마알의 새이갓흔 슯흠도 끈처지진못함닛가. 그째에는 쏘새로운비극이생길터인데요』

『네, 소련씨, 사람이사랑을 구한다거나 일는다는것은거짓말임니다. 사람은자긔자신속에 사랑을가지고, 엇던대상으로하여곰 그것을눈깨우게되여서 결국분명한생활의식을가지는데 불과한일이닛가요, 쏘말삼하신 외로운사람들속의 비극갓흔것은 물론 어느곳에든지 사람자신이 그운명을 먼저짓고이세상을 지배해나가게될 째까지 쏘, 세상에 모든사람들과 결탁해서사는것을 폐지하기까지는 면치못할일임니다』

『그래서 그 요한네쓰!』하고 소련은무엇을머믓거리다가『그요한네쓰도 구도덕의 함정에쌔저 멸망함닛가 저는철학을 모르닛가 그이가아는 싸윈이라든지 헥켈의 학설은 분명히는 모름니다만은, 그마알이라는 녀학생은 아주그이의학설에 그이의모든것을 다아는 인정에 절대로 공명이됨니다그려 아주허여지기는 어려운새이가되는거지요』

『네—[8] 하고 효순은 좀이상한듯이 머리를돌니다가 대답한다 『그……요한네쓰는 리상적동무를맛낫슴니다 그러나 반드시 가티 살수도업고 그것은고사고 그동무를 하루이틀 더위로할수도업지요 그래서 그동무는 가는곳도 아니가리키고 가버리지만 한가지이상한 말을남기고감니다. 즉 두사람이헤여저잇지만 한법측아래서 한쑷으로사라나가자는것이지요 그들은 가튼학설을밋으닛가 그학리에 적합한행동을해서 여러가지 쪽갓흔사실을 행해나가면서 살자는것이지요. 그럿치만 그요한네쓰는 그극렬한 육신의감정을 오히려장

8   기호 ‘,’ 누락.

79

래오랜 미듬을 밋겟다고는 생각지안코 호수에싸저죽지요 참외로운
사람입니다』

하고, 효순은 또다시 하늘을치어다보앗다. 은순도덩다라 치어
다보앗다. 그러나 소련은 무릅우에 손길을 내려다보다가

『그럼』하고 럼이란자에 힘을너으며『그……요한네쓰는 밋음
을 가지지못할사람임닛가』

『아니』하고 효순은 소련을향하여 다시힘잇는 시션을던지며
『그럿치도 안을테지만 사정이마알보담, 더난처하엿슴니다 누구던
지 쉐테가 아니라도, 회색가튼리론을 밋지는못하고 생씨잇는 생활
을 요구하겟지요』하엿다.

이째 소련은 대리석상에서 생명을부러나오는듯이, 자긔도 무
의식하게

『그럼 그요한네쓰는 그목슴으로 어려운문데를 해결해버렷슴
니다그려 그러나 마알은?』햇다. 효순은 이말을 가장흥미잇게 대답
하려는듯이,

『오—』하고 입을열다가

『이차 다 식음니다』하는 은순의말소리에 그안해의 존재를 아
주이젓다가 비로소 정신차려서 그를결풋처어다보고『참!』하며 이
야기하노라고 말니엿든목을 축이엿다.

『그마알은 생활을엇지못할경우를당해서』하고 책장을뒤다가
한곳을 차자놋코,『아님닛가 공부해서 공부해서 그야말로엽눈도 쓰
지안켓다고햇구면요 그러닛가 종래 학리를 구하러길써나는지 쏘
괴로움을이즈려고 책으로얼골을 가리우려는지 작자의 본쯧은 분명
이모를일이지만 종래길써나지요』하고 말씃을 이엿다.

이째 소련은 란처한듯이

『그럼 그이들은 서로 다른것갓지안음닛가? 요한네쓰는 더압서지안엇습니가?쪼마알은 요한네쓰를 절대로 밋지는 못하는 것 아닙니가? 그럿치안으면 마알이 더만히 요한네쓰보담 발전성(發展性)을 가젓던지요?』하고 여린생도가 선생에게 뭇듯이무럿다.

　『아니요 그들의 환경이달낫습니다 그두사람은누구나 쪽가티가티생활해나가기를바랄것이지만 마알은 아마 심령(心靈)의 세계를 완전히밋을쑨아니라 쪼요한네쓰에게는 구도덕이지은 대상이달리 잇섯스닛가 마알은 자긔가아니라도 요한네쓰는 그옛날에 도라가 생활할줄 밋엇겟지요 그러나 그고향의싸쏫함을 안이상에야 어느목숨이쏘다시 무미한쓸쓸한 생활을 게속하려고 하겟슴니가. 작자는 거긔싸지쓰고는막음을 햇지만……』하고 말싯을 긋치고 그압헤 노힌과자를집엇다. 그러고나서

　『소련씨 사람은 절대로 누구와든지 쏙 육신으로 결합해야만살겟다고는 말못할것입니다 그것은 정을류통식혀 보지못하고 이세상을대항하야 발전이라는것을 모르는 사람에게는 능할것이지만 우리는 한대상(對像)을 알므로그주위에 모―든것까지 곱게보지안음닛가 단지 그대상으로 인해어든 생활의식이 분명한것만 다행하지요 하지만 녀자의경우는, 오히려 요한네쓰에 갓가우리라고 해요, 더군다나 조선녀자는 그럿치만 그것이올흔것은못됩니다』하고 생각깁흔듯이 소련을 바라보앗다.

七7

　소련의 그얼골은 햇슥하게변햇다. 그는입살까지 남빗으로 변

했다. 은순은 가만히안젓다가, 차를싸루러 탁자압흐로가서 그압혜 걸닌거울속을 드려다보다가, 자긔눈에 독긔가씌운것을 못보고, 효순이가소련이와 숨결을어을느듯이 하든이야기를긋치고 모—든것이 괴로운듯이 쓸압흘 내려다보는것을보앗다.

이쌔 두사람은 뒤에서 반사되여빗치는 시선을쌔다르면서 쏙가티 뒤들[9] 도라다보앗다. 이쌔이다. 두지식미를가진얼골과 다만 무엇을 의심하고투긔하는듯한얼골이쌕족하게 삼각을지을쑷이 거울속에 모듸엿섯다.

이한순간후에 검은보석을단듯이 햇슥해진 소련의얼골이머리를돌니며

『형님 그찬장안에 고구마군것이잇스니 내노아보세요 내손으로 아무러케해서맛이 되잔엇지만……』햇다. 은순은 그말에는 대답업시 차관은[10]갓다가 소련과 효순새이에놋코 자긔방으로 드러가서 도롭프스봉지와 쵸코—쩨트 봉지를들고 나와서 목판에담고쏘쩌리운듯이 주츰주츰하다가 찬장에서 고구마군것을 쓰내엿다.

이찰나에 게란탄내음새와 쌔다와 젓내음새가단향긔를지어서 봄빗이쏘인 고요한 마루우에 진동하엿다. 은순은 그맛잇서뵈이는것을 도로드려미러버리려는듯한 솜씨로

『이것잡수세요?』하고 목이매여서 무럿다. 효순은 말업시 미미히우스며 은순을 바라보고소련을바라보고 고개를 돌니여 하늘을 치어다보앗다. 소련은 은순의 불쾌한 낫빗을 미안히바라보고 숨결고롭지못하게

---

9 '를'의 오기.
10 '을'의 오기.

『그싸짓것 고만너어버리세요』하고 말해버렸다. 은순은, 소련의 말대로 내놋튼것을드리미러버리고, 다시안젓든자리로 와안젓다.

하늘은 맑은우숨을씌고 나즈레하게 사람들의생각을 돌보는듯이 개여잇섯다. 쓸에는 모럭모럭김이 오르는싸우에 안즌뱅이와 멈둘네가 피여잇섯다. 화단에는 한쎔이나자란 목단과 쏘 두어자이나 자란파초가 무엇인지 채알지도못할 쏫닙파리들 가운데서 고요한봄바람에 한들거리고잇섯다.

차와과자는 봄날대낮의 남향한마루로드리쬐이는볏헤 얄분김을 올니면서 이세사람의긔억에서 쩌나잇는모양이엇다.

그러나 한참만에 은순은 이고요함을쌔트리고 그목메인소리로 『차를잡수세요』하고 권했다.

하늘을 치어다보고 쌍을 굽어보든두사람은 듯는지 마는지 무슨쏙갓튼생각을 가티하는듯이 정밀한 그들의얼골에는 조곰한잡미(雜味)도 석거뵈이지안엇다.

이째엿다 무엇인지 효순과 소련새이가 갓가워지고 은순과 소련새이가 동쩌러저나간듯이 생각든지가……. 우리는지금까지 이세상에서 모든붓헛든것들이 쩌러지는것을보고 모든쩌러젓는것들이 붓는것을본다. 우리들의 먹는쩍과 김치와, 과실과 고기를생각할째에도……. 쏘 그럿타! 우리는매일가티 그런것을 안볼째가업다. 그러나 우리는 거긔서 서로헤여짐이업는 나라를짓고 나라를 쌔트리지안을 경우를 지으려한다. 하나 우리는매일가티 헤여지며 맛나는 동안에 매일가티변함을본다. 필경 육신과 령혼을 양편으로가진 사람들은 약함을쓴쓴내 이기진못하고 운명에게 틈을엿보여서 나라를 쌔트리기도하고 경우를일키도해서 동서에울고 웃게되며 남북에 헤매이게되는것이다.

83

여긔이르러 소련의운명은 그갈곳을 확실히작정햇다. 효순이
가와잇는 몃칠동안을 은순은 투긔와 의심으로 날을보내고 애덕녀
사는 혹독한 감시(監視)를게을느지안엇스며 그즁에 소련의덕모는
서울구경을핑게하고 올나와서 이여러사람들에눈치에 덩다라

『제어멈을 달마서 행실이엇더할지모르리라』고 말전주햇다.
효순은 난처한듯이 동정깁흔 눈씨를 소련에게 향할쑨이요 침묵을
직히게되엿다. 이보담전에

소련과 효순은 모―든행동을 서로빗추워하게되고, 모든의심
을 서로무르며, 모―든것을 또 명령적으로 대답하며 모―든행동을
서로복종하엿다. 이러한 몃칠동안을 은순은 눈물을 말니지못하고
애덕녀사에게 자조무엇을 속색엿다.

이에 애덕녀사는 효순에게 정중한행동을취하며 속히 소련의
혼인을 작정하려고 급한행동을햇다. 이틈에효순은 소련에게 또다
시 안체만체한 행동을햇다. 그러고 속히 동경갈준비를햇다. 그런중
에쏘, 송도성이란 그의부친은 시골서올나와서 효순을 그려관으로
데려가버렷다 소련은 꿈과가티 그리운사람과 몃칠동안을 깃겁게생
활햇다. 하나 모―든것은 꿈가티지나가 버려젓서다.

八8

소련은 그고마와덕모의 위협에 급히도최병셔와의혼례를 허락
하엿다.

애덕녀사는 다시 효순에게 상량한태도를 뵈엿다. 소련은 다시
나날이 수척하여젓다. 은순의낫빗은편안하여젓다. 그러나, 효순의

낫빗은 거스림과비우슴과 날카라움으로 충만되여잇스면서도 데일 온화한행동을 락종하는듯했다,애덕녀사는 힘써서, 최병셔를 그집으로 잇그러 듸렷다, 병셔는 흔한금전으로 나이먹은녀인(女人)들의 환심을사버렷다. 병셔는문안에 이를째마다, 영복이란녀인까지 그를대 환영하엿다. 병셔는 효순과 깃겁게 사귀려고하며

『학사! 리학사!』하고 빈정거렷다.

최씨는 그검은얼골에 크림을칠하게되고, 그거세인머리에 기름을 쌔게되여서 효순의 모양을본썻다 효순의 창백한고상한얼골과, 병셔의 구리빗가튼심술구즌얼골은 서로 맛지안는쯧을 말해보려하엿스나 순하고 게다가아무런구속도 밧기시려하는효순은 아모편으로던지 건드려지지안코 애써타협하려하엿다.

그러면서, 동경서 명치대학법과를 졸업한 병셔의학식을, 더위업시 놉히아러주는듯하엿다. 그러고 그의버릇인 하늘을치여다보는표정은 곳치지안엇다.

그러나뎌는 잇다큼식

『사람이 그주위에서 조화를쌔트리지안는사람만 가장행복될것이고,쏘 휠신넘어서서 모―든것을쌔트리고도 능히세울수잇는사람만 위대하다고 설명햇다. 쏘사람이 어울니지안는대상을 요구하는것은 도적과갓지만 사람은 사람자체(自體)의생활의 시초를모르는이만치 그생활을 스스로 시작하지못햇슬터이닛가 전부책임질수가업서서노력만이 필요하다』고이야기햇다.

병셔는 효순의말을 리학쟈의 말갓지안타고비우섯다. 그래도 효순은 아무말업시 하늘을치어다보고 말엇다.

소련은, 차라리 이괴로운날들을 어서주려서 속히 병셔의집으로 가지기를원햇다 그러나 그역그쯧대로 되지안어서 그는 아모의

김명순

눈에든지 뵈이도록 번면햇다.

그다음에 효순은일본으로 써나면서 섭섭해하면서도 말은못하는 소련을뒤쓸로씰고가서 이갓튼말을남겻다.

『소련씨 우리들이 한쌔에 이디구우에 살게된것과 쪼이러케사귀게된것만행복됩니다. 이제우리는서로아럿스닛가 서로의식하며 힘써서 갓튼귀일점에서 맛나도록 생활해나가는것만 필요함니다. 이후에 소련씨는 최병셔씨와 단란한가정을 지으시겟지요, 쪼, 우연치안한, 긔회로 영영잇처지지못하도록 맘이맛던, 한동무가, 어듸서 당신과쏙가티 고생하며 힘쓸것을 잇지안으시겟지요, 자―유쾌하치안음닛가, 우리에게는 요한네쓰와 마알에게오는파멸은업슴니다 자―우리는 우리가연구하는화성이 우리의 디구와갓다고생각하면 얼마나 반갑슴닛가 쪼 통행해지겟다고 생각하면얼마나 놀납슴닛가 하나 시간이호을로 해결한권리를 앳기지안음닛가 다만사람은 그동안에 힘쓰는것만허락되엿슴니다』하엿다. 소련은이쌔 그가삼속으로 넘처흐르는 친함을억제하지못하고 그압흐로갓가히서며

『오―오라버니』하고 부르지젓다. 효순은얼골을돌니고『누님』하고 먼저도라서서 압쓸로왓섯다.

이쌔는 맛츰봄날오후이라. 하늘우에서는, 종달이가 한잇는대로, 감정을놉히여 먼곳으로부터 우러냇다.

그뒤에 소련은 모―든일이 맨처음부터 잇섯던듯이 쪼 모―든 것이 업섯던듯이 최씨댁으로 와서살게되엿다. 그러나 미듬을가지지못한 병셔는 소련을공경은할수잇지만 사랑은할수업노라고하면서 마음내키는대로 게집을상관하고 집을비엿다. 그러고도 부족한 것이 만흔사람처럼 애써서 가정일을 힘쓰는 소련을 학대하기도 붓

그리지안엇다. 그런중에쏘 병셔의모친은 잇다큼식와서 그아들의
애정을 소련째문에 앗가운듯이 소련을들 복구웟다.그러나 소련은
참고 일하고공부하고 모든것을사랑하고, 사람들의 성격을 부드럽
게하며 사라왓다.

그러나 그후에는 은순이와 애덕녀사에게 우연히의심을 밧게
된 소련은 서울가더래도 효순을맛날수업섯다.

그후에 효순은 박사가되엿다. 쏘 인천측후소속에 숨어서 연구
를싸엇다. 그러나 들니는말이 그부인과 불화해서 독신을 직히며 녀
자들을 피한다고햇다.

그소리를 드르면서 소련은더욱자긔의로동(勞動)과수학(修學)
과 사랑(博愛)을 게을니하지안엇다. 그러든것을 그는 이밤에 이런
생각에붓들니고 쏘 강연하러온 효순의음성을 그담박게서애 닮게들
엇다.그는여름밤이 깁허갈사록 왼몸을썰엇다.

그러나 지리한뒤ㅅ생각이 그를잠들게해서 몃시간이지난뒤에
그는 잠자든숨결을 잠간멈추고. 눈을번쩍떳다. 여전히 병셔는, 드
러오지안은모양이엿다. 이째에모든업던듯하든것이잇섯다.

너른삼간방속에, 그의취미는얼마나 부자유한몸이면서 자유를
바랏든고?!

아래목벽에걸닌 로단의다나이드를 사진박은 그림이며 머리맛
헤 정펠로의 살과노래란영시(英詩)를 흰비단에 옥색으로 수노흔 족
자며 쏘일홈모를 물새가방맹이 에 붓드러매이워서 그자유인 오촌
(五寸)가량의 범위를 못버서나고애쓰는 그림이 어느것이나. 자유를
인텃갑게 바라는 소련의취미가아니랴 이런것들을 뒤도라보는 소련
의마음이 엇지 대동강의 릉라도(綾羅島)를 에두른 이류(二流)가 합
처지지안키를바라랴흐름은제방(堤防)을쌔트린다!

그러나 그런째에 그뒤로서는 유전(遺傳)이다 간음(姦淫)이다 할것이다.

이째의 자유를엇은 사람의쾌활한 용감함이 무엇이라 대답할가?

『너희는 무엇을 이름짓고 어느일홈을 쓰리며시려하느냐 그즁 아름다운것을 욕하진안느냐』하지는안을지? 누가보증하랴 누가그 부르지짐을 막을만치 깨끗하냐. 엇던성인(聖人)이그것을 재판하엿 드냐.

소련은 머리를끗덕이며 뵈이지안는신압헤 허락햇다. 컴컴하 든 하늘은 대동강우에동텃다.

소련이 이밤이새인이날에 그회당싸지가서 효순의 강연을드를 것과 감동할것은 당연한일이고 쏘 그럿튼지말든지 영원한생명에어 울너, 샘물이흐르듯이 신선하게사라나갈것은 쩟쩟하겟다 보증된다.

그는이날이새여서도 최병셔의집인 그의집에서 모든생명을거 누고 내노흘것이다. 누가그집에참주인인지 누가모르랴.

집주인은 건실하고 온화하고 공경될것이다.

그러고 힘써서『째』를긔다리는것은 생활해나가는 사람의본능 (本能)이라겟다.

그들의세상에는 은순이가업고 병셔가업고 애덕녀사도업슬것 이 당연할일이다.

(一九二四年1924년 十一月11월 二十九日29일 改稿개고)

(苦痛고통 中중에 간신히 脫稿탈고)

──《조선일보》, 1924년 3월 31일~4월 19일;

김명순, 『생명의 과실』(한성도서주식회사, 1925)

돌아다볼 때

1

여름밤이다. 둥글어 가는 열이틀의 달빛이 이슬 내리는 대기 속에서 은실같이 서리어서 연못가를 거니는 설움 많은 가슴속에 허덕여 든다.

이슬을 머금은 풀밭에서 반딧불이 드나들어 달빛을 받은 이슬방울과 어리어서는 공중의 진주인지 풀밭의 불꽃인지 반짝반짝한다.

소련은 거닐던 발걸음을 멈추고 연못가에 조는 듯이 앉았다. 바람이 언덕으로부터 불어 내려서 연잎들이 소련을 향하여 굽실굽실 절을 하듯이 흐느적거렸다. 무엇인지 듣지도 못하던 남방의 창자를 끊는 듯한 설움이 눈앞에 아련아련한다.

마치 그의 생각이 눈앞에 이름 지을 수 없는 일들을 과거인지 미래인지 분간치 못하게 함과 같다.

음침히 조용한 최병서 집 서편 울타리 밖에서는 아이들이 하늘을 치어다보면서

"별 하나 나 하나 별 둘 나 둘 별 셋 나 셋 별 백 나 백 별 천 나 천"하고 노란 소리들을 서로 불러 받고 주었다. 이 어린 소리들이 그의 가슴속 맨 밑까지 들어서

"왜, 결합된 한 생명같이 한 법칙 아래 한 믿음으로, 이 세상을 지나면서 하필 남북에 헤어져 있다가, 우연히 또 한 성에 모이게 되어서도 만나지도 못하고 울지 않으면 안 되었느냐."하고 애달픈 은 방울을 흔들었다,

"그러나 아무도 우리를 못 만나게 할 사람은 없는 것이 아니냐. 같은 회당에 모일 몸이"하고 또다시 만날까 말까 오뇌할 때 이 생각의 아득함을 꿰뚫는 듯이 귀뚜라미들이 그들의 코러스를 간단이 없게 울렸다.

여름밤 하늘의 맑음이 하늘 가운데로 은하를 건너고 그 가운데 던져 버렸다는 '오르페우스'의 슬픈 거문고를 지금 이 밤에 그윽이 들려주는 듯하다.

구원한 하늘을 우러러 옛사람들이 지은 옛이야기가 또다시 그 머리 위에 포개져서 설움을 복돋운다.

소련은 이슬에 젖어서 역시 이날도 뒷방 삼간 속으로 들어갔다. 그는 문을 잠그려다가 방문을 열어 놓은 채 발을 늘이다 말고 우두커니 섰었다.

이때 마침 창전리 언덕길 아래로 지나는 사람들의 음성이

"이 집이지?"

"응—."

"송 군, 자— 언덕 위로라도 올라가서 잠깐이라도 보게그려. 그렇게 맑은 교제 사이였는데 못 만날 벌을 받을 죄가 왜 있단 말인가."

"원! 그렇지 않더라도 생각해 보게. 남의 잠잠한 행복을 깨뜨릴

의리가 어디 있겠나."

"그럴 것이면 그 연연한 생각조차 씻은 듯이 없이 하든지……."
하면서 이야기하는 발소리들은 소련이가 향해 선 벽돌담 밑까지 가
까이 오면서

"이 군, 이것이 유령도 아니고 동물도 아닌 사람의 우수일 것일
세. 자 — 부질없으니 내려가세. 겹겹이 벽돌로 쌓아 높인 담 밖에
와 서서 본다기로, 무슨 위로가 있겠나." 하고 한 발소리가 급급히
내려가면서

"이 군, 어서 가서 Y 양의 반주할 것을 좀 더 분명히 익혀 주게."
하매 그 뒤로 다른 발소리들도, 따라 내려가는 듯하다.

소련은 또다시 소금 기둥이 된 듯이 그 자리에 섰었다. 이 순간
이 지나자 그의 마음속은 급히 부르짖는다 —.

"오 — 송 씨의 음성이다. 그이가 아니면 어디서 그런 음성을
가진 사람이 있으랴. 그렇다, 그렇다." 하고 그는 버선발로 벽돌담
밑까지 뛰어 내려가서 뒷문을 열려고 하나, 빗장을 튼튼히 지르고
자물쇠를 건 문이 열쇠 없이는 열려질 리가 없었다. 그는 허둥지둥
연못 앞으로 가서 석등롱 주춧돌 위에 발돋움을 하고 서서 담 밖을
내다보나 달밤에 넓은 신작로가 비인 듯이 환히 보일 뿐 저편 길 끝
에 사람의 그림자 같은 것이 가물가물할지라도 기연가미연가하다.

소련은 실심한 듯이 방마루로 올라오면서 버선을 벗고 방으로
들어갔다.

소련은 생각만이라도 되돌려 보겠다는 듯이, 연 문을 꼭꼭 잠
그고 지나온 생각에 삼겼다.

그 일 년 전 봄에, ××학교 영문과를 좋은 성적으로 졸업한 소
련은 그 봄부터 역시 경성에서 ××학교 영어 교원이 되어서 그 아

김명순

름다운 발음으로 생도들을 가르쳤다, 그와 생도들 사이도 지극히 원만하였고 또 선생들 틈에서는 좀 어린이 취급을 받았을지라도 근심거리가 없었다. 하나 소련은 그 봄부터 나날이 수척해 갔다.

혹이 그의 수척해 감을, ─ 그가 어릴 때부터 엄한 그 고모의 감독 아래서만 자라나서 그렇다기도 하고 ─ 어떤 귀족과 혼설이 있던 것을 영리한 체하고 신분이 다르니까 할 수가 없습니다, 하고 거절은 하였지만 미련이 남아서 번민한다고 하기도 하였다.

그러나 그의 사실은 이런 구역이 날 헛소리들을 뒤집어엎고 버리지 못할 이야기를 짓는다.

2

소련은 ××여학교 영어 교사가 된 그 이듬해 사월 하순에 학교 전체로 수학여행을 하게 되었을 때 고등과 삼년생들을 이끌고 다른 일본 선생들 틈에 섞여서 인천측후소로 가게 되었었다.

그때 일기는 매일같이 꾸물꾸물하고 그러면서도 빗방울을 잠깐잠깐 뿌려 보기도 해서 웅숭그리게 뼛속까지 사무치는 봄 추위가 얇은 솜저고리 입은 어깨를 벗은 듯이 으스러뜨렸었는데 소련이가 인천측후소를 찾은 것도 이러한 날들의 하루였다.

선생들과 생도들은 얼버무려서 모든 기계실에 인도되어 자못 천국에서 내려온 듯이 고상한 풍채를 가지고 또 그 음성이란 한 번 들으면 영원히 잊혀지지 않을 젊은 이학자理學者[1]의 설명을 들었다.

1　이과 학자.

젊은 이학자를 앞에 두고 사십여 명의 선생과 생도들은 지하실에서 지하실로 층층대에서 층층대로 올라갔다 내려갔다 하였다.

젊은 이학자는 가장 열심히 그 희던 뺨에 불그레한 핏빛을 울리면서……

생도들이란 것보다 특별히 소련에게 향해서

"아시겠습니까 아시겠습니까." 하고 설명했다. 소련도 열심히 들으면서 가끔 알아듣는 듯이 고개를 끄덕여 보였다.

모든 기계실의 설비를 구경시키고 나서 젊은 이학자는 ××명 학교 선생들에게 차를 대접하려고 응접실로 인도하였다. 거기서 그들은 서로 명함을 바꾸었는데 소련은 그가 조선 청년인 것을 알고 귀밑이 달아 오는 것을 간신히 참고 있었다. 그러나 송효순은 뺨이 발개진 소련에게 조선말로 그 부드러움을 전부 표면에 나타내서

"나는 당신이 생도인 줄 알았어요. 아주 어려 보이니까요." 하고 그의 귀밑에 속삭였다. 이때에 소련은 처음으로 이성에게 대해서 그 향기로움을 알았다. 지금까지 사내 내음새는 그리 정淨하지²⁾ 않았던 것으로만 알았던 것이―그 예상을 흐리고 이상한 그 몸 가까이만 기다려지는 무엇을 깨닫게 되었을 때 또다시

"언제부터 그 학교에 계셨습니까. 영어만 가르치세요. 과학에 대해서는 아무 취미도 안 가지셨어요." 하고 그 달아오른 귀밑에 송씨의 조용한 말을 들었다.

그는 온몸이 무슨 벽의 튼튼함을 의지하고 싶기도 하고 자기 홀로인 고요하고 정결한 방 속에 숨고 싶기도 한 힘없음과 비밀스러운 기분에 취했었다.

2   맑고 깨끗하다.

김명순

그는 그러면서 송효순이가 그 몸 가까이 오지 않기를 바랐다. 그럴 때 효순도 같은 기분에 눌리는 듯이 점점 말을 없이하고 그 옆에서 다른 일본 선생들과 어음 분명한 동경말로 이야기를 했다. 선생들은 송효순에게 대단한 호의를 보이는 듯한 시선을 보내면서 소련을 유심히 바라보았다. 그리고 그 눈들이 모두 소련을 부러워해서 그 이학자의 몸 가까이 앉은 것을 우러러보는 듯하였다. 측후소로 떠나올 때 효순은 소련은 특별히 조용하게

"서울 어디 사세요."

"저 숭이동……이에요."

"거기가 본댁이십니까."

"아니 그렇지 않아요."

"그럼, 여관입니까."

"아니요, 제가 자라난 고모의 집이에요."

"그럼 양친이 안 계십니까?"

"네……." 하고 그는 발뒤꿈치를 돌리려다가 또 한참 만에 "그럼 안녕히 계십쇼." 했다. 이때 효순은 무엇을 생각하는지 멍히 섰다가

"고모 되시는 어른은 누구세요."

"저 — ××학당의 류애덕이에요."

"그러면 훌륭하신 어른을 친척으로 뫼시는구면. 혹시 찾아가 뵈면 모르는 체나 안 하시겠습니까?" 하고 이야기를 했었다.

소련은 이처럼 효순과 이야기를 바꾸고 생도들 틈에 섞이어서 산등성이를 내려왔었다.

그 후로 그는, 도저히 잊지 못할 번민을 가지게 되었다. 그는 길거리에서라도, (그이가 자기를 찾아와 본다고 하였으므로) 혹여 넓

은 가슴을 가진 준수한 남자의 쾌활한 걸음걸이를 볼 것 같으면 그이나 아닌가 하게 되었었다, 그럴 동안에 그는 점점 수척해 가고 모든 일에 고달픔을 깨닫게 되었었다. 그는 단 한 번이라도, 다시 효순을 만나고 싶었다. 그의 그리워하는 효순에게 대한 동경은 드디어 감성으로부터 영성에까지 미치게 되어 그는 새로이 과학에 대해서도 취미를 가지게 되었었고…… 영원한 길나들이에서라도 만나지라는 소원까지 품게 되었다. 그는 밤과 낮으로 그이를 다시 만나지라고 기도했다.

잠깐 동안이었을지라도 그 아름다운 순결을 표시한 듯한 감성이 정결한 마음속에 잊지 못할 추억의 보금자리를 치게 하였던 것이다. 하나 그의 마음은 망설거리지 않을 수 없었다. 아무리 굳센 의지가 있다 할지라도 단 한 번의 만남으로 얻은 감명이 걸핏하면 새로이 연구하려던 과학 같은 것을 잊어버리고는 다만 자기의 눈으로 만나고만 싶었다.

그는 드디어 밤과 낮으로 기도하는 보람도 없이 만나지 못하므로, 시름시름 병을 이루게까지 되었다. 그 처녀의 마음에서는 송효순 이외에 모 ─ 든 남자들이 초개[3]같이 보였다. 그러나 그러함을 돌아보지 않고 류애덕을 향해서 소련에게 청혼을 하는 사람들은 결코 헤일 만치 드물지 않았다.

류애덕은 부모 없는 조카를 남부럽지 않게 십여 년 기른 피로로 인함인지, 또는 그의 장래를 위함인지 분명히 말을 하지 않으나 다만 하루바삐 그를 결혼시키고 싶어 했다. 어떤 때는 소련의 삼십원 받는 시간 교사의 월급이 너무 적어서 수치라고도 했다.

3 풀과 티끌. 쓸모없고 하찮은 것을 비유적으로 이르는 말.

소련은 이때를 당해서 그 마음을 더욱 안정할 수가 없었다. 그는 얼마나 삶에 대해서 맹랑한 쓸쓸스런 일인 것을 깨달았었는지 또 그 고모의 교훈이 얼마나 표리가 있었던지 헤아려 보려면 헤아려 볼수록 분명히 그릇됨을 찾아낼 수도 없건마는, 뜨거운 뜨거운 눈물이 저절로 그 해쓱한 뺨을 굴렸다. 다만 그는 밤과 낮으로 그러지 않아도 처녀 때에 더더군다나 외로운 처지의 근심스러움과 쓸쓸스러움을 너무도 지독하게 맛보았다. 그는 어느 날은 침식을 잊고 이 분명히 이름도 지을 수 없는 아픔을 열병 앓듯 앓았다. 그는 흡사히 병인같이 되어서 ×명학교에 가기를 꺼렸다. 하나 그는 하는 수 없이 거기 가지 않으면 고모의 생계를 도울 수 없었다.

그는 매일같이 사람 그리운 불타는 듯한 두 눈을 너른 길거리에 사라처 뵈이면서 ×명학교에를 왕래하였었으나 나중에는 아주 근력을 잃어서 눈을 땅 위에 떨어뜨리고 길 지나는 사람들을 치어다보지도 않았다. 이런 때 처녀의 처음으로 사람 그리는 마음이 그대로 들떠지기도 쉬웠지마는 소련은 힘써서 자기의 마음을 누르고 무엇을 그리는 그 비밀을 속으로 속으로 감추어서 드디어 모든 삶에 대해서 생각하게 되고 또 여자의 살림살이들 중에도 조선 여자의 살아온 일과 살아갈 일에 대해서 생각하게 되었었다. 또 모—든 사람의 살림살이들을 비교도 해 보면서 과학에 대하여 알고 싶어지는 마음은 마치 고향을 떠난 어린이의 그것과 같이 이름만 들을지라도 가슴이 두근거려졌다.

어떤 때는 물리학이라든지 또는 천문학이라든지 하는 학문의 이름이 송효순의 대명사나 되는 듯했다, 하지만 소련이 스스로 그 동무들 간에는 그런 마음을 찾아볼 수 없는 것을 볼 때 얼마나 섭섭함과 외따로움을 알았으랴. 그는 벌써 이십이 넘은 처녀인데 이 처음으로 남 유달리 하는 근심은 그에게 부끄러운 듯한 행동거지를 하도록 시켰다.

그는 어떤 때는 ×명학교 이과 선생에게 열심히 물어도 보고, 어떤 때는 여인들의 지나온 이야기에도 귀를 기울여 보고 그들이 얼마나, 그릇된 살림살이를 하여 왔는지도 정신 차리게 되었었다. 하나, 소련의 건강은 나날이 글러 갈 뿐이어서 그 쌀쌀스러운 류애덕 여사도 놀라지 않을 수 없게 되었었다. 이러할 틈에, 소련은, 그 향할 곳 없는 마음에 병까지 들게 되었으므로 이학과 여인들의 모임에도 힘쓰지 못하고, ×명학교에서 영어를 가르치고 집으로 돌아오면 문학 서류를 손에 들게 되었었다. 거기에는 모든 세상이 힘들지 않게 보여 있는 탓이었다. 전일에는 피아노도 열심으로 복습했지만 깊은 비밀을 가진 마음은 자연히 어스름 저녁때와 같이 불그레한 저녁날 빛 같은 희망조차 잃어버리기 쉬워서 캄캄히 명상에 빠지어 마음의 소리를 내기도 꺼리어졌었다. 그는 얼마나 뒷동산 언덕 위에 서서 저녁 하늘을 바라보고 처창함을 느끼었을까. 만일 누구든지 그이의 마음을 알면 비록 그 연애란 것이 아닐지라도 사람들의 일반으로 가지는 번민을 그렇게도 깊이도, 삼가롭게 함을 얼싸안고 불쌍히 여겨 주었을 것이다. 하나 그에게는 아무의 동정도 향해지지 않았다. 그는 문학 서류를 들고 고모의 눈치를 받게도 되고 (류애덕의 교육은 생계를 얻기 위하여 학교 졸업을 받는 것이 주장이었으니까) 어두운 마음의 비밀을 품고는 학교에서 같은 선생들의 의심스러운 눈치를 받고, 생도들의 속살거림을 받았다. 그는 그 눈들에 대해서, 은근히 검은 눈을 둥그렇게 뜨면서,

"아니요, 그렇진 않아요. 하지만 당신들이 모르는 내 마음에 힘 있게 받은 기억이 나를 이같이 괴롭게 해요." 하고 눈으로 변명했

다. 하나 그 마음이 아무에게도 통하지는 못하고, 같은 선생들은 단순히,

"처녀의 번민 — 상당히 허영심도 있을 것이지."

"글쎄 답답해. 류애덕 씨가 완고스러우니까 그때 왜 기회를 놓쳤던고. 벌써 그 귀족은 혼인 예식을 지냈다지……."

"불쌍해라. 그런 자리를 놓치다니, 너무 영리한 체하는 것도 손損[4]이야." 하고 자기네들끼리 중얼거리기도 하고,

"왜 그렇게 수척해 가시오, 류소련 씨. 그런 귀여운 자태를 가지고 번민 같은 것을 가질 필요야 있습니까. 아무런 행복이라도 손쉽게 끌어올 것을……."

"몸조섭을 잘 하세요. 이왕 지난 일이야 쓸 데 있습니까. 또 다음 기회나 보시지요." 하고 직접 아무 관계 없는 기막힌 동정을 해 주었다. 소련은 이런 때마다 수치와 모욕을 한없이 깨닫고, 자기가 마치 이 세상에 쓸데없는 사람인 것 같기도 하고 또 송효순에게 대한 비밀을 영영히 숨겨 버려야만 옳을 듯한 미신이 생겨지기도 했다.

모든 것이 다 — 어둡게 그의 마음을 어두운 곳에만 떨어뜨리려고 했다.

하나 그는 역시 송효순이가 그리웠다, 잊혀지지 않았다. 그래서 그는 혼인 말이 있을 때마다 거절했다. 그 고모 류애덕 여사는 그 연고를 묻지만 저편에 학식이 없다는 불만족들보담 자기가 신분이 낮다는 겸손보담 또 재산이 없노라는, 감당 못 할 정경에 있다는 것보담,

"찾아가도 모르는 체 안 하시겠습니까." 하던 믿음성과 겸손과,

4   물질적으로나 정신적으로 밑짐.

활발함을 갖추어 보이고 또 고상한 음성으로 모든 대담스러움을 감추어 버리던 그 인천측후소의 송효순이가 그리웠다. 그는 그 참을성과 진정한 그리움에서 나온 부끄럼이 아니면 인천측후소를 찾아갔을지도 모르겠지만, 다만, 재치 있는 손끝을 기다리는 듯한, 덮어 놓은 피아노의 하얀 키 ── 가 아무 소리도 못 내고 잠잠할 뿐이었다.

3

류애덕은 소련의 아버지보담 다섯 해 위 되는 웃동생이었으며 그의 고향은 반도 북편에 있는 박천 고을이었다. 류애덕의 부친은 한국 시대의 유자[5]로 류 진사란 이름을 얻은 엄한 노인이었으나 불행히 늦게 본 아들 땜에, 속을 몹시 태우다가, 그 아들이 이십도 되기 전에 고만 이 세상을 떠나 버렸다, 이보담 전에, 류애덕은 열다섯 살 되자, 그 이웃 이 주사 집으로 출가를 했으나, 유자와 관리 편 사이에는 일상 설왕설래가 곱지 못했을 뿐 아니라, 류애덕의 남편은 불량성을 가진 병신이었으므로 갖은 못된 행위를 다 하다가 집과 처를 버리고 영 ── 나가 버렸다. 그러므로 아직 어리어서 생과부가 된 류애덕은, 흔히 친정살이를 했으나 그도, 소련의 적모와, 사이가 불합해서 가장 고울 을녀의 때를 눈물과 한숨으로 보내다가, 조선 안을 처음으로 비치는 문명의 새벽빛을 먼저 받게 되어서 후 세상을 바라려고 교회당에도 다니게 되고 또 공부까지 하게 되어서 쓸쓸한 삶에 향할 곳 없는 마음을 배움으로 재미붙이어 나날이 그 학

5   유학을 공부하는 선비.

식을 늘이었으나 그 역 반도 부인 태반이 그러하도록, 미신적 믿음 외에는 달리 광명을 못 받은 이였다. 그러나 그 환경에서 남성에 대한, 사모할 맘을 영구히 잃어버린 그는 다시 출가할 마음을 내지 않고 교육에 뜻을 두게 되었다. 그는 운명이 그러한 탓인지 여기에 이르도록 비교적 순한 경로를 밟아 오게 되었었다. 과부가 되자 그 모친의 보호 아래 학비 얻어 공부하게 되고 또 밖으로 들어오는 유혹은 아주 없었으므로 그는 해변가에 물결을 희롱하고 든든히 움직이지 않는 바윗돌은 아니었다. 그러므로 그는 편벽했으며 자기만 결백한 체하는 폐단을 버리지 못했다. 그러나 교회 안에서 그 엄하고 단출한 행동은 모든 교인과 젊은 학생들의 존경을 받게 되었다. 그래서 그는 그 안에서 공부하고 또 직업을 잃지 않게 되어, 가장 안전한 지위에서 생활하게 되었었다. 그 후에 늘, 그에게 근심을 끼치던 그의 양친은 한 달 전후하여 이 세상을 하직하고 소련의 부친 류경환은 본처를 버리고 몇 달에 한 번씩 계집을 갈다가, 소련의 어머니에게 붙들려 거기서 귀여운 딸을 보고 재미를 붙이게 되었으나 어떠한 저주를 받음인지 소련의 모친은 평생 한숨으로 웃음을 짓는 일이 드물고, 걸핏하면 치맛자락으로 거푸 나오는 눈물을 씻다가, 그도 한이 뭉치어 더 참을 수가 없던지 소련이가 열한 살 되던 해에 이 세상을 하직해 버렸다. 이때에 이르러 거진거진 가산을 타진한 류경환은, 소련을, 그 누이에게 맡겨 버리고 다시 옛날 부인을 찾아갔으나 거기서 일 년이 못 된 가을에 체증으로 세상을 떠났다.

그때부터 소련은 그 고모의 보호 아래, 잔뼈가 굵어진 듯이 몸과 마음이 나날이 자라는 갔으나, 그의 마음속 맨 밑에 빗박힌 얼음장을 녹여 버릴 기회는 쉽게 다시 오지 않았다. 류애덕이 소련을, 기름은 소련의 얼굴에 쓸쓸한 그림자를 남기도록 흠점이 있었다. 비록, 의복과 학비를 군색하게 하지 않을지라도 병났을 때, 약을 늦춰써 줌이 아닐지라도 어딘지 모르게 데면데면하고, 쓸쓸스러웠다. 그 데면데면하고 쓸쓸스러움은 소련이가 공부를 마치게 되었을 때 좀 감해 가는 듯했으나, 어떠한 노여운 말끝에든지 혹은 혼인 말끝에든지 반드시

"너의 어머니를 닮아서, 그렇지, 그러기에 혈통이 있다는 것이야." 하고 불쾌한 말을 들리었다.[6]

이러한 말을 듣고도 소련은, 그 고모의 역설인 줄만 믿고 자기의 혈통을 생각지 않았으나 온정을 못 받은 그는 반드시 쾌활한 인물이 되지 못하고, 그 성격에 어두운 그늘을 많이 박히우게 되어서 공연한 눈물까지 흔하였다.

그러한 소련이가 인천서 송효순을 만났을 땐 무엇인지 온몸이 녹을 듯한 따뜻함을 알았다. 하나 그것은 꿈에 다시 꿈을 본 것같이 언젠가는 힘을 다해서 잊어버려 버리지 않으면 안 될 환영일 것 같았다.

소련은 송효순을 몹시 생각한 어느 날 밤에 이상한 꿈을 보았다.

— 조선 안에서는 흔히 보지 못하던 경도 하압천 신사 안 같은 곳이었다. 넓은 나무 숲속을 이룬 신사 뜰을 에둘러 물살 빠른 내 — 가 흐르고 신사 밖으로 나가는 다리 옆에는 큰 느티나무가 서 있어서, 그 감으렇게[7] 보이는 제일 높은 가지 위에는 여섯 잎으로 황금 테두리를 한 남빛 꽃이 달처럼 공중에 떠 있었다. 그 아래는 여전히 냇물이 빠르게 촬촬 소리를 내면서 흘러 내려갔다. 자세히 본

6   들리게 했다.
7   석탄의 빛깔과 같이 다소 밝고 짙다.

101

김명순

즉 그 냇물에는 지금까지 보이지 않던 뗏목이 떠내려가는데 그 위에 젊은 여자가 빗누운 채 흘러 내려가면서 남쪽만 바라본다. 온몸이 으쓱해서 정신을 차리려 하여도 무엇이 귀에 빽빽 소리를 치며 ─ 저기 떠내려가는 것이 너이다! 너이다! 하고 그 귀를 가를 듯이 온몸이 재릿재릿하도록 소리를 지른다.

소련은 눈을 뜨려고 몸을 흔들어 보고 소리를 내어 보려 하여도 내가 깨었거니 깨었거니 하면서도 눈이 떠지지 않고 무서운 뗏목이 빠른 물을 따라 흘러가는 것이 눈에 선했다. ─ 그럴 동안에 그는 잠이 깨어서 가슴 위에 손을 올려놓고 등걸잠을 자던 그 몸을 수습했다.

그는 눈이 깨어서 한번 여행 갔던 경도를 꿈꾸었다고 생각했으나, 그 꿈이 무엇인지 효순을 생각할 때마다 무슨 흉한 징조같이 생각되었다.

4

그러나 '때가 이르면 굳은 바위도 가슴을 열어, 깊은 속 밑에서 솟아오르는 샘물은 땅에 뿜는다.'는 듯이 낮에는 만나지라고 기도하고 밤에는 못 만나서 가위눌리던 소련은 드디어 효순을 만나게 되었었다.

바로 지금부터 이 년 전 여름이었다. 하루는 애덕 여사가 소련의 건강을 염려하여 그더러 ×명학교는 퇴직하라고 권고할 때 가벼운 노동 시간과 공부 시간을 써 놓고 곰곰이 타이르면서 몸조심해야 한다고 하던 애덕 여사는 급히 무엇을 잊었다 생각난 듯이 종잇조각을 소련에게 던져 주며 손님이 올 터이라고 아이스크림 만들 복숭아를 사 오라고 일렀다.

소련은 매일같이 손님이 올 때마다 혹시 효순 씨가 오지 않나 하고 기다렸으나 매일같이 오지 않았으므로 오늘은 또 어떤 손님이 오시려노— 하고 풀기 없이 일어나서 창경원 앞까지 걸어 나와 전차 위에 올랐다. 그 찌는 듯한 여름날 오후에 소련은 고모의 명령이라, 어기지도 못하고 진고개까지 가서 향기로운 물복숭아를 사 왔었다. 그때도 애덕 여사는 말하기를

"우리 여자청년회를 많이 도와주시는 송달성 씨가 오실 터인데 새 옷을 갈아입고 민첩히 접대하라." 하고 일렀다, 이 말을 들을 때 소련은 송이라는 데, 깜짝 놀랐으나 이름이 다르고 또 그이를 아는 터이었으므로 얼마큼 안심하였었다.

그날 저녁에 사십이 넘은 신사와 이십오륙 세의 젊은 신사는 게으르지 않고 급하지 않은 흥그러운 걸음걸이로 공업전문학교 근처의 사지를 걸어서 숭이동을 향하여 갔다.

하늘은 처녀의 마음을 펼쳐서 비단 보자기에 흰 솜덩이를 싸듯이 포돗빛 도는 연분홍을 다시 엷게 풀어서 여름 구름을 휘몰아 싼 듯하고 뽀— 얀 지평선 한 끝에서는 여인들이 우물물을 길어 오고 길어 갔다. 마치 하늘과 땅이 더운 때 하루의 피로를 잊으려고 저녁 바람을 식혀서 졸리운 곡조를 주고받는 듯하였다.

소련은 요사이 보기 시작했던 어느 각본 책에서 본 대로 파— 란 포도덩굴로 식탁을 장식해 놓고 부엌으로 가서 그 고모에게

"아주머니 식탁 채려 놓은 것 보세요." 했었다.

일상 희로애수의 표정이 분명치 않은 애덕 여사도 소련의 재치

있음을 보면 희색이 만면해서

"그런 장난이야 네 장기지." 하였다. 소련은 그 고모의 습관을 잘 알므로 이 암만해도 경사나 당한 듯해서 연해 그 고모에게 말을 걸어 본다.

"어떤 손님이 이렇게 우리의 공대를 받으십니까." 하기도 하고,

"왜 하필 저녁때 청하셨어요." 하기도 하고,

"꼭 한 분만 오실까요." 하기도 했었다.

숙질은 이 저녁때 드문 버릇으로 재미스럽게 이야기하면서 아이스크림을 두를 때 뜰에서 낯서투른 발소리가 들리자 "이리 오너라." 하고 불렀다. 이 소리를 듣고 소련의 숙질은 하던 이야기를 그칠 때 그들의 옆에서 그릇을 닦던 영복이란 여인이 냉큼 일어서며

"에이구 벌써 손님이 오신 게로군." 하고 뜰 앞으로 내려갔다. 애덕 여사도 허둥지둥 손을 씻으며, 일어나서 방 안으로 들어가려다가 뜰로 마중 나가서, 사교에 익은 음성으로 인사를 마치고 또 다른 처음 보는 사람에게 인사를 하는 듯하였다.

이때 소련은 무엇인지 가슴이 두근거려서 일어서서 내다보지 않고는 더 참을 수 없었다. 그는 사시나무같이 떨리는 몸을 일으켜서 부엌문 밖을 내다보았었다 ─. 그때야말로 소련의 눈에 무엇이 보였을까, 그는 온몸이 곧아지는 듯이 자유로 움직일 수 없어서 그 머리를 돌리려다가 그러지도 못하고 우두커니 서서 내어다보았다.

그러나 조금 후에 손님을 좌정하고 부엌으로 돌아온 류애덕은 예사롭게 앉아서 아이스크림을 두르는 소련을 보고 "손님이 세 분이다." 하고 일렀다.

소련은 한참 말 없다가 떨리는 음성으로

"그이들이 누구입니까." 하고 물었다. 총총히 그릇에 음식을 담

던 애덕 여사는 그 손끝을 잠깐 멈추고 예사롭게

"참, 그 이야기를 네게는 아니했었구나. 저— 이제부터, 우리 집에 학생이 한 분 온단다. 윤은순이라 하고 스물댓 살 된 부인인데 그 남편은 송달성 씨의 생질 되는 송효순 씨라고 하고 동경서 대학을 마치고 돌아와서 인천에 계시다고 하시더라." 했다.

소련은 은연중에

"그럼 인천측후소에 계신 송효순 씨인 게지요." 하고 부르짖었다. 이때 그 고모는 좀 놀라운 듯이,

"그이가 인천측후소에 있는 것을 네가 어떻게 알았니. 나는 지금 막, 인사를 한 터이다." 하고 물었다. 이때 소련은 잠깐 실수했다고 생각했으나,

"저, 인천, 측후소에 여행 갔을 때요." 하고 시스럽지 않게[8] 말하고 그 낯빛을 감추기 위해서 저—편으로 돌아서서 단 향내를 올리고 끓어 나는 차관 뚜껑을 열어 보았다.

이같이 되어서 음식 준비가 다 되고 식탁을 차려 놓았을 때 소련과 효순은 삼촌과 삼촌 사이에 또 절벽 같은 감시자 앞에서 외나무다리를 마주 건너려는 듯이 만났으니까 많은 이야기를 서로서로 바꾸지는 못하였으나 십이촉 전등 불빛 아래 그들의 붉은 얼굴에 남빛이 돌도록 반가워하는 모양은 그 주위에 시선을 모두었었다.[9]

하나, 그들은 만나는 처음부터 두 사람은 다만 아는 사람으로밖에 더 친할 수도 없고 다시 그 가운데 사랑이라거나 연애라거나 한 것을 일으켜서는 옳지 않은 것으로 그들의 운명인 사회제도에

8   스스럼없이.
9   '모으다'의 방언.

105

자유를 무시한 조건에 인印을 쳤었다.[10]

하나 소련은 그들의 그렇도록 반가운 만남을 만났으니 조용한 곳에 단둘이 만나서 한 기꺼움을 웃고 한 설움을 느껴 보고 싶지 않았을까. 아무리 구도덕의 치맛자락에 싸여 자라서 군은 형식을 못 벗어나야만 한다는 소련의 이성일지라도 이 당연한 자연의 요구를 어찌 금하고만 싶었으랴. 그러나 그들의 경우는 그들의 그러한 감정을 감추고 효순은 그 부인을 류애덕 여사의 보호 아래 수양시키려고 찾아오고 소련은 그 조수가 될 신세이니 전일의 생각이 확실히 금단의 과실을 집으려던 듯하여서 그 등 뒤에서 얼음물과 끓는 물을 뒤섞어 끼얹는 듯이 불쾌했다.

5

그 이튿날부터 송효순의 아내인 윤은순은 류애덕의 집에 와서 있게 되었었다.

그는 본래부터 구가정에 자라난 구식 여자로 어렸을 때 그 이른바 귀밑머리를 맞푼 송효순의 처이다. 하나 지금에 이르러 그들은 각각 딴 경우에서 다른 것을 숭상하며 자랐으니 그들 사이에는 같은 아무런 지식도 없고 똑같을 아무런 생각과 감정의 동화도 없으므로 서로 도와서 영원히 같은 거리를 밟아 똑같이 나아갈 동무는 못 될 것이나. 사회의 조직이 아직도 자유를 요구하는 사람은 넘어뜨려 버리게만 되어 있는 고로 그의 발걸음을 이상의 목표인 자

10 도장을 찍다.

유의 길 위로만 바로 향하지 못하고 그 마음의 반분은 땅 위에서 위로 훨씬 높이고 또 반분으로는 다만 한 가련한 여자를 동정하는 셈으로 이상에 불타오르는 감정을 누르는 듯이 은순을 여자청년회가 경영하는 이문안 부인학교에 넣었다.

저는, 은순을 학교에 넣고 늦게 뿌린 씨가 먼저 뿌린 건 땅 위에 나무보다 속히 자라라는 기도로 복습할 것까지 염려해서 (자기도 모르게는 소련을 만나 보고 싶은 마음은 스스로 분간치 못하고) 류애덕 여사의 문을 두드리게 되었었다.

그러나 언문밖에 모르는 윤은순은 소련이가 가르치기에도 너무 힘이 없었으므로 어찌하면 그의 복습 같은 것은 등한히 여겨지게 되고 의식주에만 상담하는 일이 많았었다.

그동안에 효순은 한 달에 한 번 두 공일에 한 번 찾아와서 애덕 여사에게 치하를 하고 갔다. 그럴 때마다, 효순과 소련 사이는 점점 더 멀어져 가고, 효순과 애덕 여사 사이는 친해지며 은순과 소련 사이는 가까워졌다.

소련과 효순은 마침내 아는 사람으로의 친함조차 없어져서 사람 보이지 않은 곳에서 만나면 머뭇거리다가 인사를 하지 못하도록 서로 몰라보는 듯하였다. 이같이 되어서 은순과 소련 사이가 한 감독 아래 공부하고 살림할 동안에 서늘한 가을날들이 황금 같은 은행나무 숲에 잎 떨어져 가고 긴 겨울이 와서 사람들은 방 안에서 귤 껍데기를 벗겨 쌓을 동안에 늙은이가 무거운 짐을 지고 긴 고개를 넘듯이 간신히 눈 녹았다.

그동안에 그들은 많은 마음속 옛이야기를 서로 바꾸었다. 사람들이 얼른 그들의 친함을 보고

형제들 사이 같다고 칭찬했다. 그러나 은순을 친형같이 대접하

는 소련의 낯빛에는 무엇을 참는 듯한 고난의 빛을 감출 수 없었다.

소련의 이야기는 흔히 자기가 몸이 약해서 그 고모의 노력을 돕지 못하고 또 장차는 영구히 그 고모의 집을 아주 떠나야 할 이야기를 하고 은순은 자기의 사촌이 자기와 한집에서 자라나면서 그 부모와 삼촌들의 말리는 것도 듣지 않고 학대를 받아 가면서 공부를 해서 지금은 재미나게 돈 모으고 산다는 부러운 이야기를 했다. 하나, 그들의 친함은 오래지 못하고 날이 따뜻함을 따라 틈이 생기게 되었다.

봄날에 아지랑이가 평평한 들의 먼 곳과 가까운 곳에 싹도 내지 않은 지평선 위에 아롱지게 할 때 마침 소련은 그 남편과 약혼하게 되었었다.

이런 때를 당하여 소련은 얼마나 난처하였으랴. 그 마음속에는 아직 송효순의 인상이 나날이 깊어 가면 깊어 갔지 조금도 덜어지지는 않는데 다른 사람과 결혼하지 않으면 안 될 경우! 그것을 누구에게 호소해야 할지? 그는 심한 우울증에 걸렸다.

그는 다시 그 고모에게 직업을 얻어서 독립생활을 하면서 그 고모의 폐를 끼치지 않겠노라고까지 애원하여 보았으나 그 고모는 어디서 얻은 지식인지 제일에도 "핏줄이 있어서 안 되어." 하고 제이에도,

"아무나 다 —— 마음먹은 대로 되는 것은 아니야." 하고 을렀다.

소련은 또다시 그 몸이 쇠침하여져 갔다. 지리한 겨울의 추위가 풀리어 사람들의 마음속에는 놀고 싶은 마음이 모록모록 자라건만 소련의 마음속에는 나날이 불어 가느니 그 가슴속에 빗박힌 얼음장이었다.

그는 이 쓸쓸한 심정풀이를 향할 곳이 없어서 눈살을 찌푸리고

장래 의복 준비를 마지못해서 해 보기는 하나 딱히 원인을 말하지 못할 그 설움에 서책을 들고는 한없는 눈물을 지우며 이 아래 같은 문구를 읊었다.

누구 나 부르지 않나

밤 가운데 밤 가운데
등불을 못 단 적은 배는
노를 잃음도 아니련만
저어 나갈 마음을 못 얻어
누구 나 부르지 않나
누구 나 부르지 않나.

얼음 밑에 얼음 밑에
빛을 못 받는 목숨에는
흐를 줄을 잃음도 아니련만
녹여 내일 열도를 못 얻어
누구 나 부르지 않나
누구 나 부르지 않나.

오오 오오
빛과 열도 더위와 빛
한곳으로 나오련만
옳은 때를 못 얻어

누구 나 부르지 않나
누구 나 부르지 않나.

만일에

만일에 봄이 나를 녹이면
돌 틈에서 파초 여름을 맺지요 맺지요
만일에 만일에.

만일에 좋은 때를 얻으면
바위를 열어 내 마음을 쏟지요 쏟지요
만일에 만일에.

6

그해 봄이 적이 무르녹아서 소련의 파리하던 몸은 보는 사람들
의 마음을 놀래리만치 꽃송이처럼 피어올랐다.

송효순은 류애덕 씨 집에 자주 그 아내를 찾으러 오게 되었었
다. 그리고, 저는 소련을 평양 최병서에게로 결혼시켜 보내겠다는,
류애덕 여사의 말을 듣고는 반대하는 듯이

"그런 인물들을 가정 안에 벌써부터 넣어 버리면 이 사회운동
은 누가 해 놓을는지요. 조선의 가족제도가 좀 웬만할 것 같으면 결
혼은 하고도 일을 못 할 바 아니지만…… 아마 우물에 빠져서는 우

물물을 치지도 못하고 제방을 다시 쌓지도 못할 것이오. 좀 더 사회에 내놓아 보시지요." 하고 입을 다물었다 한다. 소련은 이런 말을 듣고 참으로 감사하였다. 그래서 그는 마음속으로

"그러면 효순 씨는 내가 이 사회에서 의의 있게 생활해 나가기를 바라시는구나." 하고 생각해 보았다. 또 그 뜻을 저버리지도 못할 뜻이 그의 마음이

"가정 밖으로 나가자." 하고 부르짖기도 했다. 그 후에 며칠이 지나서 송효순은 박사 될 논문을 쓰러 일본으로 가겠다고 하면서 류애덕 씨 집에 머무르게 되어서 소련과, 말해 볼 기회를 얻게 되었다.

어느 공일날 아침에 류애덕 여사와, 효순은 일찍이, 외출하였었는데, 효순이가, 먼저 돌아와서

"아주 봄이 완연히 왔습니다. 그 보시는 책이 무엇입니까." 하고 마루 끝에서, 책을 보던 소련에게 인사했다. 소련은 지금까지 효순의 아는 체 마는 체하는 냉정함에 못새여[11] 다만

'그 따라다니면서 할 듯하던 친절을 왜 그치었누, 그이가 내게 좀 더 친절이라도 하셨으면 이 마음이 풀리련만.' 했었다. 하나 이날 따라, 효순은 급히 그에게 친절해졌으므로 막상 닥쳐 놓으면 그렇지도 못하다는 심리로, 기쁜 듯하기는 하면서도 '이 마음에 잠긴 문이 열려지면 어찌하누, 그때야말로 무서운 죄악을 지을 테지.' 하고 어름어름

"네, 아주 꼭 봄이 되었어요." 하고 자기 방을 치우느라고 그 남편이 온 줄도 모르는 은순이를 부르고 나서 소련은 급히 더 한층 그 얼굴을 붉히면서, 효순을 향해서 얼른,

---

11 무색하여.

"하웁트만의 『외로운 사람들』."하고 말을 마치지 못하고 은순이가 마루로 나오는 것을 보고는 구원을 받은 듯이

"은순 씨, 벌써 오셨는데요."하고 일렀다. 은순은 소련의 얼굴과 효순의 얼굴을 번갈아 보아 가면서 그 남편의

"무얼 했소."하는 물음에,

"방 치우느라고."하고 입을 오므렸다.

이 틈에 소련은 얼른 일어서서 저—편 마루 구석에 놓인 찬장 앞으로 가면서 다기를 꺼냈다.

효순은 소련의 낭패한 듯이 어름어름하는 태도를 민망히 눈여겨보면서

"애덕 선생님은 아직 안 돌아오셨습니까?"하고 웃었다. 소련은 다기를 꺼내 들고

"네, 아직 안 오셨어요. 선생님과 같이 나가셨는데."하고 부엌을 향해 가며, 주인 된 직분을 지키려는 듯하다.

한참 만에 소련은 차를 영복이라는 밥 짓는 이에게 들리어 가지고 나왔다. 그동안에 효순은 소련이가 보다 놓은 책을 열심으로 보고 있었다. 그러다가, 소련이가, 그 앞에 차를 갖다놓을 때는,

"이 책 어디까지 읽으셨어요. 처음으로 읽으세요. 우리도 이 책을 퍽 읽었지요."하고 말을 걸었다. 소련은 효순의 앞에 맞앉은 은순에게도 차를 권하면서 다만 놀라운 듯이

"네, 네."할 뿐이었다. 효순은 소련의 태도를 눈여겨보기는 하나, 그리 생소치는 않은 듯이

"이 하웁트만의 『외로운 사람들』 가운데는 우리 같은 사람이 있지요. 아직 맨 끝까지 안 보셨을지 모르지만 이와 같이 외국의 유명한 작품이 조선 청년의 가슴을 속 쓰라리게 하는 것은 드뭅다."

하고 말하면서 그 윤택한 눈을 먼히 떴다.

소련은 은순의 편으로 가까이 앉으며 또다시

"지금 겨우 다 보았습니다." 하고 간단히 대답했다. 효순은 하늘을 치어다보던 눈을 아래로 내려서 소련을 이윽히 바라보며 그 부드러운 음성으로

"아직 생각까지 해 보셨는지 모르지만, 책 속에는 저와 같이 부모가 계시고 처자까지 있어도 세상에 제일 외로운 사람이 있습니다. 저는 외국서 공부할 때는 그렇게까지는 그 책을 느낌 많게 보지 못했지만 이 땅 안에 돌아와서는 그렇게 우리의 흉금을 곱게 쓰다듬어 주는 것은 없다고 생각합니다."

소련은 이때 비로소 이야기를 좋아하던 그의 본능의 충동에 이끌려, 정신없이

"그럼 그 요하네스와 안나는 서로 참사랑을 합니다그려……네……?" 하고 영채 있는 눈을 방울같이 떴다. 효순은 이때 미미히 웃으며

"소련 씨, 사랑하게 되는 것이 아닙니다. 우리는 과거와 미래를 통해서 한 이상을 세우고 거기 합당한 것을 사랑하는 것이고 하던 것입니다. 그러나 그러한 이상적 사랑은 사람들에게는 흔하지 않을 뿐 아니라 그렇게 사상의 공명이 있고 정신상 위안이 있으면 용해서는[12] 허여지지 못할 인정이 생길 것입니다. 그 각본 속에 인정 교환은 조선의 상태에 비하면 훨씬 화려하지만 무엇인지 그 요하네스가 구도덕의 지배 아래 그 몸을 꿇리게 되는 사정은 조선에 흔히 있는 사실입니다. 말하자면 우리는 이제 움 돋는 싹이고 그들은 자라

12 웬만해서는.

113

나는 나무라고 하겠지요."

소련은 한참 머리를 숙이고 생각하다가,

"그럼 사람은 애써서 사랑을 구하거나 잃어버린다고 말할 수 없지 않습니까? 또 우리가 더 자라나서 꽃필 때까지 기다리더라도 결국 요하네스와 안나의 사이 같은 슬픔도 끊쳐지진 못합니까. 그때에는 또 새로운 비극이 생길 터인데요."

"네, 소련 씨, 사람이 사랑을 구한다거나 잃는다는 것은 거짓말입니다. 사람은 자기 자신 속에 사랑을 가지고, 어떤 대상으로 하여금 그것을 눈 깨우게 되어서 결국 분명한 생활 의식을 가지는 데 불과한 일이니까요, 또 말씀하신 『외로운 사람들』 속의 비극 같은 것은 물론 어느 곳에든지 사람 자신이 그 운명을 먼저 짓고 이 세상을 지배해 나가게 될 때까지 또, 세상의 모든 사람들과 결탁해서 사는 것을 폐지하기까지는 면치 못할 일입니다."

"그래서 그 요하네스!" 하고 소련은 무엇을 머뭇거리다가 "그 요하네스도 구도덕의 함정에 빠져 멸망합니까. 저는 철학을 모르니까 그이가 아는 다윈이라든지 헤겔의 학설은 분명히는 모릅니다마는, 그 안나라는 여학생은 아주 그이의 학설에 그이의 모든 것을 다 아는 인정에 절대로 공명이 됩니다그려. 아주 헤어지기는 어려운 사이가 되는 거지요."

"네 ─." 하고 효순은 좀 이상한 듯이 머리를 돌리다가 대답한다. "그…… 요하네스는 이상적 동무를 만났습니다. 그러나 반드시 같이 살 수도 없고 그것은 고사하고 그 동무를 하루 이틀 더 위로할 수도 없지요. 그래서 그 동무는 가는 곳도 아니 가리키고 가 버리지만 한 가지 이상한 말을 남기고 갑니다. 즉 두 사람이 헤어져 있지만 한 법칙 아래서 한뜻으로 살아 나가자는 것이지요. 그들은 같은 학설을 믿으니까 그 학리에 적합한 행동을 해서 여러 가지 똑같은 사실을 행해 나가면서 살자는 것이지요. 그렇지만 그 요하네스는 그 극렬한 육신의 감정을 오히려 장래 오랜 믿음을 믿겠다고는 생각지 않고 호수에 빠져 죽지요. 참 외로운 사람입니다."

하고, 효순은 또다시 하늘을 치어다보았다. 은순도 덩달아 치어다보았다. 그러나 소련은 무릎 위의 손길을 내려다보다가

"그럼," 하고 럼이란 자에 힘을 넣으며 "그…… 요하네스는 믿음을 가지지 못할 사람입니까."

"아니" 하고 효순은 소련을 향하여 다시 힘 있는 시선을 던지며 "그렇지도 않을 테지만 사정이 안나보다, 더 난처하였습니다. 누구든지 괴테가 아니라도, 회색 같은 이론을 믿지는 못하고 생기 있는 생활을 요구하겠지요." 하였다.

이때 소련은 대리석상에서 생명을 불어 나오는 듯이, 자기도 무의식하게

"그럼 그 요하네스는 그 목숨으로 어려운 문제를 해결해 버렸습니다그려. 그러나 안나는?" 했다. 효순은 이 말을 가장 흥미 있게 대답하려는 듯이,

"오——" 하고 입을 열다가

"이 차 다 식습니다." 하는 은순의 말소리에 그 아내의 존재를 아주 잊었다가 비로소 정신 차려서 그를 걸핏 치어다보고 "참!" 하며 이야기하노라고 말랐던 목을 축이었다.

"그 안나는 생활을 얻지 못할 경우를 당해서" 하고 책장을 뒤지다가 한곳을 찾아 놓고, "아닙니까. 공부해서 공부해서 그야말로 옆눈도 뜨지 않겠다고 했구먼요. 그러니까 종래 학리를 구하러 길 떠나는지 또 괴로움을 잊으려고 책으로 얼굴을 가리우려는지 작자의 본

뜻은 분명히 모를 일이지만 종래 길 떠나지요." 하고 말끝을 이었다.

이때 소련은 난처한 듯이

"그럼 그이들은 서로 다른 것 같지 않습니까? 요하네스는 더 앞서지 않았습니까? 또 안나는 요하네스를 절대로 믿지는 못하는 것 아닙니까? 그렇지 않으면 안나가 더 많이 요하네스보다 발전성을 가졌든지요?" 하고 어린 생도가 선생에게 묻듯이 물었다.

"아니요, 그들의 환경이 달랐습니다. 그 두 사람은 누구나 똑같이 같이 생활해 나가기를 바랄 것이지만 안나는 아마 심령의 세계를 완전히 믿을 뿐 아니라 또 요하네스에게는 구도덕이 지은 대상이 달리 있었으니까 안나는 자기가 아니라도 요하네스는 그 옛날에 돌아가 생활할 줄 믿었겠지요. 그러나 그 고향의 따뜻함을 안 이상에야 어느 목숨이 또다시 무미한 쓸쓸한 생활을 계속하려고 하겠습니까. 작자는 거기까지 쓰고는 막음을 했지만……." 하고 말끝을 그치고 그 앞에 놓인 과자를 집었다. 그러고 나서

"소련 씨 사람은 절대로 누구와든지 꼭 육신으로 결합해야만 살겠다고는 말 못 할 것입니다. 그것은 정을 유통시켜 보지 못하고 이 세상을 대항하여 발전이라는 것을 모르는 사람에게는 능할 것이지만 우리는 한 대상을 알므로 그 주위에 모 ― 든 것까지 곱게 보지 않습니까. 단지 그 대상으로 인해 얻은 생활 의식이 분명한 것만 다행하지요. 하지만 여자의 경우는, 오히려 요하네스에 가까우리라고 해요. 더군다나 조선 여자는 그렇지만 그것이 옳은 것은 못 됩니다." 하고 생각 깊은 듯이 소련을 바라보았다.

7

소련의 그 얼굴은 해쓱하게 변했다. 그는 입술까지 남빛으로 변했다. 은순은 가만히 앉았다가, 차를 따르러 탁자 앞으로 가서 그 앞에 걸린 거울 속을 들여다보다가, 자기 눈에 독기가 띄운 것을 못 보고, 효순이가 소련이와 숨결을 어우르듯이 하던 이야기를 그치고 모 ─ 든 것이 괴로운 듯이 뜰 앞을 내려다보는 것을 보았다.

이때 두 사람은 뒤에서 반사되어 비치는 시선을 깨달으면서 똑같이 뒤를 돌아다보았다. 이때이다. 두 지식미를 가진 얼굴과 다만 무엇을 의심하고 투기하는 듯한 얼굴이 뾰족하게 삼각을 지을 듯이 거울 속에 모여 있었다.

이 한순간 후에 검은 보석을 단 듯이 해쓱해진 소련의 얼굴이 머리를 돌리며

"형님, 그 찬장 안에 고구마 군 것이 있으니 내놓아 보세요. 내 손으로 아무렇게 해서 맛이 되잖았지만……." 했다. 은순은 그 말에는 대답 없이 차관을 갖다가 소련과 효순 사이에 놓고 자기 방으로 들어가서 드롭스[13] 봉지와 초콜릿 봉지를 들고 나와서 목판에 담고 또 꺼리는 듯이 주춤주춤하다가 찬장에서 고구마 군 것을 꺼내었다.

이 찰나에 계란 탄 내음새와 버터와 젖내음새가 단 향기를 지어서 봄빛이 쪼인 고요한 마루 위에 진동하였다. 은순은 그 맛있어 보이는 것을 도로 들이밀어 버리려는 듯한 솜씨로

"이것 잡수세요?" 하고 목이 메어서 물었다. 효순은 말없이 미미히 웃으며 은순을 바라보고 소련을 바라보고 고개를 돌리어 하

---

13 설탕에 과일즙이나 향료를 섞어서 졸여 여러 가지 모양과 빛깔로 굳혀 만든 사탕.

늘을 치어다보았다. 소련은 은순의 불쾌한 낯빛을 미안히 바라보고 숨결 고르지 못하게

"그까짓 것 고만 넣어 버리세요."하고 말해 버렸다. 은순은, 소련의 말대로 내놓던 것을 들이밀어 버리고, 다시 앉았던 자리로 와 앉았다.

하늘은 맑은 웃음을 띠고 나즈레하게[14] 사람들의 생각을 돌보는 듯이 개어 있었다. 뜰에는 모락모락 김이 오르는 땅 위에 앉은뱅이와 민들레가 피어 있었다. 화단에는 한 뼘이나 자란 목단과 또 두어 자나 자란 파초가 무엇인지 채 알지도 못할 꽃이파리들 가운데서 고요한 봄바람에 한들거리고 있었다.

차와 과자는 봄날 대낮의 남향한 마루로 들이쪼이는 볕에 얇은 김을 올리면서 이 세 사람의 기억에서 떠나 있는 모양이었다.

그러나 한참 만에 은순은 이 고요함을 깨뜨리고 그 목메인 소리로

"차를 잡수세요."하고 권했다.

하늘을 치어다보고 땅을 굽어보던 두 사람은 듣는지 마는지 무슨 똑같은 생각을 같이 하는 듯이 정밀한 그들의 얼굴에는 조그마한 잡미도 섞여 보이지 않았다.

이때였다. 무엇인지 효순과 소련 사이가 가까워지고 은순과 소련 사이가 동떨어져 나간 듯이 생각 든지가…… 우리는 지금까지 이 세상에서 모든 붙었던 것들이 떨어지는 것을 보고 모든 떨어졌던 것들이 붙는 것을 본다. 우리들의 먹는 떡과 김치와, 과실과 고기를 생각할 때에도…… 또 그렇다! 우리는 매일같이 그런 것을 안 볼

14 '나지막하다'로 추정.

때가 없다. 그러나 우리는 거기서 서로 헤어짐이 없는 나라를 짓고 나라를 깨뜨리지 않을 경우를 지으려 한다. 하나 우리는 매일같이 헤어지며 만나는 동안에 매일같이 변함을 본다. 필경 육신과 영혼을 양편으로 가진 사람들은 약함을 끝끝내 이기진 못하고 운명에게 틈을 엿보여서 나라를 깨뜨리기도 하고 경우를 잃기도 해서 동서에 울고 웃게 되며 남북에 헤매이게 되는 것이다.

여기 이르러 소련의 운명은 그 갈 곳을 확실히 작정했다. 효순이가 와 있는 며칠 동안을 은순은 투기와 의심으로 날을 보내고 애덕 여사는 혹독한 감시를 게을리하지 않았으며 그중에 소련의 적모는 서울 구경을 핑계하고 올라와서 이 여러 사람들의 눈치에 덩달아

"제 어멈을 닮아서 행실이 어떠할지 모르리라."고 말전주했다.[15] 효순은 난처한 듯이 동정 깊은 눈치를 소련에게 향할 뿐이요 침묵을 지키게 되었다. 이보다 전에, 소련과 효순은 모 ― 든 행동을 서로 비추어 하게 되고, 모든 의심을 서로 물으며, 모 ― 든 것을 또 명령적으로 대답하며 모 ― 든 행동을 서로 복종하였다. 이러한 며칠 동안을 은순은 눈물을 말리지 못하고 애덕 여사에게 자주 무엇을 속삭였다.

이에 애덕 여사는 효순에게 정중한 행동을 취하며 속히 소련의 혼인을 작정하려고 급한 행동을 했다. 이 틈에 효순은 소련에게 또다시 안 체 만 체한 행동을 했다. 그리고 속히 동경 갈 준비를 했다. 그런 중에 또, 송도성이란 그의 부친은 시골서 올라와서 효순을 그 여관으로 데려가 버렸다. 소련은 꿈과 같이 그리운 사람과 며칠 동

15 이 사람에게는 저 사람 말을, 저 사람에게는 이 사람 말을 좋지 않게 전하여 이간질
    하다.

김명순

안을 기껍게 생활했다. 하나 모든 것은 꿈같이 지나가 버려졌었다.

8

소련은 그 고모와 적모의 위협에 급히도 최병서와의 혼례를 허락하였다.

애덕 여사는 다시 효순에게 상냥한 태도를 보였다. 소련은 다시 나날이 수척하여졌다. 은순의 낯빛은 편안하여졌다. 그러나, 효순의 낯빛은 거슬림과 비웃음과 날카로움으로 충만되어 있으면서도 제일 온화한 행동을 낙종樂從하는[16] 듯했다. 애덕 여사는 힘써서, 최병서를 그 집으로 이끌어 들였다. 병서는 흔한 금전으로 나이 먹은 여인들의 환심을 사 버렸다. 병서는 문안에 이를 때마다, 영복이란 여인까지 그를 대환영하였다.

병서는 효순과 기껍게 사귀려고 하며

"학사! 이 학사!" 하고 빈정거렸다.

최 씨는 그 검은 얼굴에 크림을 칠하게 되고, 그 거세인 머리에 기름을 빼게 되어서 효순의 모양을 본떴다. 효순의 창백한 고상한 얼굴과, 병서의 구릿빛 같은 심술궂은 얼굴은 서로 맞지 않는 뜻을 말해 보려 하였으나 순하고 게다가 아무런 구속도 받기 싫어하는 효순은 아무 편으로든지 건드려지지 않고 애써 타협하려 하였다.

그러면서, 동경서 명치대학 법과를 졸업한 병서의 학식을 더위 없이 높이 알아주는 듯하였다. 그리고 그의 버릇인 하늘을 치어

16　기쁜 마음으로 복종하다.

다보는 표정은 고치지 않았다.

그러나 저는 이따금씩

"사람이 그 주위에서 조화를 깨뜨리지 않는 사람만 가장 행복될 것이고, 또 훨씬 넘어서서 모 ― 든 것을 깨트리고도 능히 세울 수 있는 사람만 위대하다고 설명했다. 또 사람이 어울리지 않는 대상을 요구하는 것은 도적과 같지만 사람은 사람 자체의 생활의 시초를 모르느니만치 그 생활을 스스로 시작하지 못했을 터이니까 전부 책임질 수가 없어서 노력만이 필요하다."고 이야기했다.

병서는 효순의 말을 이학자의 말 같지 않다고 비웃었다. 그래도 효순은 아무 말 없이 하늘을 치어다보고 말았다.

소련은, 차라리 이 괴로운 날들을 어서 줄여서 속히 병서의 집으로 가기를 원했다. 그러나 그 역시 그 뜻대로 되지 않아서 그는 아무의 눈에든지 뵈이도록 번민했다.

그다음에 효순은 일본으로 떠나면서 섭섭해하면서도 말은 못 하는 소련을 뒤뜰로 끌고 가서 이 같은 말을 남겼다.

"소련 씨, 우리들이 한때에 이 지구 위에 살게 된 것과 또 이렇게 사귀게 된 것만 행복됩니다. 이제 우리는 서로 알았으니까 서로 의식하며 힘써서 같은 귀일점에서 만나도록 생활해 나가는 것만 필요합니다. 이후에 소련 씨는 최병서 씨와 단란한 가정을 지으시겠지요, 또, 우연치 않은, 기회로 영영 잊혀지지 못하도록 맘이 맞던, 한 동무가, 어디서 당신과 똑같이 고생하며 힘쓸 것을 잊지 않으시겠지요, 자 ― 유쾌하지 않습니까, 우리에게는 요하네스와 안나에게 오는 파멸은 없습니다. 자 ― 우리는 우리가 연구하는 화성이 우리의 지구와 같다고 생각하면 얼마나 반갑습니까. 또 통행해지겠다고 생각하면 얼마나 놀랍습니까. 하나 시간이 홀로 해결한 권리를 아끼지 않습니까. 다만 사람은 그동안에 힘쓰는 것만 허락되었습니다."하였다. 소련은 이때 그 가슴속으로 넘쳐흐르는 친함을 억제하지 못하고 그 앞으로 가까이 서며

"오— 오라버니."하고 부르짖었다. 효순은 얼굴을 돌리고 "누님."하고 먼저 돌아서서 앞뜰로 왔다.

이때는 마침 봄날 오후라. 하늘 위에서는, 종다리가 한 있는 대로, 감정을 높이어 먼 곳으로부터 울어 냈다.

그 뒤에 소련은 모— 든 일이 맨 처음부터 있었던 듯이 또 모— 든 것이 없었던 듯이 최 씨 댁으로 와서 살게 되었다. 그러나 믿음을 가지지 못한 병서는 소련을 공경은 할 수 있지만 사랑은 할 수 없노라고 하면서 마음 내키는 대로 계집을 상관하고 집을 비웠다. 그러고도 부족한 것이 많은 사람처럼 애써서 가정 일을 힘쓰는 소련을 학대하기도 부끄러워하지 않았다. 그런 중에 또 병서의 모친은 이따금씩 와서 그 아들의 애정을 소련 때문에 앗기운 듯이 소련을 들볶았다. 그러나 소련은 참고 일하고 공부하고 모든 것을 사랑하고, 사람들의 성격을 부드럽게 하며 살아왔다.

그러나 그 후에는 은순이와 애덕 여사에게 우연히 의심을 받게 된 소련은 서울 가더라도 효순을 만날 수 없었다.

그 후에 효순은 박사가 되었다. 또 인천측후소 속에 숨어서 연구를 쌓았다. 그러나 들리는 말이 그 부인과 불화해서 독신을 지키며 여자들을 피한다고 했다.

그 소리를 들으면서 소련은 더욱 자기의 노동과 수학과 사랑을 게을리하지 않았다. 그러던 것을 그는 이 밤에 이런 생각에 붙들리고 또 강연하러 온 효순의 음성을 그 담 밖에서 애닯게 들었다. 그는

여름밤이 깊어 갈수록 온몸을 떨었다.

그러나 지리한 뒷생각이 그를 잠들게 해서 몇 시간이 지난 뒤에 그는 잠자던 숨결을 잠깐 멈추고. 눈을 번쩍 떴다. 여전히 병서는, 들어오지 않은 모양이었다. 이때에 모든 없던 듯하던 것이 있었다.

너른 삼간방 속에, 그의 취미는 얼마나 부자유한 몸이면서 자유를 바랐던고?!

아랫목 벽에 걸린 로댕의 「다나이드」를 사진 박은 그림이며 머리맡에 롱펠로의 「화살과 노래」란 영시를 흰 비단에 옥색으로 수놓은 족자며, 또 이름 모를 물새가 방망이에 붙들어 매이어서 그 자유인 오 촌가량의 범위를 못 벗어나고 애쓰는 그림이 어느 것이나. 자유를 안타깝게 바라는 소련의 취미가 아니랴. 이런 것들을 뒤돌아보는 소련의 마음이 어찌 대동강의 능라도를 에두른 이류가 합쳐지지 않기를 바라랴. 흐름은 제방을 깨뜨린다!

그러나 그런 때에 그 뒤로서는 유전이다 간음이다 할 것이다.

이때의 자유를 얻은 사람의 쾌활한 용감함이 무엇이라 대답할까?

"너희는 무엇을 이름 짓고 어느 이름을 꺼리며 싫어하느냐. 그중 아름다운 것을 욕하진 않느냐." 하지는 않을지? 누가 보증하랴. 누가 그 부르짖음을 막을 만치 깨끗하냐. 어떤 성인이 그것을 재판하였더냐.

소련은 머리를 끄덕이며 보이지 않는 신 앞에 허락했다. 컴컴하던 하늘은 대동강 위에 동텄다.

소련이 이 밤이 새인 이날에 그 회딩까지 가서 효순의 강연을 늘을 것과 감동할 것은 당연한 일이고 또 그렇든지 말든지 영원한 생명에 어울려, 샘물이 흐르듯이 신선하게 살아 나갈 것은 떳떳하겠다 보증된다.

그는 이날이 새어서도 최병서의 집인 그의 집에서 모든 생명을 거누고 내놓을 것이다. 누가 그 집의 참주인인지 누가 모르랴.

집주인은 건실하고 온화하고 공경될 것이다.

그러고 힘써서 '때'를 기다리는 것은 생활해 나가는 사람의 본능이라겠다.

그들의 세상에는 은순이가 없고 병서가 없고 애덕 여사도 없을 것이 당연할 일이다.

두愛人 애인

一幕四場 1막4장

人物 인물

주인　　이십륙세의 후덕스러운청년

안해　　이십내외의 꿈꾸는듯한 눈동자를가진 청초한녀자

유모　　오십내외의 인자한녀인

침모　　평범한삼십내외의서울녀자

그외의 차부 박물장사 행낭어멈수인

一場 1장

時節 시절

봄날 오후

舞臺 무대

막이열니면 화려한쥬류이상가정 대쳥의중앙둥그런탁자우에는 살구꼿

김명순

병이 노혀잇스며 좌우엽헤벽을의지하야 책을가득가득담은 책상들이
즈런히노혀잇고 동편으로는 큰방으로가는미다지 덧문이뵈이고 셔편
으로는 건너방에들어가는 미다지와 둥그런들창이잇다 그외에쓸아래
로 즁문과 부억문도잇다

대청넘어로보히는 후원에는 살구꼿과 개나리가난만히피어잇스며 멀즉
이테를잡은벽돌담밋헤는드믈게션 수양(垂楊)이프른실을느럭느럭흔
들고 봄새의지져귀는소래조차노곤하다

침모는털채를들고 책장과탁자와 미다지를 부즈런히털고단이고 주인
은조선옷을입고 탁자가를 슬립빠도신지안은채 미심한일이잇는듯이
거닐고잇다.

주인   그래아씨말슴이 이제부터는 안잠자기도두지안는다구
침모   네 그런비용으로 더공부하실책을사시던지사회사업을 하
        신다구하시면서 저더러도 맛당한곳을구해서 나가라고하
        시어요.
주인   그러면 살림사리를 손소할터이라나?
침모   그야 유모가아즉 늙지안으섯스닛가 그를밋으시는모양이
        시지요.
주인   그러타하더라도 내의복은엇지할모양인구 자긔는 녀학생
        긔분을버리지도안코 공부할생각만을 가지고잇스면서
        (족끼주머니에서담배를쓰내부쳐문다)
침모   아마 나리쎄는 양복만입으시도록 하실모양이신가보아요.
주인   (한심스러운얼골로 담배를피우며 말업시 탁자근쳐를거닐고
        잇다)

126

（대문열니는 소리가나자 처녀다웁게 청초한복장을한안해가 조용히들어온다）

주인   （반갑고 놀나운얼골로) 아—긔정이 어듸를갓다오시오

안해   （주인의말에는 대답업시 대문박을 내여다보고) 차부 그책을 이리디려다주 (명령한후 천천이 댓돌압흐로걸어간다）

차부   （책을한아름들고들어와서)어듸노흐랍시요.

주인   （관후한 얼골로) 응 책인가 이마루싯헤 갓다노하주게

차부   （책을 마루싯헤노코 쌈을씻츠며 사치한집장식을 돌아다본다）

주인   어듸서오는길인가.

차부   종로에서옴니다.

（주인은 포켓트에서 돈을쓰내 차부를주니 차부절을하며 밧아가지고 나가버린다）

안해   （차부가 돈밧아가든것을 댓돌우헤서서 바라보다가 말업시 구쓰을[1]벗고 건너방문압흘 바라보며) 침모 저긔잇는 슬닙쌰 좀집어다주어요.

침모   아이참 쏘이저버렷슴니다그려 외츌하신째는 마루압헤 노하두라고 하시든것을 저는정신이 그러케업담니다.

（미안한말을하면서 건너방압헤 노혀잇든 쌜간슬립쌰를집어다가 안해 가올나스려고하는 마루싯헤노하준다）

---

1   '를'의 오기.

주인　(차부가 갓다노흔 책을이책져책펼쳐보다가) 여보 긔정이 당
　　　신은 푸류단(清敎徒청교도)이라도 되려는맥이오 여긔책들
　　　은 죄다 헤부라이주의(主義)의셔류(書類)들이안이요.

(안해 말업시 건너방압흐로가서 방문을 열려고할째)

주인　여보 긔정이 너므도 냉정하구려 무슨일로 노엿길래 사람
　　　이세번네번말을 걸어도대답이 업단말이요.
안해　(괴로운듯이 뒤를돌아다보며) 웨 그 르서요
주인　(괴로운우슴을씌우고) 흥 오늘은 당신의졔일 첫애인(愛人)
　　　인 김춘영군을 만낫구려 그러닛가 오늘만은 나도 당신의
　　　금욕주의(禁慾主義) 련애신셩(戀愛神聖)을 존경하여듸릴
　　　터이요 하지만 과도한 침묵주의만은 더참지를 못하겟소
안해　(대단한 노긔(怒氣)를얼골에씌이고) 무엇이라구요 나는 책
　　　사에갓다옵니다!
주인　여보 긔정이 당신은 포군(暴君)갓구려 (말을맛치고 다탄담
　　　배를 탁자위 재터리에 던지는체하며 대쏠엽혜 내리섯는침모
　　　에게 눈짓을한다. 침모는부억으로 들어가버린다. 주인 다시돌
　　　아서며) 비록일홈뿐인 남편일지라도 내가잇는이상 당신
　　　이홀로나아가단이면서 설마 다른남자와 밀회(密會)를 하
　　　엿스리라고는 생각이안되오만은 당신이젼일부터 존경하
　　　는 김춘영군이 희부리주의자일지라도 당신이하필 그참
　　　혹한 이즁생활(二重生活)을 본밧을필요가 어데잇단말이
　　　요 김군이야말로 참령리한남자이기째문에 가는곳마다
　　　주위의 인심을일치안키위하여서 더욱이뭇사람의동경(憧

128

憬)의초점(焦點)이되는 녀자의마음을질겁도록 조종하는 것즘은식은죽먹길것이요 그런사람이 당신이내게하듯이 그처자(妻子)에게 냉혹(冷酷)히하리라고는 생각이되지를 안소 그러니 긔정이도 그이를 본밧으려거든 내게도 너므 섭섭치안토록하여보시요.

안해   (참으로괴로운듯이 머리를푹숙이고) 제발 그런 잡소리를마 서요 내머리가터질것갓흠니다. 나는단지더잘살기위하야 나의리상을차즐쑨임니다.

주인   (안해의 압헤 무릅을꿀코 안해의 하얀 치마자락을 붓잡으며) 이러케 내가 당신압헤 무릅을꿀코 비는것이요 제발그공 상루각에서 좀내려와서 이러케갓치 살게된이상 부듸화 평한가정을일우워봅시다.

안해   (무섭고 실은듯이손길로 치마자락을쎌치며) 노서요 이것이 무슨즛이예요 이것이화평한가정주의(家庭主義)라는것이 요 사람과사람사이에 굿이약속된조건을무시하고 웨 축 축히남의치마자락을잡으서요.

주인   나는 당신을사랑하는것이요 사랑에는조건이업는것이요 (말을맞츠며 두손으로 안해의 치마자락을잡아서 안해를자긔 품에쓰러안흐려한다)

안해   (냉정히경멸하는표정으로) 사랑에는 조건이업다고하지마 는 순결이라는요소(要素)는 구비되여잇슬것임니다 져리 가서요!져리가서요!! 오늘부터당신은 나와의약속을 쌔터 린 나와 아모것도 안되는남임니다 져리가서요!! (남편 안해의 아릿나드리를 점점쎠안는다 안해 자긔에게졈졈 갓가히하는 남편의억개를쌔려 물니치려하며) 당신은리셩(理

性)을아조일허버린사람입니다 나는리성을일허버린사람
을 잘처치할줄을암니다 유모!유모!! 쌀리좀와오 (유모 부
억으로부터 창황히등장한다)

유모 웨들 쏘그러심니까 사랑쌈이시지요 아씨두너므―서방
님께쌀쌀히구시면 어멈의죄까지 커짐니다 (유모는 안해를
건너방으로 모서간다)

남편[2] (절망한듯이) 내가눈이 어두운사람이다 세상에일홈만 부
부생활을하겟다고 손가락한아 안닷치겟다는조건을붓처
가지고 허위의결혼을하는 남자가 나박게쏘어듸잇슬나구
세상에인심까지일코…… 아하이날이언제나 망해버릴것
인가 (대청마루한복판에서서 먼하늘을치어다본다)

(건너방으로부더안해의「이것이다 누구의죄인줄을아나? 유모가 공
연히 녀자는혼인을해야하는이 마는이하고 사뭇나를 쐬여내인탓이안
인가? 저이는나를아모구속업시 영원히살린다는 약속을어듸직히는인
가? 내가이러케고난을당하는것이 그래유모의눈에는 보기조흔가? 참
우습다! 저이가그래 무조건으로 내생존을영원히보장한다는인가」발
악하는소리가들녀나온다)

――幕막――

<hr>

2 '남편'은 '주인'과 같은 인물을 지칭한다.

舞臺 무대

일장과갓흐나 탁자우헤는복송아옷이쏘치엿고 책장에가득가득 싸히엿
든책들이 세무덤이로난호여 마루우헤싸혓는데 유모는 마루바닥에안
저서 책을이리저리 안해가가리키는대로가려노코 안해는 아래위로 옥
색옷을하드를하게입은채로 쌀간교의우헤올나서서 책을내리어유모를
준다.

안해 (책을차래차래내리다말고 냥손으로 목델미를페우며) 유모
내가이러케 세월을 보내는동안에는 내어머니쎼서 나를
고요히 쉬여주시든 자장가를 이저버리게되는구려 내가
엇저자구 내어머니의 방안을아장아장거러단이며 금방울
소리로 가득채우든시대에서 멀리멀리지나왓든고! (소리
를놉히여)유모! 내가육신의졍조만은 직혀왓다할지라도
이남자의 환상(幻想)에서 저남자의환상으로쮜여단이며
온갓행동을좌우하는것이 단지일허버린 내어머니의 그화
평한 행복스러운얼골을 찾고저하는데지나지안는것이라
오 하것마는 서트른 화가(畫家)가 사자를그린다고 일히
도못그리는것갓치 나는 행복을찻노라는것이 불행을차자
듸리는것갓구려! 아하하나님의성단압헤서 붉은옷을입
고 어린머리를숙여 소원을일워지라든 신앙(信仰)생활에
서벗어나 내마음속일즉이 아모도 이르지못하게한자리에
어느결졈을덥흔인격을안치고 내희망젼부를걸어?아아
(숨찬호흡을간신히하며 쩔니는손길을가삼우헤노코) 유모!이

숨찬것을좀보아요 내맥은무엇이라고 이러케쒸는지 내손
길이 썰니는것을좀보아요 유모라니까!

유모　(졸면서 내려노흔책에 몬지를털어 마루짓헤놋타가 쌈작놀나
　　　손길에들엇든책을 고만무릅팍에 써러트리며) 아씨 웨 그러
　　　심니까.

안해　(괴로운듯이우스며) 유모 졸니운거구려.

유모　(미안한우슴을우스며) 이러케늙으니까 늘 졸니웁담니다.
　　　그런데아씨는 엇져녁에한잠도 안즘으섯스니 좀졸니우시
　　　겟서요.

안해　오—참 유모는 엇져녁에 나리와 나와말다툼하는것을말
　　　니노라고 한잠못잣구려 (가엽슨우슴을 입가에씌고) 아이가
　　　엽서라 어서하로밥비내가 행복스러워저야 유모도편한잠
　　　을자볼것아니오.

유모　(눈이번쩍씌는듯이) 아씨께서 행복스러우시면 게서 더엇
　　　더케 행복스러우시겟서요 부자댁 외짜님으로태여나서서
　　　어머니쎄서 세상써나신후 얼마쏭안 고생은하시엇다할지
　　　라도 이러케호화로운댁 맛며누리로 남부러울것이업스시
　　　니 좀조흐세요.

안해　(원망스러운듯이) 유모도역시 내편은안이구려 나는결국외
　　　로운사람인것이분명하지 어데다가 속말한마디 할곳이업
　　　지 그러니까 지금짜지유모도 내심복이 아니엇더란말인
　　　가? 그러면잇대것내가 유모에게 이러니저러니 사정이야
　　　기해온것이응거진다 유모의비위에 거슬니엇더란말인가?

유모　(죄송스러운듯이열골[3]을숙이며) 제생각에는 아씨쎄서 너
　　　므 팔자가조흐시니까 짠염려싸지하시는것갓치 박게뵈이

지안는담니다 그러나 저야무엇을암니까 밥이나먹으면일
이나할줄알고 시집가면 한남편섬길줄알고 고용가면한주
인섬길줄알쭌이지요.

안해   아이어멈 그런말을좀근처주어요 나까지 그러케되여버리
는것갓해요 그런괴상망칙한 현실(現實)에낫익어지는것
이 내게는될쌘두안한일이안인가?어서아므소리말고 이
책에몬지를털어서 마루씃헤내노하요 누가이리로 시집오
겟다고 맨처음부터하엿더란말인가? 모두유모의청승마
즌방정째문에 이리로와가지고 밤마다싸움질이나하고 별
별연극이다이러나는것안인가?그러기에내가처음부터 무
엇이라고하더란말인가 이댁나리께서 하도간청을하시니
까 이리로오기는오더라도 어듸 남녀(男女)의관게로 온다
고하엿던것인가? 반드시 동성간(同姓間)친구와갓치 지나
자는 조건을붓쳐가지고 온것이지(무엇을락심한듯이 머리
를숙이다가) 그럿치만 나는 남편을차자 헤매는것은안이
지……

유모   (심란한듯이 책을쎠러서는 마루압흐로내여놋타가) 아씨 자
근아씨 져보고그러케대들지를마세요 저야단지자근아씨
께서 더잘되시기만 바라고 모든일을의론하여듸렷든것이
지요

안해   (좀삭으러져서)그야그럿치! 나도유모가 내속이애기한마
듸도 잘밧어주지안으닛가 고만열이나서하는말이지 내가
어듸갓치살남자를찾는것인가?

---

3   '얼골'의 오기.

유모	온천만에 언제어멈이 아씨말을 잘밧어드리지안엇다고하심니짜.
안해	안이 잘밧어주지안는다는것이안이라 조케생각하여주지를안는다는말이야.
유모	(비로소 화평한낫을지으며 어린이를귀여워하는눈으로 안해를치어다보며) 저야 아씨께서무슨일을하시던지 강보에셔부터 밧어길러드린아씨가 그저귀여울쑨이지요.
안해	(비로소락종하는얼골로) 그런데 우리다른이야기좀해요 응유모! 이넓으나 넓은세상 쓸쓸한정경에 꼭우리두사람만이 서로밋고의지하여야하지안우 응유모 유모도 아들까지버리고 나를짜라온이상에 아모조록 내뒤를잘보아주어야하지안우 (유모의 얼골을 갸웃이드려다본다)
유모	그러코말구요 제가재작년여름에 길가온대서 자근아씨를 뵈옵고 얼마나놀낫던지요 그쌔엇더케 신색이못되엿든지 아씨께서는 설마제가 길너드린어른갓지는안하셧담니다 그러나 아씨의얼골을한참 듸려다보니 눈매입매가 그젼모습이안이겟슴니짜? 엇더캐망극하던지요(역시책을밧으며)
안해	아이 (좀붓그리는태도로) 저—어멈이시굴가잇는동안에 내가열여듭살나든겨울인가 그해에 엄마는도라가시고 저—(음성을낫초아서) 아버지는실상 어멈이알다십히 게부가안이엇섯소? 그런데엄마도라가시자 한달이못되여 저—서모가 승차를하겟나 그러더니 듸립다별별괴상스러운 연극이이러나기시작을하는데 내눈에서는 눈물마를날이업겟지 어머니도라가실림시에는 아버지도「너이어머니가 도라가셧다고 내가네눈에 눈물이흐르도록하겟니」하면

서 어머니가 내주머니에너허주시든 금붓치와보석을 죄
다쓰내가더니 쌀간거줏말이겟지? 그래서 나는주머니에
돈한푼넛치안코 집을나와서저—(음성을낫초아서) 헌책장
사를해서먹어가면서 틈잇는대로 도서관에도단이고 어학
도더배우고하엿지 그……째나는저—회당에셔 김춘영씨
를뵈왓다나 그째 그어런이 단정하시고 청신하여뵈시던
일 시방은무엇째문인지 안체 모른체하시지만 그째는무
엇인지 친절도하시엇지……그러나 엇던째는 눈물이나도
록 매정도하시엇서……아마지금생각하니짜 그부인이게
신탓이엇는지모르지……(역시책을내려셔 유모에게주며)
참넘우놀나와서 뭇지도 안엇지마는 김춘영씨부인이라
고하면서 여긔왓더라고하던녀자는 엇더케생겻습듸짜유
모아주퍽잘낫습듸짜? 아마 김선생쎄서는 내가일생을 이
러케눈물가온□[4] 지나갈것도모르실것이오 (무엇을 한참
생각하다가) 그것이쏘당연할일이지……그러니 내마음이
키—일흔배모양으로 바람결을싸러 청교도(淸敎徒)인 김
춘영씨에게서 사회주의자인 리관쥬에게로 옴겨가는것이
안이요 (책을내리다말고 먼산을보며) 것잡을수업는 뷔인마
음!

유모　　그러치만 아씨쎄서는 단벌웃[5]을팔어서 미쳔을하여가지
시고헌책장사를하여근근생화[6]하실째도 김션생님 리션
생님 생각하시엇슴니짜?……아씨쎄서는 이미 남의귀한

4　'대'로 추정.
5　'옷'의 오기.
6　'생활'의 오기.

댁아씨가되신바에야 왜 남의집보금자리를 들추어버리실
야는듯이 남의내정일을무르심니까? 그안악네는아씨보
다 야무지게생겻던걸이요 그러닛가 그안악네도 아씨쩨
서 김춘영씨가 가리키러단이신다는학교로 차저단이신다
는것이 수상해서 일부러엇던 어린인가보러왓던것안입니
싸 그런망신을 다당하시고 참싹하심니다.

안해

아아어멈이 나를제법타일느는구려 그러나 지금내말이유
모를 빈정거리는것은안이요 하지만 나는 내가아주여지
업시구차할째부터 김선생님을 사모하기시작하엿다가 그
가여지업시 냉정하여진째 나는고만그가 언제한번은 몹
시칭찬하여 혜성과갓치그의 학셜(學說)을어느신문에 발
표한 리선생님을 숭배하기시작한것이요 쳐음에는 단지
그의인격으로 사상으로무엇을엇으려고하엿던것이나 쥬
위에 환경이 나만을감정적으로 이상한곳에써러트리엿소
그러나 내가그들에게 무슨 관능적(官能的)쾌락을엇으려
고 하든것도안이고 그들의 아처러운보금자리를 들추려
한것은안이요 그러나그들조차 나를바로알지못하는것갓
흔째도 허구만헛소 나는 그들에게사랑이외에 무엇을구
하려던것이 시련(試練)[7]못된몽롱한의식이엇스나마 사실
이엇소(이갓치 이야기하는동안에는 그들은 책을내리우고 옴
기든일을 이저버리고 이야기를한다)

유모

아이구 가이업슨자근아씨 텬사갓흐신마님의사랑을일흐
시고 무슨구렁에 헤매이섯습니까? 어멈의귀에는 들을사

---

7   '실현(實現)'의 오기.

록 쎄가저리기는하나 무슨말슴인지요 앗시는그져쓸쓸하
시든것갓기만함니다.

안해 그말을 다 엇지해요 사상의 환경으로 실제(實際)의환경으
로 목적업는길을가는무엇갓치 지독히 내생활은 쓸쓸하
엿소 그래서더어느편으로나 목적을가지고십흔본능의충
동인지 굿세고난쳐한요구가 잇기시작한것이요 그래서늘
사상방면 신앙방면으로 갓흔사람으로의 숭배자를구하엿
섯소

안해 (퍽괴로운듯이 가삼을부둥켜잡을때 큰방으로부터젼령(電
鈴)소리가울려나온다) 아이전화가왓지 이제부터 침모대
신내가 전화심부럼을해야한다—(큰방으로들어가서)어듸
세요……××책사임니짜 그런데아직정리는안되엿지마
는……쳔쳔히와보시지요……네 안팔책을추려내노코 한
이쳔부는됨니다……대개 종교, 철학, 쏘는신화(神話)예
수교리(敎理) 청교도적(淸敎徒的)헤부라이이슴의것들임
니다……네네 (다시마루로나와서는 교의위로 올나서서 책을
쓰내내리우며) 이책은 억그적게사온 ××××××의 유
물론변증법(唯物論辨證法) 과 부하린의 ××××의개렴
(槪念)등인데 내가 좀더보아야할터이니 저편으로 내여노
하요(혼자소리갓치 도라서서 책을내리우며) 이즈음에는 나
만이전부책을박고아 사야할것이안이라 물론엇던사람이
던지 고고학자(考古學者)가아닌이상 젼시대에 그릇된상
상(想像)과신앙(信仰)으로부터 씨여진것을 전부박고아서
새시대의 실험적(實驗的)인 자연파(自然派)의것과 상대
파(相對派)의것과 진화파(進化派)의것들 과학적(科學的)

137

셔류와 박고아사야하겟는데……?나는 무엇이라고이러
케 영구히 사람의본능(本能)을진이고는 직히기도어려울
헤부라이이슴의 금욕주의(禁慾主義)책들을함부로 사듸
렷든가? 참이것은 주일마다 우매(愚昧)한 신자(信者)들을
더욱굿세게한다고 강단에서서 공상적신화(空想的神話)
를짓고잇는장로(長老)나 목사들에게 필요할것이안인가?
『루터』가살어서나를알면좀우슬가? 그러나 나는김춘영
씨의일을 본밧던것이안인가 그럿치만은 (무엇을 생각하다
가 유모가 책을옴겨놋타가말고 분주히자긔눈을 비벼 졸니
운것을깨우는모양을보고 무슨생각이드러마즌듯이) 올치올
치 그는그자신의애욕(愛慾)을 억제하기위하야 자긔에게
맛지도안는셔류를 사듸리든것을나는모르고 ××책사에
탐지하야 그가사는책은 다사듸린것이안이엇든가?(대문
흔들니는 소리를 듯노라고 귀를기우리며) 유모 대단이졸니
운모양이구려 눈을듸립다비빌째는 하지만 유모는대문을
열러 박그로나가야겟소(귀를기우려드르며)박게누가온모
양이야 대문이너무멀기째문에행낭사람을 내보낸것이퍽
불편한데.

유모   (대청아래로 내리서며)괜찬슴니다 대문열러나가기쯤 무엇
        이불편하겟슴니까(즁문박그로 나가셔 사러진다 이째마츰큰
        방으로 전령소리가다시들닌다)

안해   (창황이 큰방으로 들어가셔) 네……어듸세요……네? ×
        ×회누구시라구……네ー리혜경씨세요……네염려마세
        요……마츰 금명간젹지안은돈이 내손으로드러올터이니
        까……그럿치요 멧십명의화재민(火災民)쯤……멧칠동

안 지나게할수가잇겟서요⋯⋯돈되는대로 오늘저녁이
나 내일아츰에차자가뵈옵지요⋯⋯네―네?무어시예요?
오―우리주인말슴이세요?⋯⋯ 그것은왜무르세요?⋯⋯
아니⋯⋯우리사이는남녀의 관게는아니람니다⋯⋯ 그져
주종(主從)간이라던지 친구간이라는 말이맛지요⋯⋯그
러니싸메츨동안집을비이시는것은 드믈지안은일이람니
다⋯⋯하지마는 나는우리쥬인을리용하거나 모욕하거나
소홀이여기지는안는담니다⋯⋯아―그런데 왜그것을작
구만무르세요⋯⋯네 곳처말하면 일홈만부부라는말이지
요⋯⋯그런데 혜경씨쯤[8] 엇더케 우리주인이나가게시는
것까지 그러케잘아서요⋯⋯네네⋯⋯ 그러서요⋯⋯ 그
러면혜경씨의 친구의남편이라는이도 나가노는 어른이신
가요(이동안에 유모는 알지못하는행낭어멈을 데리고들어와
서)

유모 그래댁은어듸사세요(어멈의태도를삶힌다)

어멈 (생각업는듯이)져―태평통리혜경아니져―(깜짝놀나서)
     종로류주사댁에잇슴이다(안방에서들니는 전화소리를듯고
     쪼무심히) 우리댁아씨하고 전화를하시나(한눈을판다)

유모 (매우유심스럽게 어멈의 아래위를 흘터보고) 그래우리댁나
     리께서 그댁에게십듸까

     ([9]네 저도만일보통부부관게일것갓흐면⋯⋯그럴지도

---

8 '는'의 오기.
9 편집상의 오류로 화자 '안해'가 누락되고 기호 '('가 잘못 표기됨.

모르지요……그런째마다궁금하고미안하기도 하담니
다……무엇이 그럿타고 사실이아닌 안해의도리겟서
오……엇재서××회는 내가정일을조사할권리나잇는것
갓구려……호호……아모래도관게찬습니다……그러치
오(안해박그로나오며 유모를보고)

안해   아이 긴전화도다밧앗다 엇더케수다스러운지 아이(낫선어
       멈의 모양을보고) 그런데 저사람이어듸서왓소?

유모   (의심스러운듯이) 태평통 리혜경씨댁에서 오섯다나 종로
       류쥬사댁에서 오섯다나하는데 이댁나리가 그댁에서 어
       듸가신다고 양복을보내라구 편지를하엿다나요(비웃는듯
       이먼히선어멈을본다)

어멈   (사면을 두리번두리번 둘러보다가 허리춤에서 편지를쓰내 안
       해를준다) 여긔잇습니다.

안해   (편지를보고 종의를뒤집어보며) 엇재××회사종의로 편지
       를쓰섯스까?(의심스러운듯이 편지를듸려다보며) 그런데 유
       모 자긔양복을다—보내라고 하엿구려.

유모   (행낭어멈을 아래위로흘터보고) 분명히나리글씨니싸 (안해
       를유심히보며뭇는다)

안해 —그런것갓해요 (말을맛치고 어멈을[10] 본다)

(이째 세사람은셔로 의심스러운얼골을 듸려다본다)

—— 천천히幕막 ——

10   '을'의 오기.

時節 시절

이장으로부터 두달후

舞臺 무대

역시일장이장과가튼 대쳥마루위 이전탁자가노혓든자리에는 침대가노

혓고 침대머리맛엽흐로 적은탁자우헤 쳥자색(靑磁色) 쏫병에는 흰쟁

미쏫뭉금이 흐너질듯이쏘치어잇고 탁상젼화긔가노혀잇스며 북향한연

두색벽에는 북으로열닌 미다지를좌우하야 두남자의 등신상(等身像)

이 묵묵히 황금체속에들어침대를구버본다 미다지박그로 뵈이는정원화

단에는 우미인초가 쌀갓케피어잇스며 장미화가 후원담을가리어 하날

위까지 넉지벗을형세로 피어잇고 군대군대 파초닙이무성하야잇다.

막이열니면 안해는얼골을두손으로가리고 침대우헤거러안젓고 유모는방

금부억에서 진일을하다나온듯이 댓돌우헤서서 행주치마에손을씻츠며.

유모   어듸아씨 저보는데 한번거러보세요 절지안코는못거르시

      겟나봅시다 어서아씨

해[11] (얼골을양손으로가리운채 머리를흔들며) 두어달동안이나누

      어잇서서그런지 (한편다리를가리키며) 이다리에맥이풀녀

      서 힘을줄수가업는데.

유모   (답답한듯이)그래도 저보는데 한번거러보세요 하도오래

      누어게섯스닛가 맥도풀니섯겟지요.

11 '안해'의 오기.

안해 (마지못하는듯이 얼골에손을쩨며 약간 귀치안은미소를씌우고 침대우에서 이러나거르려고는하나 잘이러서지지안는듯이 머뭇거리다가 두번세번주저안즈며 간신히이러나서 잇는힘을다하야 바로거러보려하나 절눅절눅 두어서너발자옥것다가 고만펄석주저안는다 유모는참아못보겟다는듯이 얼골을돌니다가 강잉하야 태연하여진다 안해호소하는듯이유모를바래보며)어멈나는인제 병신이구려 (한마디탄식하고는 얼골을두손길에뭇고 혼자말갓치)일허버린행복을 회복하려다못하야 병신까지되엿다(유모얼골을돌니고 늣겨운다) 내가김선생님을 무소부재(無所不在)하신 교리(敎理)를가진 하나님의회당에서 처음뵈엿슬째 그는손소피운 화로불을가저다가 령혼까지식어버리랴는 나를녹여주시엇섯다 그이후로 나는내세상살이가 참을수업시치운것임을알게되엿다 쳐음겸마즈막으로 순간(瞬間)만더워본 세계의 영원한냉각(冷却)이든가? 차라리 이괴로운내머리가 부셔지든편이 나을쌘하엿다 찬인정! 몹슨세상! 털끗보다더적은 내소원을일우워줄수가업서서 조고만나하나를 영영버리는구나! 역시이세상도 조고마하던가? (하날을우러러보며) 분별업는녀인! 눈토매이워서 복수를한다고야 내게향한원망이 아닌것을 나를해하엿다 (다시얼골을숙이고 쓰러진다)
유모 (이상스럽게 말을듯다가 눈이휘둥그래지며 마루바닥에쓰러저늣겨우는안해를안아이르키며) 아씨 웨사위스럽게 병신이되신다고하시어요 어머니의령혼이아시면 서러하심니다 그런데 아씨는 다리를닷치고 도라오신당시는 혼수상태에쌔지서서 말씀을못하섯섯고 그다음에는 넘어지섯다

142

고하시더니 시방 말슴을드르니까 누구한데상처를밧으신 것임니다그려 (갑작이 노여움과 원망을품고 무서운얼골을지으며) 엇던년이 그랫슴니까 엇던놈이그랫슴니까 엇재 아씨는그런말조차업스섯슴니까 (팔을내□[12)으며) 이어멈의 팔로 그런년놈의게 복수를하여드릴납니다 어서말삼하십시요.

안해   (괴로운듯이 입살을깨물고 머리를흔들뿐)

유모   (궁금한듯이) 엇재이어멈에게 가르켜주시지안으심니까 어멈이 아씨께불민한일을 하여드릴썻갓흐심니까 나리께서 아시면좀놀나시겟서요.

안해   (아니라는듯이 머리를흔들며) 그도자긔의행복을차자 나가신인데 내불행을렴려하실리가잇슬나구……(다시머리를 숙이고안졋다가) 어멈 내가 ××회에책을팔아서 갓다주든 날이 언제이엇는지.

유모   그날이 아씨발닷치든날아님니까 벌서한두어달은넘엇지요.

안해   나는그날느저서 ××회에갓다오는길에 리문안을지나오 느라닛가 엇던녀자의음성이내엽헤서 「이년남의사내잘 차져단이는년」 하는것갓드니 그져앗쓱해지것지 그후에 는정신이업서 내가넘어지고 착각을이르켯는지 사실남이 나를해하엿던것인지 도모지아득해요.

유모   (고만맥을턱노흐며) 나리께들어오시라고 긔별이나할가요 아씨는지금쯤 그친절하시든나리생각이 나시지안으서요

안해   (머리를흔들며) 불행을생각하기에 묵어운머리는 아모것

12 '쎕'으로 추정.

143

도 생각할수가업다오.

(박게서 대문여는소리나자 행낭어멈이 깃붑얼골을하고 즁문안으로들어온다 유모와안해하던이야기를근친다.[13])

어멈 (댓돌아래와서며)아씨 져 나리 마님이들어오셧는뎁쇼 시방
      들어가 아씨쎄뵈여도 관게찬켓슴니까 엿주어보라서요.

안해 (놀나온표정으로 어멈과 유모를보고 망서리다가) 당신댁에
      당신이도라오시는데 누가 무어라겟슴니싸구 (말을맛치고
      얼골을푹숙으린다)

유모 (깃붑얼골로) 어멈!어서들어오십시사고 (말을하면서 즁문
      박그로나가는어멈의 뒤를싸러나간다)

안해 (호올로되여)불행한내몸을 숨길내집이업고나 이런째내발
      을자유로 옴길수가잇섯드라면얼마나 조핫슬가 (말을맛치
      고 주져안젓든자리에서 이러서랴하나 이러서지지안는다 세사
      람의여섯발소리가 갓가와올스록 일층더 이러서랴고하나 쓰러
      질쑨이다. 유모, 주인([14])양복입고등장)

주인 (역시 인자한얼골로) 긔경이 오래 아르섯다구 나를용셔하
      시요 (주져안저서 이러스랴고무한히 고통하는 안해를보고)
      당신은아즉자유로 이러서실수가업구려 엇더케그러케발
      을닷치섯소.

안해 (역시 이러서랴고 고심하며) 나는그동안에 병신이되엿담니

---

13 기호 ')' 누락.
14 기호 '(' 오기.

144

다 이꼴까지 나리께만은 뵈여듸리고 십지안엇섯는데 이
러케뵈옵는것이 본의(本意)가아니올시다

15)(안해의말을 측은히들으며 마루위로 올나와서 안해를 이르켜주
랴고 손을내밀다가 측은히 안해를바래보며) 이르켜듸릴가요?

안해   (이러□16)공부를중지하고) 아니오 혼자 이러나보지요.

(유모는 슬그먼히부억으로드러간다)

남편   (유모의뒤모양을바라보다가) 당신은 그래도 나를의지하여
        살어갈마음은업구려 이런째에도 나는당신에게 소용이업
        슴니싸.

안해   (면목업는듯이머리를숙이고) 이날이째것 당신을의지하고
        만 살어오지안엇슴니싸 그래서퍽밍나한째가만헛담니다
        그런데지금은 나리께서도 자신의행복을 싸로차즈신바에
        야 내가더괴로움을씨칠수가 잇겟서요 당신의 영원한행
        복을빌뿐임니다.

남편   (애원하듯) 여보시요 내가세상고생을해온사람이엇섯기째
        문에 쏘어느동경(憧憬)을가진사람이엇섯기째문에 당신
        을잘아는탓으로 불행한경우에게신당신에게 맛당한대우
        를하여드렷던데지나지안음니다 조곰이라도 의식잇시 당
        신을내안해로억제할여고는 마음먹지안엇섯소 엇던째라
        도 당신이내게도라오는날이면 온갓녀자의 후대(厚待)를

15 인물 표기 누락. '남편'의 지문과 대사이다.
16 '이러설'로 추정.

145

다버리고 당신의박대를 밧으러 모든사랑을다버리고[16] 당
신의믜움을밧으러도라올것이요 단지내가나를알음으로
당신을존경하여드리는것을잇지마시요 그러고나를오해
치마시요!

안해　(머리를흔들며) 나는어느존경할만한냥반을 미혹식혀가지
　　　고 최후피난쳐(最後避難處)를삼으려할만치 구구한생활
　　　을 하여오지도안엇고 하려고하지도안음니다.

남편　그러나 역시사람이란 리해조건(利害條件)을무시할수업
　　　는가해요.

안해　(괴로운듯이 두손을비비며) 나갓치불행한자리에안저서 무
　　　엇이라겟서요.

남편　(안해의얼골을바라보며 머밋머밋) 참김춘영군은 교회와학
　　　교를나와버렷다는데 월젼어느극장에서보니까 리혜경이
　　　의친구인추은난이와 나란히안져서구경을하더니 그적게
　　　저녁에는 밤열두시나지나서 역시키적은녀자와 동대문께
　　　로 걸어가두군 아조싼사람이된것갓든데.

안해　(…… 아모소리에도 관심치안는듯이 먼히 하늘을치어다보다
　　　가 혼자말갓치) 그가나를몰낫던것이니 무슨문제가잇스랴
　　　그는추은난이라는지와같은 픔성(品性)의남자인지도모를
　　　것이다! 내눈은 무엇이라고 그러케어두웟든고 역시나는
　　　남을원망할수가업섯다! 내맘이어두웟섯기쌔문에 눈까지
　　　어두워져서 바로볼수가업든것이다! (참을수업는듯이 얼골
　　　을찡그리다가 남편에게) 여보세요 나리와갓치관대하신어

17　'버리고'의 오기.

146

른은 사람이란다―눈토매이워 잇는견지(見地)에서나를 동경하실수도잇겟지요 이헤매이는꼴을 불행한꼴을.

남편 (측은히 안해를 내□다보며)[18] 나즌음성으로) 그러쿠말구요

안해 (팔을내밀며) 그러면 나를좀이르켜주서요 무엇이던지 자긔의욕심을못채우면 옴두겁이와갓치 노여워지는속인처럼 내게다아모런조건도 부치지마시고요 그쌔빈한에서 건저서 당신의안해라는조흔일홈을 빌니어주신것과갓치요.

남편 (얼는 두팔을내밀어 안해를이르켜 침대우헤안치고) 그런데 당신은왜닷치셧소.

안해 책을팔어다가 ××회에 긔부하고 도라오는길에넘어젓담니다.

남편 (한심한듯이 사방을둘너보고) 그런데당신은 내살님사리를 다―엇지하섯소?

안해 (눈을둥그러케쓰고 쌈싹놀나며) 무엇이예요? 보내라구 긔별하시지안으섯서요? 바로맨쳐음나가즈므시든 이튼날 양복가질러왓던 하인이편지와 인부(人夫)를데리고와서다 ― 실어갓담니다 그러면 당신이식히지안으섯서요?

남편 (쌈싹놀나며) 그러면 쏘혜경이작란이로군 엇던녀자의 사랑은 누구의미음……만도못하게 사람을귀찬케하는군.

(전령(電鈴)이운다)

남편 (전화를밧으려할째)

<hr>

18 '내려다보며'로 추정.

안해	내게온것일걸이요.
남편	(빈정거리지도안코 동정하는듯이) 리관주씨에게서? 당신 요새이는 그와숙친(淑親)해젓소(안해 붓그리는듯이 미소를 띄우고우슬째 남편은수화기(受話器)를귀에다대고[19] 누구세요? 네? 혜경이요? 곳가리다 렴려마시요…… 그거 무슨소리요…… 그럴리업소…… 그져위로해드릴뿐이요…… 그져셰상사람이라는가엽슨견지에서…… 그런야 비한품셩을진인녀자는아니오…… 그런데 당신 내짐은 가저다가 다―엇지하섯소…… 모르다니?…… 그러면그 럿치…… 쓸아래방에채워둔것이 내것이엇소…… 그럽시 다…… 되는대로 속히가리다…… 네, 네,
안해	아이어여가보세요 나는염치업시 위로를밧고잇섯습니다 그려.
남편	(원망스럽게) 평생 좀더잇스라고 졸나보구려 그저너는너 하는대로해라 나는나하는대로하겟다요 (숙으러지며) 그 러나째가아직일는지모른다.
안해	(붓그리는듯이) 그럼 그박게엇더케해요 각각자긔로의리 상을품고 잇스면서야 별다른도리가어듸잇슴니싸 당신은 너무하나 쌔고하나넛는현실이시고……
남편	(마지못하야 마루아래로내리서며) 자―긔정이다음뵙기싸 지 완연히것게데시요.
유모	(부엌에셔나오며) 그런데 나리쎄서는 알는아씨를두고 그 러케도쉬 ―가셔요.

19   기호 ')' 누락.

안해 (눈을엄하게써 유모를보며) 여보 유모 그좀답답히 굴지를
     마시요 나리쎄는 일홈뿐인안해인나이외에 참으로부인되
     시는이가잇다오 나야어듸사실이요.

유모 (원망스럽게 댓돌우에서 구두신는 남편을바라보고 침대우혜
     시름업시안젓는안해를보며) 저가튼늙은이는 나릿댁일을도
     모지알수가업슴니다.

남편 (신발을신고) 자, 그러면 쉬낫도록 자중하시요 그러나 리
     관쥬씨를삼가야함니다 그이들부부야말로 새이가조흘뿐
     아니라옴두겁이갓튼 성질을가진이들이요 (남편과유모 중
     문박그로나간다)

안해 (두손길로 얼골을가리고 잇다가) 혜경씨가 가시라거든 쏘오
     세요 (대문박게서「네─」대답한다)

안해 (호을로되여) 세상에는 유혹이잇다못하야 불행의유혹까
     지잇고나 내가무엇을바랫든구?

                                              ── 幕막 ──

四場4장

舞臺무대
삼장과 갓흐나 한편사진은 벅기워져서 황금틀은쌔여지고 유리알이부셔
진채 여긔져긔 마루바닥에널니여잇고 댓돌우혜는조선신이 노혀잇다.

안해 (얼골과머리를 붕대로감고 전화긔를 붕대감은손으로 집어들
     고) 모시모시 고─가몽 후다셴─핫백구나나주─히도방─

149

삼청동임니짜……리션생님이세요…… 그런데 선생님께서는 어제밤에 션생님부인이 내게오섯던것을모르세오…… 어제밤에요!……흐흐 (비우스며) …… 네……그러시겟지요…… 그런데……션생님께서는 저와의멧번업는교제와 쏘저의션생님쎄대한 숭배를엇더케해석하시고 부인에게말슴하여버리신것임니짜? 그것은정말이심니짜?…… 아니그러실것이아니라 션생님께서는 정녕저를 오해하시엇서요…… 아니라니요…… 션생님부인은 션생님과새이도퍽조흐시다는데……그러케짜지저를 오해하도록 내버려두시엇섯서요 내가션생님을 사모하기시작한 동긔는 단지애욕(愛慾)쑨이안인듯해요 나는그런것말고 다른것을션생님쎄구하얏던것임니다. 션생님과잣치[20] 녀자를다—션생님부인싸위의 야욕(野慾)박게 안가진줄로 보아서는올치안음니다. 그것은참을수업는 녀자전체에대한모욕임니다……웨그러케…… 션생님은 나를모욕하여야함니까?……그것이온갓정성을다하야 션생님을 본밧으려던인대가(代價)이라면…… 나는션생님쎄 어느조목의 인격적동경(人格的憧憬)을 가젓섯더라는것을 션생과 갓치 션생의부인압헤 (어음이점점격렬하여진다 스스로 가다듬으려고는하나 부지즁에 더격렬하야지며) 흑백을가리듯이 변명하게된담니다. ……흥분된것이안이람니다…… 흥분되지안엇슬스륵 반드시나는 션생쎄나는이런말을할수박게업지요…… 뵈옵고이야기를할수가잇섯스면 얼

20 '갓치'의 오기.

마나 다행하엿겟서요 그러나 내눈은멀고내머리는부셔저 절대안정을명령밧은이째에 영원히일허버린 마음의침착째문에 필사(必死)의힘을다하야 이러케이야기를한담니다……왜 그러케되엿느냐고요? 내가션생님께 잘못뵈엿섯기째문에 쏘선생님께 잘못숭배를하여드렷섯기째문에 션생님부인에게 션생님의사진틀로닷치엿담니다……이러케말하면 션생쎄서는곳선생부인의 팔힘을자랑도하시고 십흘터이지마는 션생님의부인은 내집에오자 션생님의사진이걸닌것을보고 허둥지둥고만밋친듯달녀들어서 급히사진을내리다가……가만히들어누은내얼골에다가 썰어트렷담니다……그아름다운얼골을닷치엿느냐고요?……아름답게보지못할사람들이……아름답게 보앗섯기째문에……내생명으로갑헛담니다 (아조시진한듯이 음성을낫초아서) 내가죽더라도 션생님부인쎄 오해를풀도록이나 하여두셔요……내가 션생님쎄원망을돌니겟느냐고?요[21]……그러면 것지못하는발로 행방불명이되여버릴가요……사람이것는발거름으로말고 손으로아니압발로긔어서 산에든지 내에든지 들어가버□가요[22]……염려를마세요……나는그런변명이 듯기가실흠니다……인제씬흐세요 다―귀치안음니다……아이천만에.

안해   (전화를맛츠고 붕대감은팔로 가삼을부등켜안고) 유모! 유모!! [23]불러보다가 죽은사람갓치 침대 우헤 쓸어져버린다)

21 '냐고요?' 오기.
22 '버릴가요'로 추정.
23 기호 '(' 누락.

151

(즁문박게셔부터 박물사라는소리가들녀온다)

박물장사 (즁문안으로 들어서며) 앗씨 분이나기름삽쇼……(침대위를 밋쳐못보고) 이댁에는 아모도 안게신가? (혼잣소리를하며 댓돌우헤노힌조선 신을 유심히듸려다보고 이리져리휘둘러보다가 침대우헤 안해가쓰러져 고민하는것을보고는) 앗시 앗시 분이나기름삽시요 앗씨 어듸가불편하심니까 아씨 분이나긔름삽시요.

안해 (붕대쳐매인손길로 손짓을하며) 유모! 유모!!(신음하듯 부른다)

박물장사 (신발을들어보며) 앗시!앗시……고신발얌젼도하다

(즁문으로 유모와 남편(양복입고등장)

남편 (급히댓돌위로올나셔며[24]) 여보시요 긔졍이 당신은불행을 련겁허 당하시는구려.

안해 (머리를들며 붕대쳐매인 두손길을 내밀며 남편을 어러만지랴는듯이) 나리 나는퍽불행하담니다 행복을 차즈랴다 못하야참혹히도죽어버릴수박게업담니다 멧해동안이나 뒤를보아주시고 보호하여주신 당신을마즈막뵈옵□[25]마는 내눈은 상하고 내머리는부셔젓담니다 그러니 엇더케치하를하고 뵈올수가잇겟서요.

유모 (침대엽흐로 얼는가셔며 안해의귀에) 의사가 무엇이라고하

24 기호 ')' 누락.
25 '것'으로 추정.

152

섯기에 앗시는이러케 이러나서 말슴을만히하심니까 앗
시께서는 잇대것 전심전력하여 길러들인 유모의말을안
듯고 너므몸을함부로가지서서 늙은것에게 별참혹한정상
을 다뵈이시고도 그져삼가실줄을모르심니까?

남편   (유모에게손짓을하며 박물장사에게) 웬사람이요

박물장사 박물장사람니다 좀파라줍시요 하로에멧십젼버러서근근
        살어간담니다.

남편   (지갑에서 돈을쓰내 박물장사에게주며) 그져가지고가시요

박물장사 (미안한듯시) 분을듸릴가요 기름을듸릴가요

남편   아마우리집에는 분도기름도 바를사람이업나보오 머리는
        터지고 얼골을[26]깨여지고 (고민하듯이 두손길로 얼골을가
        리운다)

박물장사 (혼잣소리갓치 중문박그로나가며) 얼골은 깨지고 머리는터
        지고 다리팔도다 부러지고 분기름소용도업지 (다시 댓돌
        우헤 신발을돌아다본다)

안해   (몽유병자와갓치 팔을내저으며) 유모! 유모!! (유모그엽흐로
        가서 그손을잡아준다) 나를 교의우헤안치어서 김션생님의
        사진압헤옴겨주어요 마즈막청이요

남편   (주져하는 유모에게)교의를이리로 가져오시오 나하고둘이
        안어서 옴겨안칩시다 (유모는교의하나를 침대압헤갓다노흐
        며 안해의 바른편을부축하매 남편은안해의 외인편을부축하
        야 옴겨안치며) 조곰도 미안히역이지마시요 나만은당신을
        영버리지안으리다 그러나 당신은 나라는 장해물대문에

---

26 '은'의 오기.

김명순

당신의 그적은아차로운 리상을 실현치못하신것이요.

안해 (머리를흔들며) 당신 얼마나 나를호화롭게 하여주시엇서요 당신은얼마나 마음까지 부유하신어런이야요 내가 이번에죽어 다시사람이되고 쏘녀자로태여나거든 꼭당신가튼어른에게로 정말시집올터임니다 내눈어두웟든이야기를 마세요, 그쌔에는.

남편 (안해를 힘잇게 그러안으며) 당신은 이쌔부터 영원히 내안해요 사람의생각하든 모든것이다 열렬하면 열렬할스룩 현실에쓰러내려볼쌔에는거진다 당신갓치 상쳐를박게되는것이요 역시당신은 아름다운이요.

안해 (한편 사진틀엽헤 안치워셔 상한손길을내져으며) 아이고 상한손길로 만져알수업는 동경(憧憬)! 사람마다 칭찬하여주시든 아름다움과청춘으로도 갓가워질수업섯는데 엇더케내가당신에게 갓가와지릿가? 당신쌔문에 생각밋츠지못할곳에 생각밋쳐 모든고난다밧고 모든상쳐다밧고 속절업시죽어감니다 누가 이 죽업²⁷⁾의몸에셔 나를구원해내릿가? 당신이 참혹한이쏠을아시릿가 모르시릿가? 당신은영원한 내우상이엇슬쑌이엇슴이다 모든아름다운자 자신의아름다움을 몰낫던것과갓치 당신도 나를몰느셧스리다(말을근치고 다시팔을내져어 사진틀을 쓰다듬어보다가 락심한듯이 머리를숙이며) 유모!(신음하듯부르며) 나를 다시 침대우에누히고 내가그전고학할쌔 입든옷을갓다가 입혀주어요 온갓희망을다쓴고 온갓허위를 다버셔벼리고 내

27 '죽엄'의 오기.

154

어두음째문에 밧은상쳐를 안고갈터이요(남편과 유모 안해
를 안어다가 침상위에뉘이고 건너방에셔 더럽고해진 자주쪄
고리와 검정치마를 갓다가입힌다)

(전령소리가들니자 남편창황히밧는다)

남편   …… 헤경이요 웨그러케……사나운말을하시요……사람
        은역시어느편으로나 불만을못참는것이요 당신도남의만
        족한 안해노릇을못하면셔…… 그러케박정히마시요……
        무엇이사회요…… 당신가튼이들이조직한 사오인의사회
        안에셔누가 돈주고사서우상노릇을할납듸까……당신이
        야말로…… 나를유혹하든단체적○○이요 그러타고 ××
        회라는것이 조선사회를대표한 단체도안일것이요 숙녀들
        이모힌조직도못될것이요……함부로빙자를마시요……
        사회에여론을이르켜보시요!

        (□□□□ □□□□□□□□□ □□□□□□□□)

□□   (□□□□□□)……□□□□……□□□[28] ……온갖허위
        를 다버셔버리고 자긔의생명으로셔 동경하든바를모도다
        실패하고…… 참혹히 치명상(致命傷)을밧고 죽어가는 한
        순결한녀자가잇소…… 그는이미 당신이져주하는바와가

28   "(분한듯이 전화긔를놋는다 다시전령이운다)/ 남편 (슈화긔를들고)……. 헤경이
     요……. 이곳에……."로 추정.(서정자·남은혜 편, 김명순,『김명순 문학 전집』, 푸른
     사상, 2010, 755쪽 참조)

155

튼 일홈쑨인내안해도안이요…… 단지참된불행한사람일
쑨이요…… 그의냉정한두벗은 그의정성스러운 순결스러
운 동경을다쓸어다가는 어을니지도안케 자긔의패물을삼
아버리고 그가엇더한구렁에서 신음하는지도 헤아려주지
못하고 그것을도로혀 자랑삼아가지고 온갓음탕한녀자들
과 안일(安逸)을쑴꾸든것이요……그런데 그안일함을보호
하자고 그는갑업시도 그더러운안일에 희생이되여가는것
이요. 자 여긔한생명의림종을보고…… 내가더살수잇겟거
든 쏘가리다……피차에 미안한점도만헛소 이다음에는 회
를조직하거든 여러순결한인격들도 만히 포옹하도록 참된
회를조직하시요…… 당신의회라는것은 단지 사오인의심
심풀이가안이엇섯소 어듸참된사회로부터 인뎡(認定)을밧
엇던것이오…… 자그러면 우리의 일홈업는 비밀의부부생
활도 잇대것 불쾌하엿스니 고만쓴허버립시다…… 여긔는
그런사람은업고 자긔의두애인째문에 머리와 다리를상하
고 죽는사람과 그를사랑하던일홈쑨인남편이잇소…… 그
에게는 그런일홈을밧을 소질이 (□□□□□…… □□□
□□□□□□……□–□□)[29]세요 (슈화긔를 탁놋는다)

안해 (점점괴로운듯이) 나리 웨그르세요? 저는이왕죽을수박게
업는걸이요 사르실나리쎠션……편할도리를 하시어야지
요 저야엇더케살기를바라겟셔요(숨이찬듯이 큰숨을두어
번쉬고)유모 의사를좀청하여와요 (이동안에남편은먼히무
엇을생각하고서잇다)

---

29 "도모지업소……. 너무정신적이기째문에……. 자 ─ 쓴흐"로 추정.(앞의 책)

유모   (창황히) 나리전화좀거러줍시요
안해   (귀찬은듯이) 전화로청하는것보다 아싸오셧든 의사의댁
           이니 약도 가져올겸 가서뫼서와요

           (유묘[30] 황겁한듯이 즁문박그로 나간다)

안해   (준비하여두엇든 쓰나풀을 목에걸어 한번겨우매고 애원하듯)
           나리 끗끗내 저를사랑하여주서요 저는단지 나리를 쳐음
           부터 내종까지 쇠기지안엇슬쑨임니다 만일(점점호흡이곤
           난하여지며) 나리쎄서 제사랑을밧으실것이 목적이엇드라
           면 시방은당신의승리임니다 (쓰나풀을매다가 힘이모자라
           는듯이 목멘소리로 먼히생각하고섯는남편에게) 나리 이것을
           좀쏙매주서요! 그리고저를오해치마서요 (남편깜짝놀나 모
           진생각에서 돌아서서 안해의 목에쓰나풀을쓸러주고 그의등을
           말업시두다려준다) 나는돈업는쳐녀로 단지내희망만을 즁
           히여기엇든것임니다 맛치가을철버섯속에 버러지의생활
           갓치제절로 내사상(思想)의 세계에피압흔동경(憧憬)이생
           기엇스나 현실세계에실현(實現)이어러운째 내살과피를
           말니우며애쓸쑨이던것임니다 그러나시방은 다만밧은상
           처만을긋세게 안을수박게업슴이다 그러나 당신은얼마
           나풍부하신어른이세요 맛치 우리어머니갓흐시구려! 그
           러나 나는당신을찻고단이면서 못차젓든이 바로내엽헤게
           섯구려 그러나 나는당신을바래뵈올 광명조차 일헛담니

30   '유모'의 오기.

157

다 (남편의 팔을더듬어말하려하며 서른음성으로)이것을 좀 꼭매주셔요 (남편무엇을굿이 생각하다가 다시깜짝놀나면서 안해의손에쓰나풀을쌔앗는다)

남편   (거듭 안해의등을두다려주며) 당신은그생활에대한애착을 다엇지하섯소? 두애인째문에 머리와다리를상하고 고만 죽어가야하오? 나를위하야더살어주시요 당신의상처가 나은후에 당신의아름다웁든얼골은 찍어매고 쌍기어믜웁 더라도 당신의숫직한 상쳐밧은마음만은남어서 나를의지 하고 굿세게살고십흐리다 그째는 산꼴에나 해변에나 사 람업는곳으로가서 영원한어린아해들갓치 거리씨움업시 삽시다 (역시안해의 등을두다린다)

안해   (머리를흔들며 시진한듯이쓰러져서) 더살구십허요 그러나 죽어서다시살수박게업서요 (목을길게느러쌔며) 부듸도로 매주서요 당신의사랑으로 도로매여주서오 네? 친절한이 나를 영원히보호하여주서요 그리고 저세상싸지 인도하 여주서요 친절한어른! 그래셔이괴로움을더러주서요 이 러케죽는것은 내의무랍니다 부듸 오래할이고통의시간을 잘너주서요 친절한이!(목을내민다)

남편   (하날을우르러 묵상하다가 무엇을결심한듯이 손에들엇든 쓰 나풀로 안해의 목을힘껏맨다 안해괴로움도 업는듯이 머리를 느러트린다)

— 幕막 —

——一九二七年1927년 —二月作12월작 —

—《신민》36호, 1928년 4월

두 애인

1막 4장

인물

주인   이십육 세의 후덕스러운 청년

아내   이십 내외의 꿈꾸는 듯한 눈동자를 가진 청초한 여자

유모   오십 내외의 인자한 여인

침모   평범한 삼십 내외의 서울 여자

그 외에 차부, 방물장수, 행랑 어멈, 수인數人

1장

시절

봄날 오후

무대

막이 열리면 화려한 중류 이상 가정 대청의 중앙 둥그런 탁자 위에는 살

구꽃 병이 놓여 있으며 좌우 옆에 벽을 의지하여 책을 가득가득 담은 책상들이 가지런히 놓여 있고 동편으로는 큰방으로 가는 미닫이 덧문이 보이고 서편으로는 건넌방에 들어가는 미닫이와 둥그런 들창이 있다. 그 외에 뜰 아래로 중문과 부엌문도 있다.

대청 너머로 보이는 후원에는 살구꽃과 개나리가 난만히 피어 있으며 멀찍이 테를 잡은 벽돌담 밑에는 드물게 선 수양이 푸른 실을 느럭느럭 흔들고 봄새의 지저귀는 소리조차 노곤하다.

침모는 털채를 들고 책장과 탁자와 미닫이를 부지런히 털고 다니고 주인은 조선 옷을 입고 탁자 가를 슬리퍼도 신지 않은 채 미심한 일이 있는 듯 거닐고 있다.

주인　　그래 아씨 말씀이 이제부터는 안잠자기[1]도 두지 않는다고.

침모　　네. 그런 비용으로 더 공부하실 책을 사시든지 사회사업을 하신다고 하시면서 저더러도 마땅한 곳을 구해서 나가라고 하시어요.

주인　　그러면 살림살이를 손수 할 터이라나?

침모　　그야 유모가 아직 늙지 않으셨으니까 그를 믿으시는 모양이시지요.

주인　　그렇다 하더라도 내 의복은 어찌할 모양인고. 자기는 여학생 기분을 버리지도 않고 공부할 생각만을 가지고 있으면서.

(조끼 주머니에서 담배를 꺼내 붙여 문다.)

1　　남의 집에서 먹고 자며 그 집의 일을 도와주는 여자.

침모   아마 나리께는 양복만 입으시도록 하실 모양이신가 보아요.

주인   (한심스러운 얼굴로 담배를 피우며 말없이 탁자 근처를 거닐
        고 있다.)

        (대문 열리는 소리가 나자 처녀답게 청초한 복장을 한 아내가 조용히
        들어온다.)

주인   (반갑고 놀라운 얼굴로) 아 ― 기정이 어디를 갔다 오시오.

아내   (주인의 말에는 대답 없이 대문 밖을 내어다보고) 차부 그 책
        을 이리 들여다주. (명령한 후 천천히 댓돌 앞으로 걸어간다.)

차부   (책을 한 아름 들고 들어와서) 어디 놓으랍쇼.

주인   (관후한 얼굴로) 응 책인가. 이 마루 끝에 갖다 놓아 주게.

차부   (책을 마루 끝에 놓고 땀을 씻으며 사치한 집 장식을 돌아다본
        다.)

주인   어디서 오는 길인가.

차부   종로에서 옵니다.

        (주인은 포켓에서 돈을 꺼내 차부를 주니 차부 절을 하며 받아 가지고
        나가 버린다.)

아내   (차부가 돈 받아 가는 것을 댓돌 위에 서서 바라보다가 말없이
        구두를 벗고 건넌방 문 앞을 바라보며) 침모 저기 있는 슬리퍼
        좀 집어다 주어요.

침모   아이 참 또 잊어버렸습니다그려. 외출하신 때는 마루 앞에
        놓아두라고 하시던 것을 저는 정신이 그렇게 없답니다.

김명순

(미안한 말을 하면서 건넌방 앞에 놓여 있던 빨간 슬리퍼를 집어다가 아내가 올라서려고 하는 마루 끝에 놓아 준다.)

주인　(차부가 갖다놓은 책을 이 책 저 책 펼쳐 보다가) 여보 기정이 당신은 퓨리턴〔청교도〕이라도 되려는 셈이요. 여기 책들은 죄다 헤브라이주의의 서류들 아니요.

(아내 말없이 건넌방 앞으로 가서 방문을 열려고 할 때)

주인　여보 기정이 너무도 냉정하구려. 무슨 일로 노여웠기에 사람이 세 번 네 번 말을 걸어도 대답이 없단 말이요.

아내　(괴로운 듯이 뒤를 돌아다보며) 왜 그러셔요.

주인　(괴로운 웃음을 띠고) 흥 오늘은 당신의 제일 첫 애인인 김춘영 군을 만났구려. 그러니까 오늘만은 나도 당신의 금욕주의 연애 신성을 존경하여 드릴 터이요. 하지만 과도한 침묵주의만은 더 참지를 못하겠소.

아내　(대단한 노기를 얼굴에 띠고) 무엇이라고요. 나는 책사에 갔다 옵니다!

주인　여보 기정이 당신은 폭군 같구려. (말을 마치고 다 탄 담배를 탁자 위 재떨이에 던지는 체하며 댓돌 옆에 내려서 있는 침모에게 눈짓을 한다. 침모는 부엌으로 들어가 버린다. 주인 다시 돌아서며) 비록 이름뿐인 남편일지라도 내가 있는 이상 당신이 홀로 나가 다니면서 설마 다른 남자와 밀회를 하였으리라고는 생각이 안 되오마는 당신이 전일부터 존경하는 김춘영 군이 히브리주의자일지라도 당신이 하필 그 참혹한 이중생

162

활을 본받을 필요가 어디 있단 말이요. 김 군이야말로 참 영리한 남자이기 때문에 가는 곳마다 주위의 인심을 잃지 않기 위하여서 더욱이 뭇사람의 동경의 초점이 되는 여자의 마음을 즐겁도록 조종하는 것쯤은 식은 죽 먹기일 것이요. 그런 사람이 당신이 내게 하듯이 그 처자에게 냉혹히 하리라고는 생각이 되지를 않소. 그러니 기정이도 그이를 본받으려거든 내게도 너무 섭섭지 않도록 하여 보시오.

아내   (참으로 괴로운 듯이 머리를 푹 숙이고) 제발 그런 잡소리를 마세요. 내 머리가 터질 것 같습니다. 나는 단지 더 잘 살기 위하여 나의 이상을 찾을 뿐입니다.

주인   (아내의 앞에 무릎을 꿇고 아내의 하얀 치맛자락을 붙잡으며) 이렇게 내가 당신 앞에 무릎을 꿇고 비는 것이요. 제발 그 공상 누각에서 좀 내려와서 이렇게 같이 살게 된 이상 부디 화평한 가정을 이루어 봅시다.

아내   (무섭고 싫은 듯이 손으로 치맛자락을 떨치며) 놓으세요. 이것이 무슨 짓이어요. 이것이 화평한 가정주의라는 것이요. 사람과 사람 사이에 굳이 약속된 조건을 무시하고 왜 축축이 남의 치맛자락을 잡으세요.

주인   나는 당신을 사랑하는 것이요. 사랑에는 조건이 없는 것이요. (말을 마치며 두 손으로 아내의 치맛자락을 잡아서 아내를 자기 품에 끌어안으려 한다.)

아내   (냉정히 경멸하는 표정으로) 사랑에는 조건이 없다고 하지마는 순결이라는 요소는 구비되어 있을 것입니다. 저리 가세요! 저리 가세요!! 오늘부터 당신은 나와의 약속을 깨뜨린 나와 아무것도 안 되는 남입니다. 저리 가세요!!

163

(남편 아내의 아랫도리를 점점 껴안는다. 아내 자기에게 점점 가까이하는 남편의 어깨를 때려 물리치려 하며) 당신은 이성을 아주 잃어버린 사람입니다. 나는 이성을 잃어버린 사람을 잘 처치할 줄 압니다. 유모! 유모!! 빨리 좀 와요. (유모 부엌으로부터 창황히 등장한다.)

유모 왜들 또 그러십니까. 사랑쌈이시지요. 아씨도 너무— 서방님께 쌀쌀히 구시면 어멈의 죄까지 커집니다. (유모는 아내를 건넌방으로 모셔 간다.)

남편 (절망한 듯이) 내가 눈이 어두운 사람이다. 세상에 이름만 부부 생활을 하겠다고 손가락 하나 안 다치겠다는 조건을 붙여 가지고 허위의 결혼을 하는 남자가 나밖에 또 어디 있을라고. 세상에 인심까지 잃고……. 아하 이날이 언제나 망해 버릴 것인가. (대청마루 한복판에 서서 먼 하늘을 쳐다본다.)

(건넌방으로부터 아내의 "이것이 다 누구의 죄인 줄 아나? 유모가 공연히 여자는 혼인을 해야 하느니 마느니 하고 사뭇 나를 꾀어낸 탓이 아닌가? 저이는 나를 아무 구속 없이 영원히 살린다는 약속을 어디 지키는인가? 내가 이렇게 고난을 당하는 것이 그래 유모의 눈에는 보기 좋은가? 참 우습다! 저이가 그래 무조건으로 내 생존을 영원히 보장한다는인가." 발악하는 소리가 들려온다.)

—막—

2장

1장과 같으나 탁자 위에는 복숭아꽃이 꽂히었고 책상에 가득가득 쌓이었던 책들이 세 무더기로 나뉘어 마루 위에 쌓였는데 유모는 마룻바닥에 앉아서 책을 이리저리 아내가 가리키는 대로 가려 놓고 아내는 아래위로 옥색 옷을 하르르하게 입은 채로 빨간 교의[2] 위에 올라서서 책을 내리어 유모를 준다.

아내 (책을 차례차례 내리다 말고 양손으로 목덜미를 펴며) 유모 내가 이렇게 세월을 보내는 동안에는 내 어머니께서 나를 고요히 쉬어 주시던 자장가를 잊어버리게 되는구려. 내가 어쩌자고 내 어머니의 방 안을 아장아장 걸어 다니며 금방울 소리로 가득 채우던 시대에서 멀리멀리 지나왔던가! (소리를 높이어) 유모! 내가 육신의 정조만은 지켜 왔다 할지라도 이 남자의 환상에서 저 남자의 환상으로 뛰어다니며 온갖 행동을 좌우하는 것이 단지 잃어버린 내 어머니의 그 화평한 행복스러운 얼굴을 찾고자 하는 데 지나지 않는 것이라오. 하건마는 서툰 화가가 사자를 그린다고 이리도 못 그리는 것같이 나는 행복을 찾노라 하는 것이 불행을 찾아 들이는 것 같구려! 아하 하나님의 성단 앞에서 붉은 옷을 입고 어린 머리를 숙여 소원을 이뤄지라던 신앙생활에서 벗어나 내 마음속 일찍이 아무도 이르지 못하게 한 자리에 어느 결점을 덮은 인

2 의자.

165

격을 앉히고 내 희망 전부를 걸어? 아아 (숨찬 호흡을 간신히 하며 떨리는 손길을 가슴 위에 놓고) 유모! 이 숨찬 것을 좀 보아요. 내 맥은 무엇이라고 이렇게 뛰는지 내 손길이 떨리는 것을 좀 보아요. 유모라니까!

유모 (졸면서 내려놓은 책의 먼지를 털어 마루 끝에 놓다가 깜짝 놀라 손길에 들었던 책을 고만 무르팍에 떨어트리며) 아씨 왜 그러십니까.

아내 (괴로운 듯이 웃으며) 유모 졸린 거구려.

유모 (미안한 웃음을 웃으며) 이렇게 늙으니까 늘 졸린답니다. 그런데 아씨는 엊저녁에 한잠도 안 주무셨으니 좀 졸리시겠어요.

아내 오— 참 유모는 엊저녁에 나리와 나와 말다툼하는 것을 말리노라고 한잠 못 잤구려. (가엾은 웃음을 입가에 띠고) 아이 가엾어라. 어서 하루바삐 내가 행복스러워져야 유모도 편한 잠을 자 볼 것 아니오.

유모 (눈이 번쩍 뜨이는 듯이) 아씨께서 행복스러우시면 게서 더어떻게 행복스러우시겠어요. 부자 댁 외따님으로 태어나셔서 어머니께서 세상 떠나신 후 얼마 동안 고생은 하시었다 할지라도 이렇게 호화로운 댁 맏며느리로 남부러울 것이 없으시니 좀 좋으세요.

아내 (원망스러운 듯이) 유모도 역시 내 편은 아니구려. 나는 결국 외로운 사람인 것이 분명하지. 어디다가 속말 한마디 할 곳이 없지. 그러니까 지금까지 유모도 내 심복이 아니었더란 말인가? 그러면 이때껏 내가 유모에게 이러니저러니 사정 이야기해 온 것이 응 거의 다 유모의 비위에 거슬리었더란 말인가?

유모	(죄송스러운 듯이 얼굴을 숙이며) 제 생각에는 아씨께서 너무 팔자가 좋으시니까 딴 염려까지 하시는 것같이밖에 보이지 않는답니다. 그러나 저야 무엇을 압니까. 밥이나 먹으면 일이나 할 줄 알고 시집가면 한 남편 섬길 줄 알고 고용 가면 한 주인 섬길 줄 알 뿐이지요.
아내	아이 어멈 그런 말을 좀 그쳐 주어요. 나까지 그렇게 되어 버리는 것 같아요. 그런 괴상망측한 현실에 낯익어지는 것이 내게 될 뻔도 않은 일이 아닌가? 어서 아무 소리 말고 이 책의 먼지를 털어서 마루 끝에 내놓아요. 누가 이리로 시집오겠다고 맨 처음부터 하였더란 말인가? 모두 유모의 청승맞은 방정 때문에 이리로 와 가지고 밤마다 싸움질이나 하고 별별 연극이 다 일어나는 것 아닌가? 그러기에 내가 처음부터 무엇이라고 하더란 말인가. 이 댁 나리께서 하도 간청을 하시니까 이리로 오기는 오더라도 어디 남녀의 관계로 온다고 하였던 것인가? 반드시 동성 간 친구와 같이 지내자는 조건을 붙여 가지고 온 것이지. (무엇을 낙심한 듯이 머리를 숙이다가) 그렇지만 나는 남편을 찾아 헤매는 것은 아니…….
유모	(심란한 듯이 책을 털어서는 마루 앞으로 내어놓다가) 아씨 작은아씨 저보고 그렇게 대들지를 마세요. 저야 단지 작은아씨께서 더 잘되시기만 바라고 모든 일을 의논하여 드렸던 것이지요.
아내	(좀 사그라져서) 그야 그렇지! 나도 유모가 내 속이야기 한마디도 잘 받아주지 않으니까 고만 열이 나서 하는 말이지 내가 어디 같이 살 남자를 찾는 것인가?
유모	온 천만에 언제 어멈이 아씨 말을 잘 받아 드리지 않았다고

김명순

하십니까.

아내　아니 잘 받아주지 않는다는 것이 아니라 좋게 생각하여 주지를 않는다는 말이야.

유모　(비로소 화평한 낯을 지으며 어린이를 귀여워하는 눈으로 아내를 쳐다보며) 저야 아씨께서 무슨 일을 하시든지 강보에서부터 받아 길러 드린 아씨가 그저 귀여울 뿐이지요.

아내　(비로소 낙종하는 얼굴로) 그런데 우리 다른 이야기 좀 해요. 응 유모! 이 넓으나 넓은 세상 쓸쓸한 정경에 꼭 우리 두 사람만이 서로 믿고 의지하여야 하지 않우. 응 유모. 유모도 아들까지 버리고 나를 따라온 이상에 아무쪼록 내 뒤를 잘 보아주어야 하지 않우. (유모의 얼굴을 갸웃이 들여다본다.)

유모　그렇고 말고요. 제가 재작년 여름에 길 가운데서 작은아씨를 뵈옵고 얼마나 놀랐던지요. 그때 어떻게 신색이 못 되셨는지 아씨께서는 설마 제가 길러 드린 어른 같지는 않으셨답니다. 그러나 아씨의 얼굴을 한참 들여다보니 눈매 입매가 그전 모습이 아니겠습니까? 어떻게 망극하던지요. (역시 책을 받으며)

아내　아이. (좀 부끄러워하는 태도로) 저— 어멈이 시골 가 있는 동안에 내가 열여덟 살 나던 겨울인가 그해에 엄마는 돌아가시고 저— (음성을 낮추어서) 아버지는 실상 어멈이 알다시피 계부가 아니었었소? 그런데 엄마 돌아가시자 한 달이 못 되어 저— 서모가 승차를 하겠나.[3] 그러더니 들입다 별별 괴상스러운 연극이 일어나기 시작을 하는데 내 눈에서는 눈물 마를 날이 없겠지. 어머니 돌아가실 임시에는 아버지도 "너

3　'서모가 본부인의 자리를 차지했다.'는 의미.

168

희 어머니가 돌아가셨다고 내가 네 눈에 눈물이 흐르도록 하 겠니." 하면서 어머니가 내 주머니에 넣어 주시던 금붙이와 보석을 죄다 꺼내 가더니 빨간 거짓말이겠지? 그래서 나는 주머니에 돈 한 푼 넣지 않고 집을 나와서 저— (음성을 낮 추어서) 헌책 장사를 해서 먹어 가면서 틈 있는 대로 도서관 에도 다니고 어학도 더 배우고 하였지. 그……때 나는 저— 회당에서 김춘영 씨를 뵈었다나. 그때 그 어른이 단정하시고 청신하여 보이시던 일 시방은 무엇 때문인지 안 체 모른 체 하시지만 그때는 무엇인지 친절도 하시었지……. 그러나 어 떤 때는 눈물이 나도록 매정도 하시었어……. 아마 지금 생 각하니까 그 부인이 계신 탓이었는지 모르지……. (역시 책 을 내려서 유모에게 주며) 참 너무 놀라워서 묻지도 않았지 마는 김춘영 씨 부인이라고 하면서 여기 왔더라고 하던 여자 는 어떻게 생겼습디까 유모 아주 퍽 잘났습디까? 아마 김 선 생께서는 내가 일생을 이렇게 눈물 가운데 지낼 것도 모르 실 것이요. (무엇을 한참 생각하다가) 그것이 또 당연할 일이 지……. 그러니 내 마음이 키— 잃은 배 모양으로 바람결을 따라 청교도인 김춘영 씨에게서 사회주의자인 이관주에게로 옮겨 가는 것이 아니요. (책을 내리다 말고 먼 산을 보며) 걷잡 을 수 없는 빈 마음!

유모 그렇지만 아씨께서는 단벌옷을 팔아서 밑천을 하여 가지시 고 헌책 장사를 하여 근근 생활하실 때도 김 선생님 이 선생 님 생각 하시었습니까?…… 아씨께서는 이미 남의 귀한 댁 아씨가 되신 바에야 왜 남의 집 보금자리를 들추어 버리시려 는 듯이 남의 내정을 물으십니까? 그 아낙네는 아씨보다 야무지게 생겼던걸요. 그러니까 그 아낙네도 아씨께서 김춘영 씨가 가르치러 다니신다는 학교로 찾아다니신다는 것이 수상해서 일부러 어떤 어른인가 보러 왔던 것 아닙니까. 그런 망신을 다 당하시고 참 딱하십니다.

아내   아아 어멈이 나를 제법 타이르는구려. 그러나 지금 내 말이 유모를 빈정거리는 것은 아니요. 하지만 나는 내가 아주 여지없이 구차할 때부터 김 선생님을 사모하기 시작하였다가 그가 여지없이 냉정하여진 때 나는 고만 그가 언제 한번은 몹시 칭찬하여 혜성과 같이 그의 학설을 어느 신문에 발표한 이 선생님을 숭배하기 시작한 것이요. 처음에는 단지 그의 인격으로 사상으로 무엇을 얻으려고 하였던 것이나 주위의 환경이 나만을 감정적으로 이상한 곳에 떨어트리었소. 그러나 내가 그들에게 무슨 관능적 쾌락을 얻으려고 하던 것도 아니고 그들의 애처로운 보금자리를 들추려 한 것은 아니요. 그러나 그들조차 나를 바로 알지 못하는 것 같은 때도 하고많았소. 나는 그들에게 사랑 이외에 무엇을 구하려던 것이 실현 못 된 몽롱한 의식이었으나마 사실이었소. (이같이 이야기하는 동안에는 그들은 책을 내리우고 옮기던 일을 잊어버리고 이야기를 한다.)

유모   아이고 가엾은 작은아씨 천사 같으신 마님의 사랑을 잃으시고 무슨 구렁에 헤매이셨습니까? 어멈의 귀에는 들을수록 뼈가 저리기는 하나 무슨 말씀인지요. 아씨는 그저 쓸쓸하시던 것 같기만 합니다.

아내   그 말을 다 어찌 해요. 사상의 환경으로 실제의 환경으로 목적 없는 길을 가는 무엇같이 지독히 내 생활은 쓸쓸하였소. 그래서 더 어느 편으로나 목적을 가지고 싶은 본능의 충동인지 굳세고 난처한 요구가 있기 시작한 것이오. 그래서 늘 사상 방면 신앙 방면으로 같은 사람으로의 숭배자를 구하였었소.

아내 （퍽 괴로운 듯이 가슴을 부둥켜 잡을 때 큰방으로부터 전령 소리가 울려 나온다.） 아이 전화가 왔지. 이제부터 침모 대신 내가 전화 심부름을 해야 한다──. （큰방으로 들어가서） 어디세요. …… ××책사입니까. 그런데 아직 정리는 안 되었지마는. …… 천천히 와 보시지요. …… 네 안 팔 책을 추려 내놓고 한 이천 부는 됩니다. …… 대개 종교, 철학, 또는 신화, 예수교리 청교도적 헤브라이즘의 것들입니다. …… 네 네. （다시 마루로 나와서는 교의 위로 올라서서 책을 꺼내 내리우며） 이 책은 엊그저께 사 온 ××××××의 『유물론변증법』과 부하린의 『××××의 개념』 등인데 내가 좀 더 보아야 할 터이니 저편으로 내어놓아요. （혼잣소리같이 돌아서서 책을 내리며） 이즈음에는 나만이 전부 책을 바꾸어 사야 할 것이 아니라 물론 어떤 사람이든지 고고학자가 아닌 이상 전 시대에 그릇된 상상과 신앙으로부터 써진 것을 전부 바꾸어서 새 시대의 실험적인 자연파의 것과 상대파의 것과 진화파의 것들 과학적 서류와 바꾸어야 하겠는데……? 나는 무엇이라고 이렇게 영구히 사람의 본능을 지니고는 지키기도 어려울 헤브라이즘의 금욕주의 책들을 함부로 사들였던가? 참 이것은 주일마다 우매한 신자들을 더욱 굳세게 한다고 강단에 서서 공상적 신화를 짓고 있는 장로나 목사들에게 필요할 것이 아닌가? '루터'가 살아서 나를 알면 좀 우스울까? 그러나 나는 김춘영 씨의 일을 본받던 것이 아닌가. 그렇지마는 （무엇을 생

171

각하다가 유모가 책을 옮겨 놓다가 말고 분주히 자기 눈을 비벼서 졸린 것을 깨우는 모양을 보고 무슨 생각이 들어맞은 듯이) 옳지 옳지. 그는 그 자신의 애욕을 억제하기 위하여 자기에게 맞지도 않는 서류를 사들이던 것을 나는 모르고 ××책사에 탐지하여 그가 사는 책은 다 사들인 것이 아니었던가? (대문 흔들리는 소리를 듣느라고 귀를 기울이며) 유모 대단히 졸린 모양이구려. 눈을 들입다 비빌 때는. 하지만 유모는 대문을 열러 밖으로 나가야겠소. (귀를 기울여 들으며) 밖에 누가 온 모양이야. 대문이 너무 멀기 때문에 행랑 사람을 내보낸 것이 퍽 불편한데.

유모   (대청 아래로 내려서며) 괜찮습니다. 대문 열러 나가기쯤 무엇이 불편하겠습니까. (중문 밖으로 나가서 사라진다. 이때 마침 큰방으로 전령 소리가 다시 들린다.)

아내   (창황히 큰방으로 들어가서) ……네 어디세요. …… 네? ××회 누구시라구. …… 네— 리혜경 씨이세요. …… 네 염려 마세요. …… 마침 금명간 적지 않은 돈이 내 손으로 들어올 터이니까. …… 그렇지요. 몇십 명의 화재민쯤. …… 며칠 동안 지내게 할 수가 있겠어요. …… 돈 되는 대로 오늘 저녁이나 내일 아침에 찾아가 뵈옵지요. …… 네— 네? 무엇이어요? 오— 우리 주인 말씀이세요? …… 그것은 왜 물으세요? …… 아니. …… 우리 사이는 남녀의 관계는 아니랍니다. …… 그저 주종 간이라든지 친구 간이라는 말이 맞지요. …… 그러니까 며칠 동안 집을 비우시는 것은 드물지 않은 일이랍니다. …… 하지마는 나는 우리 주인을 이용하거나 모욕하거나 소홀히 여기지는 않는답니다. …… 아— 그런데 왜 그것을 자꾸만 물으세요. …… 네 고쳐 말하면 이름만 부부라는 말이지요. …… 그런데 혜경 씨는 어떻게 우리 주인이 나가 계시는 것까지, 그렇게 잘 아세요. …… 네 네. …… 그러세요. …… 그러면 혜경 씨의 친구 남편이라는 이도 나가 노는 어른이신가요. (이 동안에 유모는 알지 못하는 행랑 어멈을 데리고 들어와서)

유모   그래 댁은 어디 사세요. (어멈의 태도를 살핀다.)

어멈   (생각 없는 듯이) 저— 태평통 이혜경 아니 저— (깜짝 놀라서) 종로 류 주사 댁에 있습니다. (안방에서 들리는 전화 소리를 듣고 또 무심히) 우리 댁 아씨하고 전화를 하시나. (한눈을 판다.)

유모   (매우 유심하게 어멈의 아래위를 훑어보고) 그래 우리 댁 나리께서 그 댁에 계십디까.

아내   네 저도 만일 보통 부부 관계일 것 같으면…… 그럴지도 모르지요…… 그런 때마다 궁금하고 미안하기도 하답니다…… 무엇이 그렇다고 사실이 아닌 아내의 도리겠어요…… 어째서 ××회는 내 가정 일을 조사할 권리나 있는 것 같구려…… 호호…… 아무래도 괜찮습니다…… 그렇지요. (아내 밖으로 나오며 유모를 보고)

아내   아이 긴 전화도 다 받았다. 어떻게 수다스러운지 아이. (낯선 어멈의 모양을 보고) 그런데 저 사람이 어디서 왔소?

유모   (의심스러운 듯이) 태평통 리혜경 씨 댁에서 오셨대나 종로 류 주사 댁에서 오셨대나 하는데 이 댁 나리가 그 댁에서 어

김명순

디 가신다고 양복을 보내라고 편지를 하였다나요. (비웃는 듯이 멍히 선 어멈을 본다.)

어멈 (사면을 두리번두리번 둘러보다가 허리춤에서 편지를 꺼내 아내를 준다.) 여기 있습니다.

아내 (편지를 보고 종이를 뒤집어 보며) 어째 ××회사 종이로 편지를 쓰셨을까? (의심스러운 듯이 편지를 들여다보며) 그런데 유모 자기 양복을 다 — 보내라고 하였구려.

유모 (행랑 어멈을 아래위로 훑어보고) 분명히 나리 글씹니까. (아내를 유심히 보며 묻는다.)

아내 그런 것 같아요. (말을 마치고 어멈을 본다.)

(이때 세 사람은 서로 의심스러운 얼굴을 들여다본다.)

　　　　　　　　　　　　　　　　　　　　　—천천히 막—

3장

시절

2장으로부터 두 달 후

무대

역시 1장과 같은 대청마루 위 이전 탁자가 놓였던 자리에는 침대가 놓였고 침대 머리맡 옆으로 작은 탁자 위의 청자색 꽃병에는 흰 장미꽃 묶음이 흩어질 듯이 꽂히어 있고 탁상 전화기가 놓여 있으며 북향한 연두색 벽에는 북으로 열린 미닫이를 좌우하여 두 남자의 등신상이 묵묵히 황금 체 속에 들어 침대를 굽어본다. 미닫이 밖으로 보이는 정원 화단에는 우미인초가 빨갛게 피어 있으며 장미화가 후원 담을 가리어 하늘 위까지 넉지[4] 벋을 형세로 피어 있고 군데군데 파초잎이 무성하여 있다.

막이 열리면 아내는 얼굴을 두 손으로 가리고 침대 위에 걸어앉았고 유모는 방금 부엌에서 진일을 하다 나온 듯이 댓돌 위에 서서 행주치마에 손을 씻으며.

유모　어디 아씨 저 보는 데 한번 걸어 보세요. 절지 않고는 못 걸으시겠나 봅시다. 어서 아씨.

아내　(얼굴을 양손으로 가린 채 머리를 흔들며) 두어 달 동안이나 누워 있어서 그런지 (한편 다리를 가리키며) 이 다리에 맥이 풀려서 힘을 줄 수가 없는데.

유모　(답답한 듯이) 그래도 저 보는 데 한번 걸어 보세요. 하도 오래 누워 계셨으니까 맥도 풀리셨겠지요.

아내　(마지못하는 듯이 얼굴의 손을 떼며 약간 귀찮은 미소를 띠고 침대 위에서 일어나 걸으려고는 하나 잘 일어서지지 않는 듯이 머뭇거리다가 두 번 세 번 주저앉으며 간신히 일어나서 있는 힘을 다하여 바로 걸어 보려 하나 절룩절룩 두어서너 발자국 걷다가 고만 펄썩 주저앉는다. 유모는 차마 못 보겠다는 듯이 얼굴을 돌리다가 강잉하여[5] 태연하여진다. 아내 호소하는 듯이 유모를 바라보며) 어멈 나는 인제 병신이구려. (한마디 탄식하고는 얼굴을 두 손길에 묻고 혼잣말같이) 잃어버린 행복을 회복하려다 못 하여 병신까지 되었다. (유모 얼굴을 돌리

4　'덩굴'의 방언.
5　억지로 참아. 또는 마지못하여 그대로 하여.

고 느껴 운다.) 내가 김 선생님을 무소부재하신 교리를 가진 하나님의 회당에서 처음 뵈었을 때 그는 손수 피운 화롯불을 가져다가 영혼까지 식어 버리려는 나를 녹여 주시었었다. 그 이후로 나는 내 세상살이가 참을 수 없이 추운 것임을 알게 되었다. 처음 겸 마지막으로 순간만 더워 본 세계의 영원한 냉각이던가? 차라리 이 괴로운 내 머리가 부서지는 편이 나을 뻔하였다. 찬 인정! 몹쓸 세상! 털끝보다 더 작은 내 소원을 이루어 줄 수가 없어서 조그만 나 하나를 영영 버리는구나! 역시 이 세상도 조그마하던가? (하늘을 우러러보며) 분별 없는 여인! 눈 토매이어서[6] 복수를 한다고야 내게 향한 원망이 아닌 것을 나를 해하였다. (다시 얼굴을 숙이고 쓰러진다.)

유모   (이상스럽게 말을 듣다가 눈이 휘둥그레지며 마룻바닥에 쓰러져 느껴 우는 아내를 안아 일으키며) 아씨 왜 사위스럽게[7] 병신이 되신다고 하시어요. 어머니의 영혼이 아시면 서러워하십니다. 그런데 아씨는 다리를 다치고 돌아오신 당시는 혼수 상태에 빠지셔서 말씀을 못 하셨고 그다음에는 넘어지셨다고 하시더니 시방 말씀을 들으니까 누구한테 상처를 받으신 것입니다그려. (갑자기 노여움과 원망을 품고 무서운 얼굴을 지으며) 어떤 년이 그랬습니까 어떤 놈이 그랬습니까. 어째 아씨는 그런 말조차 없으셨습니까. (팔을 내뽑으며) 이 어멈의 팔로 그런 연놈에게 복수를 하여 드립니다. 어서 말씀하십시오.

---

6   '처매다(친친 감아서 매다)'의 방언. 맥락상 '사태 파악이 잘 안 되어'의 의미.
7   마음에 불길한 느낌이 들고 꺼림칙하게.

아내	(괴로운 듯이 입술을 깨물고 머리를 흔들 뿐)
유모	(궁금한 듯이) 어째 이 어멈에게 가르쳐 주시지 않으십니까. 어멈이 아씨께 불민한 일을 하여 드릴 것 같으십니까. 나리께서 아시면 좀 놀라시겠어요.
아내	(아니라는 듯이 머리를 흔들며) 그도 자기의 행복을 찾아 나가신 인데 내 불행을 염려하실 리가 있을라구……. (다시 머리를 숙이고 앉았다가) 어멈 내가 ××회에 책을 팔아서 갖다 주던 날이 언제이었는지.
유모	그날이 아씨 발 다치던 날 아닙니까. 벌써 한 두어 달은 넘었지요.
아내	나는 그날 늦어서 ××회에 갔다 오는 길에 이 문 안을 지나오노라니까 어떤 여자의 음성이 내 옆에서 "이년 남의 사내 잘 찾아다니는 년." 하는 것 같더니 그저 아뜩해지겠지. 그 후에는 정신이 없어 내가 넘어지고 착각을 일으켰는지 사실 남이 나를 해하였던 것인지 도무지 아득해요.
유모	(고만 맥을 턱 놓으며) 나리께 들어오시라고 기별이나 할까요. 아씨는 지금쯤 그 친절하시던 나리 생각이 나지 않으셔요.
아내	(머리를 흔들며) 불행을 생각하기에 무거운 머리는 아무것도 생각할 수가 없다오.

(밖에서 대문 여는 소리가 나자 행랑 어멈이 기쁜 얼굴을 하고 중문 안으로 들어온다. 유모와 아내 하던 이야기를 그친다.)

어멈	(댓돌 아래 와 서며) 아씨 저 나리 마님이 들어오셨는뎁쇼. 시방 들어가 아씨께 뵈어도 관계찮겠습니까, 여쭈어보라세요.

아내   (놀라운 표정으로 어멈과 유모를 보고 망설이다가) 당신 댁에 당신이 돌아오시는데 누가 무어라겠습니까구. (말을 마치고 얼굴을 푹 수그린다.)

유모   (기쁜 얼굴로) 어멈! 어서 들어오십사고. (말을 하면서 중문 밖으로 나가는 어멈의 뒤를 따라 나간다.)

아내   (홀로 되어) 불행한 내 몸을 숨길 내 집이 없구나. 이런 때 내 발을 자유로 옮길 수가 있었더라면 얼마나 좋았을까. (말을 마치고 주저앉았던 자리에서 일어서려 하나 일어서지지 않는다. 세 사람의 여섯 발 소리가 가까워 올수록 일층 더 일어서려고 하나 쓰러질 뿐이다.)

(유모, 주인(양복 입고) 등장)

주인   (역시 인자한 얼굴로) 기정이 오래 앓으셨다구. 나를 용서하시오. (주저앉아서 일어서려고 무한히 고통받는 아내를 보고) 당신은 아직 자유로 일어서실 수가 없구려. 어떻게 그렇게 발을 다치셨소.

아내   (역시 일어서려고 고심하며) 나는 그동안에 병신이 되었답니다. 이 꼴까지 나리께만은 보여 드리고 싶지 않았었는데 이렇게 뵈옵는 것이 본의가 아니올시다.

남편   (아내의 말을 측은히 들으며 마루 위로 올라와서 아내를 일으켜 주려고 손을 내밀다가 측은히 아내를 바라보며) 일으켜 드릴까요?

아내   (일어설 공부를 중지하고) 아니요. 혼자 일어나 보지요.

(유모는 슬그머니 부엌으로 들어간다.)

남편   (유모의 뒷모양을 바라보다가) 당신은 그래도 나를 의지하여 살아갈 마음은 없구려. 이런 때에도 나는 당신에게 소용이 없습니까.

아내   (면목 없는 듯이 머리를 숙이고) 이날 이때껏 당신을 의지하고만 살아오지 않았습니까. 그래서 퍽 미안한 때가 많았답니다. 그런데 지금은 나리께서도 자신의 행복을 따로 찾으신 바에야 내가 더 괴로움을 끼칠 수가 있겠어요. 당신의 영원한 행복을 빌 뿐입니다.

남편   (애원하듯) 여보시오. 내가 세상 고생을 해 온 사람이었었기 때문에 또 어느 동경을 가진 사람이었었기 때문에 당신을 잘 아는 탓으로 불행한 경우에 계신 당신에게 마땅한 대우를 하여 드렸던 데 지나지 않습니다. 조금이라도 의식 있게 당신을 내 아내로 억제하려고는 마음먹지 않았었소. 어떤 때라도 당신이 내게 돌아오는 날이면 온갖 여자의 후대를 다 버리고 당신의 박대를 받으러 모든 사랑을 다 버리고 당신의 미움을 받으러 돌아올 것이오. 단지 내가 나를 앎으로 당신을 존경하여 드리는 것을 잊지 마시오. 그리고 나를 오해치 마시오!

아내   (머리를 흔들며) 나는 어느 존경할 만한 양반을 미혹시켜 가지고 최후 피난처를 삼으려 할 만치 구구한 생활을 하여 오지도 않았고 하려고 하지도 않습니다.

남편   그러나 역시 사람이란 이해 조건을 무시할 수 없는가 해요.

아내   (괴로운 듯이 두 손을 비비며) 나같이 불행한 자리에 앉아서 무엇이라겠어요.

남편　(아내의 얼굴을 바라보며 머뭇머뭇) 참 김춘영 군은 교회와 학교를 나와 버렸다는데 월전[8] 어느 극장에서 보니까 이혜경이의 친구인 추은난이와 나란히 앉아서 구경을 하더니 그저께 저녁에는 밤 열두 시나 지나서 역시 키 작은 여자와 동대문께로 걸어가더군. 아주 딴사람이 된 것 같던데.

아내　(…… 아무 소리에도 관심치 않는 듯이 멍히 하늘을 쳐다보다가 혼잣말같이) 그가 나를 몰랐던 것이니 무슨 문제가 있으랴. 그는 추은난이라는 자와 같은 품성의 남자인지도 모를 것이다! 내 눈은 무엇이라고 그렇게 어두웠던고. 역시 나는 남을 원망할 수가 없었다! 내 맘이 어두웠기 때문에 눈까지 어두워져서 바로 볼 수가 없던 것이다! (참을 수 없는 듯이 얼굴을 찡그리다가 남편에게) 여보세요 나리와 같이 관대하신 어른은 사람이란 다 — 눈 토매어 있는 견지에서 나를 동정하실 수도 있겠지요. 이 헤매는 꼴을 불행한 꼴을.

남편　(측은히 아내를 내려다보며 낮은 음성으로) 그렇고말고요.

아내　(팔을 내밀며) 그러면 나를 좀 일으켜 주세요. 무엇이든지 자기의 욕심을 못 채우면 옴두꺼비와 같이 노여워지는 속인처럼 내게다 아무런 조건도 붙이지 마시고요. 그때 빈한에서 건져서 당신의 아내라는 좋은 이름을 빌리어 주신 것과 같이요.

남편　(얼른 두 팔을 내밀어 아내를 일으켜 침대 위에 앉히고) 그런데 당신은 왜 다치셨소.

아내　책을 팔아다가 ××회에 기부하고 돌아오는 길에 넘어졌답니다.

8　한 달 남짓 전.

남편   (한심한 듯이 사방을 둘러보고) 그런데 당신은 내 살림살이를 다— 어찌하셨소?

아내   (눈을 둥그렇게 뜨고 깜짝 놀라며) 무엇이어요? 보내라고 기별하시지 않으셨어요? 바로 맨 처음 나가 주무시던 이튿날 양복 가지러 왔던 하인이 편지와 인부를 데리고 와서 다— 실어 갔답니다. 그러면 당신이 시키지 않으셨어요?

남편   (깜짝 놀라며) 그러면 또 혜경이 장난이로군. 어떤 여자의 사랑은 누구의 미움……만도 못하게 사람을 귀찮게 하는군.

(전령이 운다.)

남편   (전화를 받으려 할 때)

아내   내게 온 것일걸요.

남편   (빈정거리지도 않고 동정하는 듯이) 이관주 씨에게서? 당신 요사이는 그와 숙친해졌소? (아내 부끄러워하는 듯이 미소를 띠고 웃을 때 남편은 수화기를 귀에다 대고) 누구세요? 네? 혜경이요? 곧 가리다 염려 마시오. …… 그거 무슨 소리요. …… 그럴 리 없소. …… 그저 위로해 드릴 뿐이요. …… 그저 세상 사람이라는 가엾은 견지에서. …… 그런 야비한 품성을 지닌 여자는 아니오. …… 그런데 당신 내 짐은 가져다가 다— 어찌 하셨소. …… 모르다니? …… 그러면 그렇지. …… 뜰아랫방에 채워 둔 것이 내 것이었소. …… 그럽시다. …… 되는 대로 속히 가리다. …… 네, 네.

아내   아이 어여 가 보세요. 나는 염치없이 위로를 받고 있었습니다그려.

남편	(원망스럽게) 평생 좀 더 있으라고 졸라 보구려. 그저 너는 너 하는 대로 해라 나는 나 하는 대로 하겠다요. (수그러지며) 그 러나 때가 아직일는지 모른다.
아내	(부끄러워하는 듯이) 그럼 그밖에 어떻게 해요. 각각 자기로 의 이상을 품고 있으면서야 별다른 도리가 어디 있습니까. 당신은 너무 하나 빼고 하나 넣는 현실이시고…….
남편	(마지못하여 마루 아래로 내려서며) 자── 기정이 다음 뵙기 까지 완연히 걷게 되시오.
유모	(부엌에서 나오며) 그런데 나리께서는 앓는 아씨를 두고 그 렇게도 쉬── 가세요.
아내	(눈을 엄하게 떠 유모를 보며) 여보 유모 그 좀 답답히 굴지를 마시오. 나리께는 이름뿐 아내인 나 이외에 참으로 부인 되 시는 이가 있다오. 나야 어디 사실이요.
유모	(원망스럽게 댓돌 위에서 구두 신는 남편을 바라보고 침대 위 에 시름없이 앉아 있는 아내를 보며) 저 같은 늙은이는 나리 댁 일을 도무지 알 수가 없습니다.
남편	(신발을 신고) 자, 그러면 쉬 낫도록 자중하시오. 그러나 이관 주 씨를 삼가야 합니다. 그이들 부부야말로 사이가 좋을 뿐 아니라 옴두꺼비 같은 성질을 가진 이들이오. (남편과 유모 중문 밖으로 나간다.)
아내	(두 손길로 얼굴을 가리고 있다가) 혜경 씨가 가시라 하거든 또 오세요. (대문 밖에서 "네──" 대답한다.)
아내	(홀로 되어) 세상에는 유혹이 있다 못하여 불행의 유혹까지 있구나. 내가 무엇을 바랐던고?

──막──

4장

무대

3장과 같으나 한편 사진은 바뀌어져서 황금 틀은 깨어지고 유리알이 부서진 채 여기저기 마룻바닥에 널리어 있고 댓돌 위에는 조선 신이 놓여 있다.

아내 (얼굴과 허리를 붕대로 감고 전화기를 붕대 감은 손으로 집어들고) 모시모시 고— 가몽 후다센— 핫백구나나주— 히도방⁹⁾— 삼청동입니까. …… 이 선생님이세요. …… 그런데 선생님께서는 어젯밤에 선생님 부인이 내게 오셨던 것을 모르세요. …… 어젯밤에요! …… 흐흐. (비웃으며) …… 네. …… 그러시겠지요. …… 그런데. …… 선생님께서는 저와의 몇 번 없는 교제와 또 저의 선생님께 대한 숭배를 어떻게 해석하시고 부인에게 말씀하여 버리신 것입니까? 그것은 정말이십니까? …… 아니 그러실 것이 아니라 선생님께서는 정녕 저를 오해하시었어요. …… 아니라니요. …… 선생님 부인은 선생님과 사이도 퍽 좋으시다는데. …… 그렇게까지 저를 오해하도록 내버려 두시었었어요. 내가 선생님을 사모하기 시작한 동기는 단지 애욕뿐이 아닌 듯해요. 나는 그런 것 말고 다른 것을 선생님께 구하였던 것입니다. 선생님과 같이 여자를 다— 선생님 부인 따위의 야욕밖에 안 가진 줄로 보아서

---

9 전화를 받고 수신인을 확인하는 정도의 간략한 일본어로 추정하고 있다. 원문에서 일본어를 기재하지 않아 정확한 뜻은 알 수 없다.

김명순

는 옳지 않습니다. 그것은 참을 수 없는 여자 전체에 대한 모욕입니다. …… 왜 그렇게…… 선생님은 나를 모욕하여야 합니까? …… 그것이 온갖 정성을 다하여 선생님을 본받으려던 인 대가이라면…… 나는 선생님께 어느 조목의 인격적 동경을 가졌었더라는 것을 선생과 같이 선생의 부인 앞에 (어음이 점점 격렬하여진다. 스스로 가다듬으려고는 하나 부지중에 더 격렬하여지며) 흑백을 가리듯이 변명하게 된답니다. …… 흥분된 것이 아니랍니다. …… 흥분되지 않았을수록 반드시 나는 선생님께, 나는 이런 말을 할 수밖에 없지요. …… 뵈옵고 이야기를 할 수가 있었으면 얼마나 다행하였겠어요. 그러나 내 눈은 멀고 내 머리는 부서져 절대안정을 명령받은 이 때에 영원히 잃어버린 마음의 침착 때문에 필사의 힘을 다하여 이렇게 이야기를 한답니다. …… 왜 그렇게 되었느냐고요? 내가 선생님께 잘못 뵈었었기 때문에 또 선생님께 잘못 숭배를 하여 드렸었기 때문에 선생님 부인에게 선생님의 사진틀로 다치었답니다. …… 이렇게 말하면 선생께서는 곧 선생 부인의 팔 힘을 자랑도 하시고 싶을 터이지마는 선생님의 부인은 내 집에 오자 선생님의 사진이 걸린 것을 보고 허둥지둥 고만 미친 듯 달려들어서 급히 사진을 내리다가…… 가만히 드러누운 내 얼굴에다가 떨어트렸답니다. …… 그 아름다운 얼굴을 다치었느냐고요? …… 아름답게 보지 못할 사람들이…… 아름답게 보았었기 때문에…… 내 생명으로 갚았답니다. (아주 시진한 듯이 음성을 낮추어서) 내가 죽더라도 선생님 부인께 오해를 풀도록이나 하여 두세요. …… 내가 선생님께 원망을 돌리겠느냐고요? …… 그러면 걷지 못하는

184

발로 행방불명이 되어 버릴까요. …… 사람이 걷는 발걸음으로 말고 손으로 아니 앞발로 기어서 산에든지 내에든지 들어가 버릴까요. …… 염려를 마세요. …… 나는 그런 변명이 듣기가 싫습니다. …… 인제 끊으세요. 다— 귀찮습니다. …… 아이 천만에.

아내   (전화를 마치고 붕대 감은 팔로 가슴을 부둥켜안고) 유모! 유모!! (불러 보다가 죽은 사람같이 침대 위에 쓰러져 버린다.)

(중문 밖에서부터 방물 사라는 소리가 들려온다.)

방물장수   (중문 안으로 들어서며) 아씨 분이나 기름 삽쇼……. (침대 위를 미처 못 보고) 이 댁에는 아무도 안 계신가? (혼잣소리를 하며 댓돌 위에 놓인 조선 신을 유심히 들여다보고 이리저리 휘둘러 보다가 침대 위에 아내가 쓰러져 고민하는 것을 보고는) 아씨 아씨 분이나 기름 삽시오. 아씨 어디가 불편하십니까. 아씨 분이나 기름 삽시오.

아내   (붕대 처맨 손길로 손짓을 하며) 유모! 유모!! (신음하듯 부른다.)

방물장수   (신발을 들어 보며) 아씨! 아씨…… 고 신발 얌전도 하다.

(중문으로 유모와 남편(양복 입고) 등장)

남편   (급히 댓돌 위로 올라서며) 여보시오 기정이 당신은 불행을 연거푸 당하시는구려.

아내   (머리를 들며 붕대 처맨 두 손길을 내밀며 남편을 어루만지려

185

는 듯이) 나리 나는 퍽 불행하답니다. 행복을 찾으려다 못 하여 참혹히도 죽어 버릴 수밖에 없답니다. 몇 해 동안이나 뒤를 보아 주시고 보호하여 주신 당신을 마지막 뵈옵건마는 내 눈은 상하고 내 머리는 부서졌답니다. 그러니 어떻게 치하를 하고 뵈올 수가 있겠어요.

유모 (침대 옆으로 얼른 가 서며 아내의 귀에) 의사가 무엇이라고 하셨기에 아씨는 이렇게 일어나서 말씀을 많이 하십니까. 아씨께서는 이때껏 전심전력하여 길러 드린 유모의 말을 안 듣고 너무 몸을 함부로 가지셔서 늙은것에게 별 참혹한 정상情狀[10]을 다 보이시고도 그저 삼가실 줄을 모르십니까?

남편 (유모에게 손짓을 하며 방물장수에게) 웬 사람이요.

방물장수 방물장수랍니다. 좀 팔아 줍시오. 하루에 몇십 전 벌어서 근근 살아간답니다.

남편 (지갑에서 돈을 꺼내 방물장수에게 주며) 그저 가지고 가시오.

방물장수 (미안한 듯이) 분을 드릴까요 기름을 드릴까요.

남편 아마 우리 집에는 분도 기름도 바를 사람이 없나 보오. 머리는 터지고 얼굴은 깨어지고. (고민하듯이 두 손길로 얼굴을 가린다.)

방물장수 (혼잣소리같이 중문 밖으로 나가며) 얼굴은 깨지고 머리는 터지고 다리팔도 다 부러지고 분 기름 소용도 없지. (다시 댓돌 위의 신발을 돌아다본다.)

아내 (몽유병자와 같이 팔을 내저으며) 유모! 유모!! (유모 그 옆으로 가서 그 손을 잡아 준다.) 나를 교의 위에 앉히어서 김 선생

10 딱하거나 가엾은 상태.

186

님의 사진 앞에 옮겨 주어요. 마지막 청이오.

남편 (주저하는 유모에게) 교의를 이리로 가져오시오. 나하고 둘이
안아서 옮겨 앉힙시다. (유모는 교의 하나를 침대 앞에 갖다놓
으며 아내의 바른편을 부축하매 남편은 아내의 왼편을 부축하
여 옮겨 앉히며) 조금도 미안히 여기지 마시오. 나만은 당신
을 영 버리지 않으리다. 그러나 당신은 나라는 장애물 때문에
당신의 그 작은 애처로운 이상을 실현치 못하신 것이요.

아내 (머리를 흔들며) 당신은 얼마나 나를 호화롭게 하여 주시었
어요. 당신은 얼마나 마음까지 부유하신 어른이어요. 내가 이
번에 죽어 다시 사람이 되고 또 여자로 태어나거든 꼭 당신
같은 어른에게로 정말 시집올 터입니다. 내 눈 어두웠던 이
야기를 마세요, 그때에는.

남편 (아내를 힘 있게 끌어안으며) 당신은 이때부터 영원히 내 아
내요. 사람의 생각하던 모든 것이 다 열렬하면 열렬할수록
현실에 끌어내려 볼 때에는 거의 다 당신같이 상처를 받게
되는 것이오. 역시 당신은 아름다운 이요.

아내 (한편 사진틀 옆에 앉히어서 상한 손길을 내저으며) 아이고 상
한 손길로 만져 알 수 없는 동경! 사람마다 칭찬하여 주시던
아름다움과 청춘으로도 가까워질 수 없었는데 어떻게 내가
당신에게 가까워지릿까? 당신 때문에 생각 미치지 못할 곳에
생각 미쳐 모든 고난 다 받고 모든 상처 다 받고 속절없이 죽
어 갑니다. 누가 이 죽음의 몸에서 나를 구원해 내릿까? 당신
이 참혹한 이 꼴을 아시릿까 모르시릿까? 당신은 영원한 내
우상이었을 뿐이었습니다. 모든 아름다운 자, 자신의 아름다
움을 몰랐던 것과 같이 당신도 나를 모르셨으리다. (말을 그

치고 다시 팔을 내저어 사진틀을 쓰다듬어 보다가 낙심한 듯이 머리를 숙이며) 유모! (신음하듯 부르며) 나를 다시 침대 위에 누이고 내가 그전 고학할 때 입던 옷을 가져다가 입혀 주어요. 온갖 희망을 다 끊고 온갖 허위를 다 부숴 버리고 내 어두움 때문에 받은 상처를 안고 갈 테요. (남편과 유모 아내를 안어다가 침상 위에 누이고 건넌방에서 더럽고 헤진 자주 저고리와 검정 치마를 갖다가 입힌다.)

(전령 소리가 들리자 남편 창황히 받는다.)

남편 ······혜경이오. 왜 그렇게······ 사나운 말을 하시오. ······ 사람은 역시 어느 편으로나 불만을 못 참는 것이오. 당신도 남의 만족한 아내 노릇을 못하면서······. 그렇게 박정히 마시오. ······ 무엇이 사회요. ······ 당신 같은 이들이 조직한 사오 인의 사회 안에서 누가 돈 주고 사서 우상 노릇을 한답니까. ······ 당신이야말로······ 나를 유혹하던 단체적 ○○이오. 그렇다고 ××회라는 것이 조선 사회를 대표한 단체도 아닐 것이오. 숙녀들이 모인 조직도 못 될 것이오. ······ 함부로 빙자를 마시오. ······ 사회에 여론을 일으켜 보시오!
(분한 듯이 전화기를 놓는다. 다시 전령이 운다.)

남편 (수화기를 들고) 혜경이오. ······ 이곳에······ 온갖 허위를 다 부셔 버리고 자기의 생명으로서 동경하던 바를 모두 다 실패하고······ 참혹히 치명상을 받고 죽어 가는 한 순결한 여자가 있소······. 그는 이미 당신이 저주하는 바와 같은 이름뿐인 내 아내도 아니오······ 단지 참된 불행한 사람일뿐이오……. 그의 냉정한 두 벗은 그의 정성스러운 순결한 동경을 다 쓸어다가는 어울리지도 않게 자기의 패물을 삼아 버리고 그가 어떠한 구렁에서 신음하는지도 헤아려 주지 못하고 그것을 도리어 자랑 삼아 가지고 온갖 음탕한 여자들과 안일을 꿈꾸는 것이오……. 그런데 그 안일함을 보호하자고 그는 값없이도 그 더러운 안일에 희생이 되어 가는 것이오. 자 여기 한 생명의 임종을 보고…… 내가 더 살 수 있겠거든 또 가리다……. 피차에 미안한 점도 많았소. 이다음에는 회를 조직하거든 여러 순결한 인격들도 많이 포용하도록 참된 회를 조직하시오. …… 당신의 회라는 것은 단지 사오 인의 심심풀이가 아니었소. 어디 참된 사회로부터 인정을 받았던 것이오. …… 자 그러면 우리의 이름 없는 비밀의 부부 생활도 이때껏 불쾌하였으니 그만 끊어 버립시다. …… 여기는 그런 사람은 없고 자기의 두 애인 때문에 머리와 다리를 상하고 죽는 사람과 그를 사랑하던 이름뿐인 남편이 있소……. 그에게는 그런 이름을 받을 소질이 도무지 없소…… 너무 정신적이기 때문에……. 자— 끊으세요. (수화기를 탁 놓는다.)

아내   (점점 괴로운 듯이) 나리 왜 그러세요? 저는 이왕 죽을 수밖에 없는 걸요. 살아 계실 나리께선…… 편할 도리를 하시어야지요. 저야 어떻게 살기를 바라겠어요. (숨이 찬 듯이 큰숨을 두어 번 쉬고) 유모 의사를 좀 청하여 와요. (이 동안에 남편은 멍히 무엇을 생각하고 서 있다.)

유모   (창황히) 나리 진화 좀 걸어 줍시오.

아내   (귀찮은 듯이) 전화로 청하는 것보다 아까 오셨든 의사의 댁이니 약도 가져올 겸 가서 모시고 와요.

김명순

(유모 황겁한 듯이 중문 밖으로 나간다.)

아내 (준비하여 두었던 끄나풀을 목에 걸어 한 번 겨우 매고 애원하
듯) 나리 끝끝내 저를 사랑하여 주셔요. 저는 단지 나리를 처
음부터 나중까지 속이지 않았었을 뿐입니다. 만일 (점점 호
흡이 곤란하여지며) 나리께서 제 사랑을 받으실 것이 목적
이었더라면 시방은 당신의 승리입니다. (끄나풀을 매다가 힘
이 모자라는 듯이 목멘 소리로 멍히 생각하고 서 있는 남편에
게) 나리 이것을 좀 꼭 매 주세요! 그리고 저를 오해치 마셔
요. (남편 깜짝 놀라 모진 생각에서 돌아서서 아내의 목에 끄
나풀을 끌러 주고 그의 등을 말없이 두드려 준다.) 나는 돈 없
는 처녀로 단지 내 희망만을 중히 여기었던 것입니다. 마치
가을철 버섯 속에 버러지의 생활같이 저절로 내 사상의 세계
에 피 아픈 동경이 생기었으나 현실 세계에 실현이 어려운
때 내 살과 피를 말리며 애쓸 뿐이었던 것입니다. 그러나 시
방은 다만 받은 상처만을 굳세게 안을 수밖에 없습니다. 그
러나 당신은 얼마나 풍부하신 어른이세요. 마치 우리 어머니
같으시구려! 그러나 나는 당신을 찾고 다니면서 못 찾았던
것이 바로 내 옆에 계셨구려. 그러나 나는 당신을 바라뵐 광
명조차 잃었답니다. (남편의 팔을 더듬어 말하려 하며 서러운
음성으로) 이것을 좀 꼭 매 주세요. (남편 무엇을 굳이 생각하
다가 다시 깜짝 놀라면서 아내의 손에서 끄나풀을 빼앗는다.)

남편 (거듭 아내의 등을 두드려 주며) 당신은 그 생활에 대한 애착
을 다 어찌 하셨소? 두 애인 때문에 머리와 다리를 상하고 고
만 죽어 가야 하오? 나를 위하여 더 살아 주시오. 당신의 상처

가 나은 후에 당신의 아름다운 얼굴은 찍어매고 땅기어 미웁
더라도 당신의 순직한 상처 받은 마음만은 남아서 나를 의지
하고 굳세게 살고 싶으리다. 그때는 산골이나 해변이나 사람
없는 곳으로 가서 영원한 어린아이들같이 거리낌 없이 삽시
다. (역시 아내의 등을 두드린다.)

아내　(머리를 흔들며 시진한 듯이 쓰러져서) 더 살고 싶어요. 그러
나 죽어서 다시 살 수밖에 없어요. (목을 길게 늘어 빼며) 부
디 도로 매 주셔요. 당신의 사랑으로 도로 매 주셔요. 네? 친
절한 이, 나를 영원히 보호하여 주셔요. 그리고 저세상까지
인도하여 주셔요. 친절한 어른! 그래서 이 괴로움을 덜어 주
셔요. 이렇게 죽는 것은 내 의무랍니다. 부디 오래할 이 고통
의 시간을 잘라 주셔요. 친절한 이! (목을 내민다.)

남편　(하늘을 우러러 묵상하다가 무엇을 결심한 듯이 손에 들었던
끄나풀로 아내의 목을 힘껏 맨다. 아내 괴로움도 없는 듯이 머
리를 늘어뜨린다.)

—막—

191

김일엽(金一葉·1896~1971)

김일엽은 본명 김원주로 1896년 평안남도 용강군에서 목사였던 아버지 김용겸과 어머니 이마대의 장녀로 태어났다. 1904년 용강의 구세학교에 입학해 윤심덕과 교유했고, 1906년 진남포의 삼숭보통학교에 입학하고 1909년 어머니가 별세한다. 1910년경 이화학당에 입학한 후 졸업한 1914년경에는 아버지마저 별세했다. 이후 연희전문학교 교수이던 이노익과 결혼했으나 사랑과 이해가 없는 결혼으로 고통받았다. 입센과 엘런 케이의 사상에 공명하면서 1920년 나혜석, 박인덕 등과 한국 최초의 여성 잡지《신여자》를 창간했지만 경영난으로《신여자》4호 발간 후 폐간되었다. 1921년 일본 영화학교에서 유학하며 오타 세이조를 만나 아들 김태신을 낳았으나 김일엽은 이에 대해 인정하지 않았다. 1922년 이노익과 이혼하고 1923년경부터 임노월과 함께 지내며 여성해방에 대한 인식을 담은 글을 적극적으로 발표했다. 1923년 수덕사에서 만공선사의 법문을 듣고 발심하여 1928년 서울 선학원에서 만공선사에게 수계를 받았다. 1933년 입산수도를 시작한 이후 수필집 『어느 수도인의 회상』(1960), 『청춘을 불사르고』(1962) 등을 간행하며 주목받았다. 1967년에는 이광수의 『이차돈의 사』를 포교 법극으로 각색했다. 1971년 별세 후 1974년 유고집 『미래세가 다하고 남도록』이 간행되었다.

첫 소설 「계시」(1920)는 짧은 글로 김일엽 문학의 핵심인 '자아'라는 주제를 보여 준다. 「어느 소녀의 사」(1920)를 비롯한 일련의 소설은 서간체를 통해 여성 화자의 내면을 드러냈다. 서간체 형식을 활용한 대표작 「자각」(1926)은 남편의 외도로 자신의 처지를 자각하는 구여성을 주인공으로 삼아 여성의 자아실현을 형상화했다. 김일엽은 논설 「먼저 현상을 타파하라」(1920) 등에서도 여성의 해방과 개조를 주창했다. 「우리의 이상」(1924), 「나의 정조관」(1927)에서는 육체성을 배제한 '신정조론'을 제시했는데 이는 '유심론'의 맥락에서 이해되기도 했다. 후기 수필집 『청춘을 불사르고』에서는 김명순과의 삼각관계로 이목을 끌었던 임노월을 수신자로 한 「무심을 배우는 길」에서 선불교의 사상을 '무심無心' 개념으로 풀어냈다. "B 씨에게 제일언"이라는 부제를 붙인 백성욱에게 보내는 글 「청춘을 불사르고」에서는 자신의 과거를 재서사화하여 자기 구원의 의미를 펼쳐 보였다.

김일엽은 시나 소설보다는 수필과 논설 장르에서 두각을 보였기 때문에 그간 문학사에서 주목받지 못했다. 그러나 첫 세대 신여성의 공통적 특징이기도 한 다양한 장르의 글쓰기는 문학·비문학, 정론적 글쓰기·문학적 글쓰기의 경계를 허무는 차원에서 새롭게 평가되기도 했다. 이처럼 김일엽은 나혜석, 김명순과 더불어 한국 여성문학의 첫 세대일 뿐 아니라 그가 주도한 《신여자》는 여성 편집진에 의해 여성 필자들의 글쓰기로 여성의 목소리를 담은 첫 매체로서 의의를 가진다. 또한 《불교》의 주요 필자로 수준 높은 종교문학의 가능성도 열어 보였다.

남은혜

서시[1]

쌀々히 쏘다지는 찬눈속에셔
그래도 털이라고 피엿습니다

놉고도 깁흔산의 골작이에셔
드믄히 써러지는 조그만싱물

그래도 깁히업난 대양의물이
그심의 뒤싯인줄 아르십닛가

공연히 어둠속에 우난닭소리
그리도 아십시요 새벽오난줄

———《신여자》창간호, 1920년 3월

1   《신여자》표지에 제목 없이 시만 실렸다. '서시'는 시의 성격을 고려해 후대에 붙여
진 제목이다.

서시

쌀쌀히 쏟아지는 찬 눈 속에서
그래도 철이라고 피었습니다

높고도 깊은 산의 골짜기에서
드문히 떨어지는 조그만 샘물

그래도 깊이 없는 대양의 물이
그 샘의 뒤끝인 줄 알으십니까

공연히 어둠 속에 우는 닭 소리
그래도 아십시오 새벽 오는 줄

自覺 자각

―1

하두의외이고도 허망한 일이여서 찰아리입을담을려고 하엿지
만……동무가구지물으시니사실대로 적어볼가하나이다

그가처음 일본을써나든째는 재작년이맘째이엇는데날짜까지
도 닞처지지아니함니다

입학준비인가한다고개학일짜보다 몃달압서서 일본으로드러
가려든일이 그의아버지 생신을 지나서써나랴다가그가쏘감긔에 걸
리고하여서 십이월 그믐째가 되여서야써나게되엿섯나이다

써나기 전날밤은 그의친구들이송별회를하느니엇저느니하노
라고 그는새로두시나되여서 먹지도못하든술을 다마섯는지 얼굴이
벌개서 얼적은 우슴을씌우고드러와서는『왜잇째까지안자우? 밤이
퍽느젓는데……』하고는모자와두루맥이만버서던지고는싸라노흔
자리속으로그냥드러갓섯나이다

자리에누은그는붉은내눈을처다보드니 자긔도 처연한빗을씌

196

우며『인제 옷벗고어서이리드러누―』하며 그는누은채로손을내밀어 내저고리 고름을 쓸느더이다

　나는참든울음이다시터져서그만그에게업드러지며흙흙늣기엿나이다

　그는반쯤이러나서『왜이리우―남조흔공부하려가는데……그리고내가집에잇서야당신에게무슨도음이 되겟소 마음으로암만동정한대야무슨소용이오내가어서공부를맛치고도라와야내가번―돈으로 당신을먹이고닙히고할터이고 그리고 쏘이복잡하고귀찬코부자유한이가뎡에서당신을구원해내일 수도잇지안소 그러니 한삼사년만 눈싹감고참아주구려 자어서이리드러누어요』하고힘잇게나를 쎠안더이다

　그날저녁은리별의설음보다도쎠속까지 늣겨지는그의 싸듯한정이더욱나에게싯치랴야싯칠수 업는눈물을 자아내엇나이다 엇재든그날저녁은리별의애처러움과사랑의속살거림과희망의이야기로그만밤을새이고말엇나이다

　그이튿날아츰에는마즈막으로좀더가치누엇자는 그의 붓잡음도쑬리치고 일즉이일어나서 일본 가면 조선음식을 구경못하게될것을생각하고정성것아츰을채리여 시간이느질가하야 급급히상을 내여보냇나이다

　마음것 먹고저하고 차려간조반상이 별로없어진것이업시 나왓슬째 퍽섭섭하엿스나 시간이밧바서 그랫나보다하고 말엇섯나이다

　그이쩌나 보낼준비는 부모의허락을밧기전부터 내가혼자서하고잇섯나이다

　객지에난 몸으로아쉰것이 만을것을생각하고 내힘으로 내정성으로 밋츨일은무엇이나 다―하려 하엿나이다

그리하여의례히작만하여야할것은 물론이고일본은 온돌이업
서치웁다는 말을듯고 쯧쯧하게할 것은 그는필요치안타는 것까지다
작만하엿섯나이다그리고조선음식을 여러가지만드러서 새지안는
그릇에너어 그의짐에너어노앗섯나이다

짐을다내여실니고그의아버지그의친구모다 나섯는데 나는나
갈수도업고혼자내방모퉁이에서울고잇는데 그가『머—니저버린것
잇는데……』하며 퉁퉁방문압흐로오더이다 나는얼는 눈물을거두
고『멀—니젓수?』하니싸그는싱그레웃스며『니저버리긴무얼니저
버려당신한번더보려고드러왓지 자 한번악수나 합시다—그리고나
업는동안에도내맘하나만밋고 모든것을참아주—』하며 내손을힘잇
게 흔들고는다시나가더이다

사람들업는사이에 나는 뒷문으로싸져나가서니웃집담모퉁이
에숨어서서 그의가는뒤ㅅ모양이라도한번더바라보려하엿나이다

눈은 부실부실써러저 쓸면쏘쌀리고 쏘쌀리고하여서 사람의
발자죽을메이는데 그는 자긔와 데일친하다고 늘말하든 K라는 이와
함쎄골고로쌀난눈길에 새로발자죽을 내이며 터벅터벅걸어가는데
그를몹시 싸르는집에서기르는개가 작고 그의뒤를싸라가더이다

그는친구와 무슨니야기를 그리하는지 개가싸라가는줄 모르고
도라보지도안코 그냥가고만잇더이다 시누이가 개를작고부르면 개
는휙쓴도라보고는 싸라가고싸라가고하더이다나종에는 그가 동맹
이를 던저 개를쏫더이다 나는쏫겨서 타달거리고도라오는개가 얼마

198

나불상한지 개를쪄안고 실컨울고십헛나이다 그리고 그가집들만흔
틈으로 업서진뒤에나는답답하고무거운가슴을안고 그래도시어머
니가 찻지나안나하고 쌜리집으로 도라왓나이다 텅—비인듯집안은
웨그러케 구중중하게 느러노앗는지 모르겟스나 일이 손에걸리지
안는고로방에드러가서얼쌔진사람모양으로 우둑하니안젓는데『이
얘—어듸갓늬?집안이이러케지저분한데 치일줄모르고……』하는
쌔여지는듯한 시어머니소리에 소스라처놀라서 얼는이러나아가서
치우는것처럼하고는 다시방으로 드러가서는 다시그를 생각하기 시
작하엿나이다

　겨울이되여 문을닷고 있게된것이 엇더케다행한지 몰낫나이다
일을하는지 잠을자는지 드려다보는이도업시 암만이라도 멀거니안
저서 그를생각할수가 잇는 까닭이엿나이다 결혼당초부터 그가졸업
하고나와사회덕으로디위를엇고 경제덕으로 완전히독립이되여 아
름다운새가뎡을 일울그쌔까지를 죽—그리여보앗나이다

　그리고는다시나의령은지금의그를싸라차를타고배를타고물을
건느고산을넘어가는것이엿나이다

　엇재든지 먹지도말고 일도하지말고 움직이지도말고 쏙그대로
안저서 그를싸라가는 령(靈)에게 장해가되지 안엇스면하지만 말성
부리는 시어머니가잇고 내가밥지어밧처야 먹는 다른식구가 만하서
가만히안저 잇슬수가업는것이 성가시엿나이다

　령을 써나보면 육신이 긔계덕으로하는일이 엇지변변히 될리
가 잇슴닛가 시부모옷을 제쌔못지어놋코 반찬을 간맛게 못하여 날
마다몃차례식 시어머니쎄 야단맛나고 그릇쌔트려 시어머니 몰내개
천에 버리기갓흔 일이만핫나이다

　다만그를 생각하는것이 그쌔나의생활의 전톄엿나이다 자나쌔

三3

그의조화하든 음식을 만들째나 수천리타국인 일본과 조선이
엇지 긔후가 쪽갓흘수가잇사오릿가만은겨울의일긔가추어도그가
객디에서 추워할것이녑녀요녀름에비가와도그가학교가기고생되겟
다는걱정이엿섯다나이다 그의친구가 차저올새는 더욱애처러줍도
록그가그리웟나이다 옷그릇을 뒤지다가라도그의옷이보이면반가
워서한번더쓰다듬어보앗섯나이다 그리고일본류학이라는말만들어
도무심치가안코 일본갓다온 사람이라면 공연히반가워서문틈으로
라도한번더내다보아지엇나이다 그리고시부모가 그에게 돈을붓처
주었나? 그의요구하엿다는것을보내주엇나? 하는일을 애가씨우도
록알고십헛나이다

그를생각하기에밤을새우다가 새벽녁에 겨우잠이드럿다가 시
어머니 부르는소리에 니러나서는연자질하는나귀가치시어머니책
망의 채촉²⁾과눈살의 칼을마즈며쏘종일 일을하지안으면 안이 되엿
나이다 그러나것흐로 나마힘썻복종하고 참고일을하며 몸이아무리
피곤하고괴로워도한번누어보지도 안컷만은 시어머니 부르는소리
에 대답만 더듸하여도서방업시 지내는 써세라고야단야단을하며
『시톄것들은 서방계집이 밤낫부터안젓서야 되는줄알드라 우리네
들은 젊엇슬째남편이 벼슬살녀시골을 가든지자근집을 엇어몃십년

2   '재촉'의 오기.

을 나가살든지 시부모곱게 섬기고시집사리 잘하엿다』는 말을저소
리쏘나온다 하도록늘하엿나이다

시집사리라든니야기를엇지다하겟나잇가 좁쌀한섬을 산을노
아도못다게산하겟나이다

아―동무여―정신은사람그리우기에 초조하고육신은 부림을
밧기에 고되고마음은 시어머니에쪼들니게되는그째나의고통이과
연엇써하엿겟나잇가

본래살이만치못하든나는그만서리마즌국화닙가치시드러젓섯
나이다

그러나그럿틋한고통중에도단번에즐거움을주고 활기를 주는
것은 그에게서오는 편지엿나이다부모시하 사람이라 직접하지도못
하고 누이동생일홈 씨인봉함속에 편지를너어 보내엿나이다빈정거
리는듯한 우슴을 씌우고『난―언니―조와할것 가저왓지―』하며
싸부는시누에게서편지를밧어서는 붓그러워서 바느질고리엽헤다
그냥노아 두엇나이다

시누는 악의가석긴롱담을 멧마듸하다가는 그만나가 버리면나
는곳편지를쯧엇섯나이다

그는문학을조와하고재조가잇고도 편지도별로정답고 자미잇
고고맙게 써보내엿섯나이다 그리고 자상하게도 자기지내는일동일
정과 자기가가는곳에 경치가든것을 하나도쌔지안코 적어보내엿섯
나이다그째내생각에는세상에는 그와가치 다정하고편지잘쓰는이
는업슬것갓헛나이다

그리고그째그의편지중에도뎨일내게 힘을주고 용기를내는것
은각금이러한 의미의 편지를보냄이엿나이다

201

『나의사랑하는 안해여— 아모리해와 동정이업는 나의 부모형
뎨를 섬기기에 쎠쏠이 싸지도록 애쓰는 당신에게 과연 무엇이라 말
을 하리잇가 미안하다할가요 고맙다 할가요 그저할말은 당신을위
하야 쉬지안코배홈니다 당신을위하야 쑤준히수양하고잇슴니다할
쑨임니다 그러나 그리운안해여— 웃지마소서 당신이정말보고 십
흘째는 공부를멧칠만쉬이고라도……하고생각하는째가 한두번이
안이엿나이다 엇쨋든 나도당신보다 못지안케희생덕정신을가진것
만알아주소서 그리고 당신의편지가지금나의적막한생활의생명수
임을닛지말소서!』

참말그째는 한주일에세번이나네번오는 그의편지만 아니면목
을매여서라도 강물에 싸저서라도 죽엇슬는지 몰낫나이다

그의편지가올날안이오면그날은자연억개가 축느러지고 공연
히맥이탁풀녀서 견딜수 업스리만치되엿섯나이다

엇재ㅅ든그가업는그째는그에게서 편지가오고아니오는 것으
로 나에게는희망과 낙망과반가움과 섭섭함을 뎡하여지엿나이다

그리고녀름이되면잘분동안이지만 그가귀국하야 우리두사람
에게는 더할수업시 달고질거운 밤과낫이되엿섯나이다

그를위하야 곱게곱게 지어두엇든 조선옷을지어닙히면 시원하
고편하다고 슬슬만저보는 것이나 그를위하야앗기고 간직하여두엇
든과자나 과일을 그가고맙게맛잇게먹는것을 보는것도 적은깃붐은
아니엿나이다

그와안저 놀든곳이거니 하고 혼자올나가보고 한숨쉬든 뒤겻
늣틔나무밋혜를 두리서서 만히 올나가서 정다운이약기로 밤시간

을보낼째도잇섯나이다그째에선물로그가갓다준 시어머니도시누도
모르는비밀의 귀중품은 몃가지식 내장농속에 감초여지엇나이다

그째도그의친구중에도구식녀자라고무단이 본처를 리혼한다
는말을 각금들엇것만은 공연히그럴니는업겟지무슨싸닭이잇는지
누가알어……하고 속으로생각할쭌이엿나이다

엇재ㅅ든나는춘하가밧귀는변절의 괴변은잇슬지언정 그의마
음이야엇더랴하엿섯나이다그러니내가그를 추맥하는 일갓흔일은
더구나 업섯슬것이엿나이다 그러나 그는혼자서 이런말을하엿섯나
이다

자긔친구중에는녀학생을부러워하지안는이가업는모양이나자
긔는 허영심이만코 아는것도업시 건방지고 고생을견듸지못하는 녀
학생들에게 결코마음이쏠리지안는다고하며 자긔안해인 나는 신식
학교는 아니단엿드래도 녀학생만못지안케 하는것이잇고 리해가잇
다고하며 더할수업시 나를만족해하고 내게만단순한정을주는듯 하
엿나이다

그래서 친척들가운데도 품행이방정하다고칭찬받고 나는내동
무들의 부러움의 대상(對相)이 되엿섯나이다

그러니 나 자신이야남편을얼마나 만족하여하고 고마워하엿겟
나잇가……그래서나를그만큼 사랑하는 보람이 잇게하랴고원망스
러운 시집식구를 정성것위하고 섬기고 쏘그의말한마듸라도알아듯
도록되여볼가하고학교에서 배혼다는 책들을사다노코 틈틈이열심
으로 배왓섯나이다

그째는시집사리에고생은무던이격그면서도 그래도그러케희망
만코긴장된세월이 이년은 계속되엿섯나이다

그러나 엇지쑷하엿스리잇가 한달이하루가치 일년이 한달가치

세월이어서어서 지나서 그가졸업하고 금의환향할깃분째를 손을소
바 기다렷나이다 그러나기다리든 졸업의시일은 오기도전에 그째내
게는 사형선고가튼놀나운긔별이 왓나이다

십년공든탑이 하로아츰에 문허진다는 셈으로 내가출가한지
륙칠년동안 싸아논적공은 하로아츨[3]에 그만산산이부서지고 말엇
나이다

五5

동무여오래동안편지를슨엇섯나이다 지금은내심리와생활이아
조일변하엿나이다 지금생각갓해서는 전예적은말이그갓치장황이
느러노을가치 좃차업는 것이엿나이다 그러나요령을알게하기위하
야 전예말을계속합니다

그째내게는불행이거듭하노라고임신(妊娠) 팔 개월이나 되엿
섯나이다 몸은무겁고괴로워서그전에참고 견듸여가든시집사리에
모든고통이 더욱절실이늣기여저서 짜증만드럭드럭나서 부억모통
에서 머리를혼자잡아 트드며 애쓸째도만핫고남다자는밤에 홀노누
어서 사족이쑤시는몸을비틀며 늣겨울기도여러번하든째엿나이다
더구나야각하게몹시 무엇이먹고십흘째에고통도눈물을 흘니며견
듸여가든째엿나이다 그러면서도남편과갓치살게 될째는……하고
유일의희망을 두엇섯나이다그런데엇전셈인지 그에게서는여러달
을두고 편지좃차씃치엿섯나이다 별별생각을다하면서도그래도 오

3 '하로아츰'의 오기.

204

날이나내일이나하고 하루갓치기다리고만 잇섯나이다

그럿케기다리든편지는오기는왓섯나이다 그러나그편지내용은
그전과는 전연반대의사연이엿섯나이다 말하자면 절연장(絶緣狀)이
엿섯나이다

갓득이나 신경이예민하고 몸이극도로약하여젓든 내가과연얼
마나 놀나고슯퍼하엿스리잇가그째기절하지안은것이 이상하엿나
이다

그편지의의미는대개이러하엿나이다

그대와의혼인은전연부모의의사로만 성립된것으로내게는책임
이업스며 지금싸지부부관계를계속해온것은 인습에눌니고 인정에
쓸니엿든것이니 미안하지만 나를생각지말고그대의전정을스사로
질정하라는 것이엿나이다

그리고 니어서 이러한소문을들엇섯나이다 그가일본류학하는
자기보다도나희만흔 엇던로처녀와 련애를한다는데 그가 그처녀압
헤서는 자긔에게일홈만의안해가잇지만 애정이본래부터생기지를
안어서 번민하다가 그처녀를보고 비로소사랑이라는것을알앗노라
고 속살거린다하더이다 그리고그녀자는구식녀자인나는 덥허놋고
무식하고못나고 속업는녀자로아는모양이라하더이다

분로와원한이 압흘서지만은입을악물고정신을 채리엿나이다

이미세상을알고 인심을 헤아린이상한시라도 머뭇거리고잇슬
수가업다하고 단연히한술더쓰는답장을쓰기로하엿나이다

주신편지의의미는잘알앗나이다 몬저 그런편지 주심이얼마나
다행한지모르겟나이다 녀자의몸이라그래도환경을버서나지못해
서 리상에 안맛는남편과억지로지내면서도남달은고생을격지안으

면아니되는자신불행을 언제나 한탄하고잇섯나이다

　아희는남녀간낫는대로돌려보내겟나이다나는아희를다리고
는전정을개척하는데거리씨는일이 만을가함이외다 그러나아희의
행복을누구보다도데일간절이 바라는사람이 이세상에또하나잇슴
을 아희에게닐너주소서 이만

六月유월十八日십팔일 任淳實임순실은

六 6

　곳나의행장을수습하여가지고 써나려하엿으나의리보다도인정
보다도 테면을 존중이녁이는시부모의 엄절한 만류로행장은그대로
두고 몸만억지로써나친정으로왓나이다

　동무여 나의이러케한일을 듯고 내가남편을깁히 사랑하지안엇
든것이안일가하고의심하리이다만은 내속이 아모리쓰리드랑도 자
긔인격을 더럽히면서치근치근하게 사랑을 밧으려애쓰기는결코실
음이엿나이다

　친정에서는큰변이나난것처럼야단이잇섯지만 나는 종용하고
침착하게 전후사실을 자세자세 설명하엿나이다 그리고 해산이나
한후에는 공부나할결심이라 하엿나이다

　아버지는그래도넷날례의와도덕을 느려노코 귀밋머리 맛푼 남
편을써난 녀자는 이미버린녀자라고 준절이 타이르더이다

　그러나이미결심이잇는나는귀로만들을뿐이엿나이다

　더구나어머니는나만코구식이면서도 완고하지안코 적이리해
가 잇서서 아버지에게『자식이 만키를한가 게집애라는 하나잇는것

을 공부도안식히고 자긔가씨고가르침네하다가 그량시집을 보내여
오날이모양을 만들어노코도지금도공부를 안식일나느냐』고야단
야단을처서겨우나는 학교에를 다니게되엿나이다

　그째가벌서삼년이나지낫나이다나는오는봄에는졸업이라함니
다독한결심을가지고하는공부라성적은매우조흔편임니다이제는넷
날남편 시집사리모다 시들해서언제숀꿈인가게생각됨니다.

　그러나 어린것의 소식을드를 째마다가슴이뭉클하오이다지금
네살인데총명하고잘생긴아해로 말도썩잘한다함니다

　엇썬째는 몹시도어린것이 보고십허서 그집문간에라도 몰내가
서그것의 얼골이라도 잠간보고올가 생각할째도 잇지만은스사로억
제합니다 보고십다고 한번맛나면 두번맛나고십고 두번맛나면 자조
맛나고십고 자조맛나면 아주겻헤다두고 써나지안케되기를바라게
될것임니다 그러케만되면 아희아버지와 또인연이매저지군 인연이
매저진다면내자존심과 인격은 여지업시째여질것임니다

　나는자식의사랑으로인하야내전생활을희생할수는절대로업나
이다 자식의생활과 나의생활을 한데석거놋코 헤매일수는 업나이다
물론남의부모가 되여자식을기르고 교육식여서 한개완전한사람을
맨드는것이당연한직무이겟지오 그러나 부모의한사람인아희의아
버지가 아희의양육을넉넉히할수잇슴도불구하고여지업는모욕을당
하면서자식째문에할수는업나이다

　그러니싸 아해가 자라서어미라고차즈면맛나고아니차즈면고
만일것임니다

나의 자존심을위하야 인격을위하야 단연한행동을 취하기는하
엿것만 몃해를두고 절긔를싸라 째를싸라 남모르게고민을무던히도
하고 잇섯나이다 내글을 닑고 동무도 짐작하엿스리이다만은 처음
그째동무에게 편지할째에도정직하게말하면그에게대한 미련이업
다고는 하지못할째엿나이다 그래서 그와정답게자미잇게 지나든니
야기를 중언부언 느러노앗섯었나이다 그러나그것이 언제 살아저버
린쑴가치 생각될 지금에와서는 동무에게다시 편지쓸흥미가업서서
오래동안 소식을슷헛섯나이다

엇재든 지금생각하니 내가리상하는 이성은 그이와가튼이는아
니엿나이다 남성다웁지 못하고주ㅅ대가업고 녀자를 사랑하기는하
지만 인격뎍으로 대하지아니하고 이왕상당한 안해를 둔이상 절대
로 정조를직히여야하겟다는 자각이업는 그이엿나이다

내가처음에 그를 사랑한것은 이성이라고는 도모지 접촉해보
지못하다가 부모의명령으로 눈감고식집을가서 친절하게 구는 이성
을대하니 자연 정다워진데 지나지안는것이엿나이다

그가 처음내가나온후에도 사과편지를보내고 다시오라고 몃번
하엿지만 작년가을부터는 사람을보내고 자긔가 몃번오고하여서 복
연을간청합니다 그째마다 나는흔연히대접하고 조케거절을 하엿나
이다 그러나 쏘다시 편지로 몃번인지 가튼말을써보냇더이다 답장
도하기실혀서 내버려두엇다가 하두 성가시게굴기에 이러한 의미의
편지를하엿나이다

나를싣에맨 돌맹인줄 아느냐 오라면오고 가라면 가게……백
계집을하다가도 십년을 박대하다가도 손길한번만붓잡으면 헤헤우

서버리는 속업는녀자로 아느냐

　죽어도 이집귀신이된다고 욕하고째리는 무정한남편을 비싯비싯싸라다니는 비루한 녀자인줄아느냐 열번죽어도 구차한꼴을보지 안는성질을알면서다시갈줄바라는그대가 생각이업지 안은가 하다고……

　그후에는 내게 즉접무슨말을건너지는못하고 혼자서 열광을한다고하는 소문을 들엇나이다 아모러나그것은문뎨될것이업나이다

　이왕사람이아닌 로예의 생활에서 버서낫스니 인제는한개완전한사람이되여갑잇고쯧잇는생활을하여야겟나이다 그리고 사람으로 알아주는사람을 차즈려나이다

—《동아일보》, 1926년 6월 19~26일

자각

1

하두 의외이고도 허망한 일이어서 차라리 입을 다물려고 하였지만…… 동무가 굳이 물으시니 사실대로 적어 볼까 하나이다.

그가 처음 일본을 떠나던 때는 재작년 이맘때이었는데 날짜까지도 잊혀지지 아니합니다.

입학 준비인가 한다고 개학 일자보다 몇 달 앞서서 일본으로 들어가려던 일이 그의 아버지 생신을 지나서 떠나려다가 그가 또 감기에 걸리고 하여서 십이월 그믐께가 되어서야 떠나게 되었었나이다.

떠나기 전날 밤은 그의 친구들이 송별회를 하느니 어쩌느니 하노라고 그는 새로 2시나 되어서 먹지도 못하는 술을 다 마셨는지 얼굴이 벌게서 열적은 웃음을 띠우고 들어와서는 "왜 이때까지 안 자우? 밤이 퍽 늦었는데……." 하고는 모자와 두루마기만 벗어 던지고는 깔아 놓은 자리 속으로 그냥 들어갔었나이다.

자리에 누운 그는 붉은 내 눈을 쳐다보더니 자기도 처연한 빛을 띠우며 인제 옷 벗고 어서 이리 드러누." 하며 그는 누운 채로 손을 내밀어 내 저고리 고름을 끄르더이다.

나는 참던 울음이 다시 터져서 그만 그에게 엎드려 흑흑 느끼었나이다.

그는 반쯤 일어나서 "왜 이리우—. 남 좋은 공부 하러 가는데……. 그리고 내가 집에 있어야 당신에게 무슨 도움이 되겠소. 마음으로 암만 동정한대야 무슨 소용이오. 내가 어서 공부를 마치고 돌아와야 내가 번 돈으로 당신을 먹이고 입히고 할 터이고, 그리고 또 이 복잡하고 귀찮고 부자유한 이 가정에서 당신을 구원해 내일 수도 있지 않소? 그러니 한 삼사 년만 눈 딱 감고 참아 주구려, 자 어서 이리 드러누워요." 하고 힘 있게 나를 껴안더이다.

그날 저녁은 이별의 설움보다도 뼛속까지 느껴지는 그의 따뜻한 정이 더욱 나에게 그치려야 그칠 수 없는 눈물을 자아내었나이다. 어쨌든 그날 저녁은 이별의 애처로움과 사랑의 속살거림과 희망의 이야기로 그만 밤을 새우고 말았나이다.

그 이튿날 아침에는 마지막으로 좀 더 같이 누워 있자는 그의 붙잡음도 뿌리치고 일찍이 일어나서 일본 가면 조선 음식을 구경 못 하게 될 것을 생각하고 정성껏 아침을 차려 시간이 늦을까 하여 급급히 상을 내어 보냈나이다.

마음껏 먹고자 하고 차려 간 조반상에 별로 없어진 것이 없이 나왔을 때 퍽 섭섭하였으나 시간이 바빠서 그랬나 보다 하고 말았었나이다.

그이 떠나보낼 준비는 부모의 허락을 받기 전부터 내가 혼자서 하고 있었나이다.

객지에 난 몸으로 아쉬운 것이 많을 것을 생각하고 내 힘으로 내 정성으로 미칠 일은 무엇이나 다— 하려 하였나이다.

그리하여 의례히 장만하여야 할 것은 물론이고 일본은 온돌이 없어 춥다는 말을 듣고 뜨뜻하게 할 것은 그는 필요치 않다는 것까지 다 장만하였었나이다. 그리고 조선 음식을 여러 가지 만들어서 새지 않는 그릇에 넣어 그의 짐에 넣어 놓았었나이다.

짐을 다 내어 실리고 그의 아버지 그의 친구 모두 나섰는데 나는 나갈 수도 없고 혼자 내 방 모퉁이에서 울고 있는데 그가 "머— 잊어버린 것 있는데……." 하며 퉁퉁 방문 앞으로 오더이다. 나는 얼른 눈물을 거두고 "멀 잊었수?" 하니까 그는 싱그레 웃으며 "잊어버리긴 무얼 잊어버려, 당신 한번 더 보려고 들어왔지. 자 한번 악수나 합시다—. 그리고 나 없는 동안에도 내 맘 하나만 믿고 모든 것을 참아 주—." 하며 내 손을 힘 있게 흔들고는 다시 나가더이다.

사람들 없는 사이에 나는 뒷문으로 빠져나가서 이웃집 담 모퉁이에 숨어 서서 그의 가는 뒷모양이라도 한번 더 바라보려 하였나이다.

2

눈은 부슬부슬 떨어져 쓸면 또 깔리고 또 깔리고 하여서 사람의 발자국을 메우는데 그는 자기와 제일 친하다고 늘 말하던 K라는 이와 함께 골고루 깔린 눈길에 새로 발자국을 내며 터벅터벅 걸어가는데 그를 몹시 따르는 집에서 기르는 개가 자꾸 그의 뒤를 따라가더이다.

그는 친구와 무슨 이야기를 그리 하는지 개가 따라가는 줄 모르고 돌아보지도 않고, 그냥 가고만 있더이다. 시누이가 개를 자꾸 부르면 개는 힐끗 돌아보고는 따라가고 따라가고 하더이다. 나중에는 그가 돌멩이를 던져 개를 쫓더이다. 나는 쫓겨서 터덜거리고 돌아오는 개가 얼마나 불쌍한지 개를 껴안고 실컷 울고 싶었나이다. 그리고 그가 집들 많은 틈으로 없어진 뒤에 나는 답답하고 무거운 가슴을 안고 그래도 시어머니가 찾지나 않나 하고 빨리 집으로 돌아왔나이다. 텅 — 빈 듯 집 안은 왜 그렇게 구중중하게 늘어놓았는지 모르겠으나 일이 손에 걸리지 않는 고로 방에 들어가서 얼빠진 사람 모양으로 우두커니 앉았는데 "이애! 어디 갔니? 집 안이 이렇게 지저분한데 치울 줄 모르고……." 하는 째어지는 듯한 시어머니 소리에 소스라쳐 놀라서 얼른 일어나서 치우는 것처럼 하고는 다시 방으로 들어가서는 다시 그를 생각하기 시작하였나이다.

겨울이 되어 문을 닫고 있게 된 것이 어떻게 다행한지 몰랐나이다. 일을 하는지 잠을 자는지 들여다보는 이도 없이 암만이라도 멀거니 앉아서 그를 생각할 수가 있는 까닭이었나이다. 결혼 당초부터 그가 졸업하고 나와 사회적으로 지위를 얻고 경제적으로 완전히 독립이 되어 아름다운 새 가정을 이룰 그때까지를 죽 — 그려 보았나이다.

그러고는 다시 나의 영은 지금의 그를 따라 차를 타고 배를 타고 물을 건너고 산을 넘어가는 것이었나이다.

어쨌든지 먹지도 말고 일도 하지 말고 움직이지도 말고 꼭 그대로 앉아서 그를 따라가는 영靈에게 장해가 되지 않았으면 하지만 말썽 부리는 시어머니가 있고 내가 밥 지어 바쳐야 먹는 다른 식구가 많아서 가만히 앉아 있을 수가 없는 것이 성가시었나이다.

영을 떠나 보면 육신이 기계적으로 하는 일이 어찌 변변히 될 리가 있습니까. 시부모 옷을 제때 못 지어 놓고 반찬을 간 맞게 못 하여 날마다 몇 차례씩 시어머니께 야단만 맞고 그릇 깨트려 시어머니 몰래 개천에 버리기 같은 일이 많았나이다.

다만 그를 생각하는 것이 그때 나만의 생활의 전체였나이다. 자나 깨나 앉으나 서나 그의 생각뿐만이었나이다.

3

그의 좋아하던 음식을 만들 때나 수천 리 타국인 일본과 조선이 어찌 기후가 똑같을 수가 있사오리까마는 겨울의 일기가 추워도 그가 객지에서 추워할 것이 염려요, 여름에 비가 와도 그가 학교 가기 고생되겠다는 걱정이었나이다. 그의 친구가 찾아올 때는 더욱 애처로웁도록 그가 그리웠나이다. 옷 그릇을 뒤지다가라도 그의 옷이 보이면 반가워서 한번 더 쓰다듬어 보았었나이다. 그리고 일본 유학이라는 말만 들어도 무심치가 않고 일본 갔다 온 사람이라면 공연히 반가워서 문틈으로라도 한 번 더 내다보아졌나이다. 그리고 시부모가 그에게 돈을 부쳐 주었나? 그의 요구하였다는 것을 보내 주었나? 하는 일을 애가 타도록 알고 싶었나이다.

그를 생각하기에 밤을 새우다가 새벽녘에 겨우 잠이 들었다가 시어머니 부르는 소리에 일어나서는 연자질[1] 하는 나귀같이 시어머니 책망의 재촉과 눈살의 칼을 맞으며 또 종일 일을 하지 않으면 아

---

1   연자매로 곡식을 찧는 일.

니 되었나이다. 그러나 겉으로나마 힘껏 복종하고 참고 일을 하며 몸이 아무리 피곤하고 괴로워도 한 번 누워 보지도 않건마는 시어머니 부르는 소리에 대답만 더디 하여도 서방 없이 지내는 떠세[2]라고 야단야단을 하며 "시체 것들은 서방 계집이 밤낮부터 앉았어야 되는 줄 알더라. 우리네들은 젊었을 때 남편이 벼슬 살러 시골을 가든지 작은집을 얻어 몇십 년을 나가 살든지 시부모 곱게 섬기고 시집살이 잘하였다."는 말을 저 소리 또 나온다 하도록 늘 하였나이다.

시집살이하던 이야기를 어찌 다 하겠나이까. 좁쌀 한 섬을 산을 놓아도 못다 계산하겠나이다.

아 ─ 동무여 ─ 정신은 사람 그리워하기에 초조하고 육신은 부림을 받기에 고되고 마음은 시어머니에 쪼들리게 되는 그때 나의 고통이 과연 어떠하였겠나이까.

본래 살이 많지 못하던 나는 그만 서리 맞은 국화 잎같이 시들어졌었나이다.

그러나 그렇듯 한고통 중에도 단번에 즐거움을 주고 활기를 주는 것은 그에게서 오는 편지였나이다. 부모 시하 사람이라 직접 하지도 못하고 누이동생 이름 쓰인 봉함 속에 편지를 넣어 보내었나이다. 빈정거리는 듯한 웃음을 띠우고 "난 언니 ─ 좋아할 것 가져왔지 ─." 하며 까부는 시누에게서 편지를 받아서는 부끄러워서 바느질고리 옆에다 그냥 놓아두었나이다.

시누는 악의가 섞인 농담을 몇 마디 하다가는 그만 나가 버리면 나는 곧 편지를 뜯었었나이다.

그는 문학을 좋아하고 새주가 있고도 편지도 별스럽게 정답고

2 힘 따위를 내세워 젠체하고 억지를 부림.

재미있고 고맙게 써 보냈었나이다. 그리고 자상하게도 자기 지내는 일동일정과 자기가 가는 곳의 경치 같은 것을 하나도 빼지 않고 적어 보내었었나이다. 그때 내 생각에는 세상에는 그와 같이 다정하고 편지 잘 쓰는 이는 없을 것 같았나이다.

그리고 그때 그의 편지 중에도 제일 내게 힘을 주고 용기를 내는 것은 가끔 이러한 의미의 편지를 보냄이었나이다.

4

"나의 사랑하는 아내여. 아무 이해와 동정이 없는 나의 부모 형제를 섬기기에 뼛골이 빠지도록 애쓰는 당신에게 과연 무엇이라 말을 하리까. 미안하다 할까요 고맙다 할까요. 그저 할 말은 당신을 위하여 쉬지 않고 배웁니다. 당신을 위하여 꾸준히 수양하고 있습니다 할 뿐입니다. 그러나 그리운 아내여 —— 웃지 마소서, 당신이 정말 보고 싶을 때는 공부를 며칠만 쉬이고라도…… 하고 생각하는 때가 한두 번이 아니었나이다. 어쨌든 나도 당신보다 못지않게 희생적 정신을 가진 것만 알아주소서. 그리고 당신의 편지가 지금 나의 적막한 생활의 생명수임을 잊지 마소서!"

참말 그때는 한 주일에 세 번이나 네 번은 그의 편지만 아니면 목을 매어서라도 강물에 빠져서라도 죽었을는지 몰랐나이다.

그의 편지가 올 날 안 오면 그날은 자연 어깨가 축 늘어지고 공연히 맥이 탁 풀려서 견딜 수 없으리만치 되었었나이다.

어쨌든 그가 없는 그때는 그에게서 편지가 오고 아니 오는 것으로 나에게는 희망과 낙망과 반가움과 섭섭함이 정해졌나이다.

그리고 여름이 되면 짧은 동안이지만 그가 귀국하여 우리 두 사람에게는 더할 수 없이 달고 즐거운 밤과 낮이 되었었나이다.

그를 위하여 곱게 곱게 지어 두었던 조선 옷을 지어 입히면 시원하고 편하다 하고 슬슬 만져 보는 것이나 그를 위하여 아끼고 간직하여 두었던 과자나 과일을 그가 고맙게 맛있게 먹는 것을 보는 것도 적은 기쁨은 아니었나이다.

그와 앉아 놀던 곳이거니 하고 혼자 올라가 보고 한숨 쉬던 뒤 곁 느티나무 밑에를 둘이 서서 많이 올라가서 정다운 이야기로 밤 시간을 보낼 때도 있었나이다. 그때에 선물로 그가 갖다준 시어머니도 시누도 모르는 비밀의 귀중품은 몇 가지씩 내 장롱 속에 감추어지었나이다.

그때도 그의 친구 중에도 구식 여자라고 무단히 본처를 이혼한다는 말을 가끔 들었건마는 '공연히 그럴 리는 없겠지. 무슨 까닭이 있는지 누가 알어…….' 하고 속으로 생각할 뿐이었나이다.

어쨌든 나는 춘하가 바뀌는 변절의 괴변은 있을지언정 그의 마음이야 어떠랴 하였었나이다. 그러니 내가 그를 추맥하는 일 같은 일은 더구나 없었을 것이었나이다. 그러나 그는 혼자서 이런 말을 하였었나이다.

자기 친구 중에는 여학생을 부러워하지 않는 이가 없는 모양이나 자기는 허영심이 많고 아는 것도 없이 건방지고 고생을 견디지 못하는 여학생들에게 결코 마음이 쏠리지 않는다고 하며 자기 아내인 나는 신식 학교는 아니 다녔더라도 여학생만 못지않게 하는 것이 있고 이해가 있다고 하며 더할 수 없이 나를 만족해하고 내게만 단순한 정을 주는 듯하였었나이다.

그래서 친척들 가운데도 품행이 방정하다고 칭찬받고 나는 내 동무들의 부러움의 대상이 되었었나이다.

그러니 나 자신이야 남편을 얼마나 만족해하고 고마워하였겠 나이까……. 그래서 나를 그만큼 사랑하는 보람이 있게 하려고 원 망스러운 시집 식구를 정성껏 위하고 섬기고 또 그의 말 한마디라 도 알아듣도록 되어 볼까 하고 학교에서 배운다는 책들을 사다 놓 고 틈틈이 열심으로 배웠었나이다.

그때는 시집살이에 고생은 무던히 겪으면서도 그래도 그렇게 희망 많고 긴장된 세월이 이 년은 계속되었었나이다.

그러나 어찌 뜻하였으리까. 한 달이 하루같이, 일 년이 한 달같 이 세월이 어서어서 지나서 그가 졸업하고 금의환향할 기쁜 때를 손을 꼽아 기다렸나이다. 그러나 기다리던 졸업의 시일은 오기도 전에 그때 내게는 사형선고 같은 놀라운 기별이 왔나이다.

십 년 공든 탑이 하루아침에 무너진다는 셈으로 내가 출가한 지 육칠 년 동안 쌓아 놓은 적공은 하루아침에 그만 산산이 부서지 고 말았나이다.

5

동무여 오랫동안 편지를 끊었었나이다. 지금은 내 심리와 생 활이 아주 일변하였나이다. 지금 생각 같아서는 전에 적은 말이 그 같이 장황히 늘어놓을 가치조차 없는 것이었나이다. 그러나 요령을 알게 하기 위하여 전에 말을 계속합니다.

그때 내게는 불행이 거듭하노라고 임신 팔 개월이나 되었나이다. 몸은 무겁고 괴로워서 그전에 참고 견디어 가던 시집살이에 모든 고통이 더욱 절실히 느껴져서 짜증만 드럭드럭 나서 부엌 모퉁에서 머리를 혼자 잡아 뜯으며 애쓸 때도 많았고 남 다 자는 밤에 홀로 누워서 사족이 쑤시는 몸을 비틀며 느껴 울기도 여러 번 하던 때였나이다. 더구나 야각[3]하게 몹시 무엇이 먹고 싶을 때에 고통도 눈물을 흘리며 견디어 가던 때였나이다. 그러면서도 남편과 같이 살게 될 때는…… 하고 유일의 희망을 두었었나이다. 그런데 어쩐 셈인지 그에게서는 여러 달을 두고 편지조차 끊기었었나이다. 별별 생각을 다 하면서도 그래도 오늘이나 내일이나 하고 하루같이 기다리고만 있었나이다.

그렇게 기다리던 편지는 오기는 왔나이다. 그러나 그 편지 내용은 그전과는 전연 반대의 사연이었었나이다. 말하자면 절연장이었었나이다.

가뜩이나 신경이 예민하고 몸이 극도로 약해졌던 내가 과연 얼마나 놀라고 슬퍼하였으리까. 그때 기절하지 않은 것이 이상하였나이다.

그 편지의 의미는 대개 이러하였나이다.

그대와의 혼인은 전연 부모의 의사로만 성립된 것으로 내게는 책임이 없으며 지금까지 부부 관계를 계속해 온 것은 인습에 눌리고 인정에 끌렸던 것이니 미안하지만 나를 생각지 말고 그대의 전정前程[4]을 스스로 질정質定[5]하라는 것이었나이다.

그리고 이어서 이러한 소문을 들었나이다. 그가 일본 유학하

---

3   밤의 길이의 각수(刻數)를 이르는 말로 '늦은 밤'을 의미.
4   앞으로 가야 할 길.
5   갈피를 잡아서 분명하게 정함.

는 자기보다도 나이 많은 어떤 노처녀와 연애를 한다는데 그가 그 처녀 앞에서는 자기에게 이름만의 아내가 있지만 애정이 본래부터 생기지를 않아서 번민하다가 그 처녀를 보고 비로소 사랑이라는 것을 알았노라고 속살거린다 하더이다. 그리고 그 여자는 구식 여자인 나는 덮어놓고 무식하고 못나고 속없는 여자로 아는 모양이라 하더이다.

분노와 원한이 앞을 서지마는 입을 악물고 정신을 차렸나이다.

이미 세상을 알고 인심을 헤아린 이상 한시라도 머뭇거리고 있을 수가 없다 하고 단연히 한술 더 뜨는 답장을 쓰기로 하였나이다.

주신 편지의 의미는 잘 알았나이다. 먼저 그런 편지 주심이 얼마나 다행한지 모르겠나이다. 여자의 몸이라 그래도 환경을 벗어나지 못해서 이상에 안 맞는 남편과 억지로 지내면서도 남다른 고생을 겪지 않으면 안 되는 자신 불행을 언제나 한탄하고 있었나이다.

아이는 남녀 간 낳는 대로 돌려보내겠나이다. 나는 아이를 데리고는 전정을 개척하는 데 거리끼는 일이 많을까 함이외다. 그러나 아이의 행복을 누구보다도 제일 간절히 바라는 사람이 이 세상에 또 하나 있음을 아이에게 일러 주소서, 이만.

6월 18일 임순실은

6

곧 나의 행장을 수습해 가지고 떠나려 하였으나 의리보다도 인정보다도 체면을 존중히 여기는 시부모의 엄절한 만류로 행장은 그대로 두고 몸만 억지로 떠나 친정으로 왔나이다.

동무여 나의 이렇게 한 일을 듣고 내가 남편을 깊이 사랑하지 않았던 것이 아닐까 하고 의심하리이다마는 내 속이 아무리 쓰리더라도 자기 인격을 더럽히면서 치근치근하게 사랑을 받으려 애쓰기는 결코 싫음이었나이다.

친정에서는 큰 변이나 난 것처럼 야단이 있었지만 나는 종용하고 침착하게 전후 사실을 자세자세 설명하였나이다. 그리고 해산이나 한 후에는 공부나 할 결심이라 하였나이다.

아버지는 그래도 옛날 예의와 도덕을 늘어놓고 귀밑머리 맞푼 남편을 떠난 여자는 이미 버린 여자라고 준절히 타이르더이다.

그러나 이미 결심이 있는 나는 귀로만 들을 뿐이었나이다.

더구나 어머니는 나만큼 구식이면서도 완고하지 않고 적이 이해가 있어서 아버지에게 "자식이 많기를 한가 계집애라는 하나 있는 것을 공부도 안 시키고 자기가 끼고 가르침네 하다가 그냥 시집을 보내어 오늘 이 모양을 만들어 놓고도 지금도 공부를 안 시키려느냐."고 야단야단을 쳐서 겨우 나는 학교에를 다니게 되었나이다.

그때가 벌써 삼 년이나 지났나이다. 나는 오는 봄에는 졸업이라 합니다. 독한 결심을 가지고 하는 공부라 성적은 매우 좋은 편입니다. 이제는 옛날 남편 시집살이 모두 시들해서 언제 꾼 꿈인가 하게 생각됩니다.

그러나 어린것의 소식을 들을 때마다 가슴이 뭉클하오이다. 지금 네 살인데 종명하고 잘생긴 아이로 말도 썩 잘한다 합니다.

어떤 때는 몹시도 어린것이 보고 싶어서 그 집 문간에라도 몰래 가서 그것의 얼굴이라도 잠깐 보고 올까 생각할 때도 있지마는 스스로 억제합니다. 보고 싶다고 한 번 만나면 두 번 만나고 싶고 두 번 만나면 자주 만나고 싶고 자주 만나면 아주 곁에다 두고 떠나지 않게 되기를 바라게 될 것입니다. 그렇게만 되면 아이 아버지와 또 인연이 맺어지고 인연이 맺어진다면 내 자존심과 인격은 여지없이 깨어질 것입니다.

나는 자식의 사랑으로 인하여 내 전 생활을 희생할 수는 절대로 없나이다. 자식의 생활과 나의 생활을 한데 섞어 놓고 헤매일 수는 없나이다. 물론 남의 부모가 되어 자식을 기르고 교육시켜서 한 개 완전한 사람을 만드는 것이 당연한 직무이겠지요. 그러나 부모의 한 사람인 아이의 아버지가 아이의 양육을 넉넉히 할 수 있음에도 불구하고 여지없는 모욕을 당하면서 자식 때문에 할 수는 없나이다.

그러니까 아이가 자라서 어미라고 찾으면 만나고 아니 찾으면 그만일 것입니다.

7

나의 자존심을 위하여 인격을 위하여 단연한 행동을 취하기는 하였건만 몇 해를 두고 절기를 따라 때를 따라 남모르게 고민을 무던히도 하고 있었나이다. 내 글을 읽고 동무도 짐작하였으리다마는 처음 그때 동무에게 편지할 때에도 정직하게 말하면 그에 대한 미련이 없다고는 하지 못할 때였나이다. 그래서 그와 정답게 재미있게 지내던 이야기를 중언부언 늘어놓았었나이다. 그러나 그것이 언제 사라져 버린 꿈같이 생각될 지금에 와서는 동무에게 다시 편지 쓸 흥미가 없어서 오랫동안 소식을 끊었었나이다.

어쨌든 지금 생각하니 내가 이상하는 이성은 그이와 같은 이는 아니었나이다. 남성답지도 못하고 줏대가 없고 여자를 사랑하기는 하지만 인격적으로 대하지 아니하고 이왕 상당한 아내를 둔 이상 절대로 정조를 지켜야 하겠다는 자각이 없는 그이었나이다.

내가 처음에 그를 사랑한 것은 이성이라고는 도무지 접촉해 보지 못하다가 부모의 명령으로 눈감고 시집을 가서 친절하게 구는 이성을 대하니 자연 정다워진 데 지나지 않는 것이었나이다.

그가 처음 내가 나온 후에도 사과 편지를 보내고 다시 오라고 몇 번 했지만 작년 가을부터는 사람을 보내고 자기가 몇 번 오고 해서 복연復緣[6]을 간청합니다. 그때마다 나는 흔연히 대접하고 좋게 거절을 하였나이다. 그러나 또다시 편지로 몇 번인지 같은 말을 써 보냈더이다. 답장도 하기 싫어서 내버려 두었다가 하두 성가시게 굴기에 이러한 의미의 편지를 하였나이다.

나를 끈에 맨 돌멩인 줄 아느냐, 오라면 오고 가라면 가게……. 백 계집을 하다가도 십 년을 박대하다가도 손길 한 번만 붙잡으면 헤헤 웃어 버리는 속없는 여자로 아느냐.

죽어도 이 집 귀신이 된다고 욕하고 때리는 무정한 남편을 비싯비싯 따라다니는 비루한 여자인 줄 아느냐. 열 번 죽어도 구차한 꼴을 보지 않는 성질을 알면서 다시 갈 줄 바라는 그대가 생각이 없지 않은가 하다고…….

그 후에는 내게 직접 무슨 말을 건네지는 못하고 혼자서 열광을 한다고 하는 소문을 들었나이다. 아무려나 그것은 문제 될 것이

---

6 인연을 끊고 있다가 다시 원래의 관계로 돌아감.

없나이다.

이왕 사람이 아닌 노예의 생활에서 벗어났으니 이제는 한 개 완전한 사람이 되어 값있고 뜻있는 생활을 하여야겠나이다. 그리고 사람으로 알아주는 사람을 찾으려나이다.

創刊辭창간사

改造개조!

이것은, 五年間오년간, 慘酷참혹흔 砲彈中포탄중에셔 呻吟신음흐 든 人類인류의부르지즘이요

解放해방!

이것은累千年누천년 暗々암암흔 房中방중에가쳐잇든우리女子여자 의부르지즘입니다

肥己的비기적 野心야심과 利巳的이사적[1] 主義주의로, 陽春양춘의平和 평화를쌔트리고 죽엄의山산, 피의바다를니루는戰爭전쟁이 하날의쏫 을어기는非人道비인도라흐면

다─갓흔人生인생으로 움즉이고일흘우리를 無理무리로奴隷視 노예시흐고任意임의로弱者약자라흐야 오즉廚房주방에監禁감금 흠도 이 亦역하날의쏫을어기는 非人道비인도□[2]것입니다

---

1 '利己的이기적'의 오기.
2 '일'로 추정.

임의 그것이非人道비인도라ᄒᆞ면, 얼마나長久장구ᄒᆞᆫ運命운명을가
진것이겟슴닛가 어느ᄯᅢᄭᅡ지나 勢力세력을保全보전ᄒᆞᆯ것이겟슴닛가

ᄯᅢᄂᆞᆫ왓슴니다 온갓것을바로잡을ᄯᅢ가왓슴니다 지리ᄒᆞᆫ戰爭전쟁
의濛々몽몽ᄒᆞᆫ砲烟포연은것치여 地球지구의暗夜암야ᄂᆞᆫ밝앗고 平和평화
의曙光서광이새로빗치어 새로운希望희망아ᄅᆡ새舞臺무대가展開전개되
엿슴니다

改造개조! 改造개조! 이부르지즘은 全世界전세계의곳으로붓터 곳
가지놉흐게크게외쳐남니다 참으로改造개조ᄒᆞᆯᄯᅢ가온것입니다

아─새로운時代시대는왓슴니다 모─든헌것을걱구러치고
온─갓새것을 셰울ᄯᅢ가왓슴니다 모든非비 모든惡악의사라질ᄯᅢ가
왓슴니다 가진것을 모다改造개조ᄒᆞ여야될ᄯᅢ가왓슴니다.

그러면무엇부터改造개조ᄒᆞ여야겟슴닛가.

무엇ᄭᅦ홀것업시 통트러社會사회를改造개조ᄒᆞ여야겟슴니다 社
會사회를改造개조ᄒᆞ랴면먼져 社會사회의原素원소인家庭가정을改造개조
ᄒᆞ여야하고 家庭가정을改造개조ᄒᆞ랴면 家庭가정의主人주인될女子여자
를解放해방ᄒᆞ여야홀것은物論물론입니다.

우리도남갓치살랴면 남의게지지아니ᄒᆞ랴면 남답게살랴면全
部전부를改造개조ᄒᆞ랴면 女子여자먼져解放해방이되여야홀것입니다.

우리ᄂᆞᆫ 同等동등이란헛文書문서만차즈려홈도아니고女尊여존이
란헛글字자만쓰랴는것도아닙니다 다만 社會사회를爲위ᄒᆞ야일ᄒᆞ기
爲위ᄒᆞ야 解放해방을엇기爲위ᄒᆞ야 남보다나흔社會사회을만들기爲위
ᄒᆞ야 일ᄒᆞᄂᆞᆫ데 죠곰이라도 貢獻공헌ᄒᆞᄂᆞᆫ비잇슬가ᄒᆞ야 나온것이 우
리新女子신여자입니다.

─《신여자》창간호, 1920년 3월

창간사

개조!

이것은 오 년간, 참혹한 포탄 중에서 신음하던 인류의 부르짖음이요.

해방!

이것은 누천년 암암한 방중에 갇혀 있던 우리 여자의 부르짖음입니다.

비기肥己적[1] 야심과 이기적 주의로, 양춘의 평화를 깨트리고 죽음의 산, 피의 바다를 이루는 전쟁이 하늘의 뜻을 어기는 비인도라 하면, 다— 같은 인생으로 움직이고 일할 우리를 무리로 노예시하고 임의로 약한 자라 하여 오직 주방에 감금함도 이 역시 하늘의 뜻을 어기는 비인도일 것입니다.

이미 그것이 비인도라 하면, 얼마나 장구한 운명을 가진 것이겠습니까? 어느 때까지나 세력을 보전할 것이겠습니까.

---

1   자기 몸만 이롭게 함.

때는 왔습니다. 온갖 것을 바로잡을 때가 왔습니다. 지리한 전쟁의 몽몽濛濛[2]한 포연은 그치어 지구의 암야는 밝았고 평화의 서광이 새로 비치어 새로운 희망 아래 새 무대가 전개되었습니다.

개조! 개조! 이 부르짖음은 전 세계의 끝으로부터 끝까지 높으게 크게 외쳐 납니다. 참으로 개조할 때가 온 것입니다.

아— 새로운 시대는 왔습니다. 모— 든 헌것을 거꾸러치고[3] 온—갖 새것을 세울 때가 왔습니다. 모든 비非, 모든 악이 사라질 때가 왔습니다. 가진 것을 모두 개조하여야 될 때가 왔습니다.

그러면 무엇부터 개조하여야겠습니까.

무엇무엇 할 것 없이 통틀어 사회를 개조하여야겠습니다. 사회를 개조하려면 먼저 사회의 원소인 가정을 개조하여야 하고 가정을 개조하려면 가정의 주인 될 여자를 해방하여야 할 것은 물론입니다.

우리도 남같이 살려면 남에게 지지 아니하려면 남답게 살려면 전부를 개조하려면 여자 먼저 해방이 되어야 할 것입니다.

우리는 동등이란 헛문서만 찾으려 함도 아니고 여존이란 헛글자만 쓰려는 것도 아닙니다. 다만 사회를 위하여 일하기 위하여 해방을 얻기 위하여 남보다 나은 사회를 만들기 위하여 일하는 데 조금이라도 공헌하는 바가 있을까 하여 나온 것이 우리《신여자》입니다.

2   비, 안개, 연기 따위가 자욱하다.
3   '거꾸러뜨리다'의 방언.

우리 新女子신여자의 要求요구와 主張주장

우리 「新女子신여자」社사同人동인은 아모智識지식업고 아모經驗
경험 엄는 女子여자들이올시다. 그러느 이아모經驗경험과 智識지식이
엄는우리가 敢감히 新女子신여자를 標榜표방ᄒ고 社會사회에나셤이 엇
지즐거워셔 나셔는것이겟슴닛가 참으로 이러케 안나셜수업슴이외
다. 보십시오 우리의朝鮮女子社會조선여자사회는 아즉도 幼稚유치ᄒ기
가 싹이업습니다. 그를싸라將次장차우리의압헤는 여러가지批難비난
과 無數무수ᄒ 迫害박해가 쓴일싀업시 닥쳐올줄을 豫期예기ᄒ읍니다. ᄒ
지만은 우리가 이째에 나셔셔 幼稚유치ᄒ 우리女子社會여자사회를 爲
위ᄒ야 우리의몸을 犧牲희생에 이바지안이ᄒ면 우리朝鮮女子조선여자
는 永遠영원히 暗黑암흑ᄒ 구렁에 싸져셔 光明광명ᄒ 빗을못보고말것
을 알미외다 이째는 어느째임닛가? 世界세계는 바야흐로 改造개조가
되랴ᄒ고 시文明문명의曙光서광은 훤―ᄒ게빗쳐옵니다 解放해방ᄒ
라는새벽鐘종소래는 우리의 長夜夢장야몽을 씨오치지안슴닛가? 이
째를當당ᄒ야 우리는나왓슴니다 그러면 우리의要求요구ᄒ는바와 主
張주장ᄒ는바는 무엇임닛가? 달은것안이올시다 멧世紀세기를두고

우리를 冷酷냉혹ᄒ게도 壓迫압박ᄒ고 우리를 極甚극심ᄒ게도 拘束구속ᄒ던 因襲的인습적 舊殼구각을 씌트리고 버셔나셔 우리女子여자가 人格的인격적으로 覺醒각성ᄒ야 完全완전ᄒ 自己자기 發展발전을 遂行수행코자ᄒᆷ이외다 男子남자들은 이를 일으되 破壞파괴라 反抗반항이라 背逆배역이라ᄒ겟지오 그럿치만은보십시오 古來고래로 우리女子여자를 사람으로 待遇대우치안이ᄒ고 맛치 下等動物하등동물갓치 女子여자를 모다 몰아다가 男子남자의 蹂躪유린 에맛기지안이ᄒ엿슴닛가? 이러ᄒ 人道인도에 버셔나는일이 어디잇슴닛가 無論무론 女子여자도 잘못ᄒ責책이 잇겟지오만은 모든것을 다 男性本位남성본위로 男子남자라는 高貴고귀ᄒ 것이오 婦人부인이란卑賤비천ᄒᆯ 것이며 男性남성이라는 心力體力심력체력이 다 優秀우수ᄒ고 女性여성이란 다 劣等열등ᄒ다ᄒ는 謬信유신을 根據근거ᄒ야 一切일절모든社會사회의 制度習慣제도습관은 男性남성을 上位상위에두고 徹頭徹尾철두철미로 男性남성의 利害이해를 標準표준ᄒ야 制定제정ᄒ얏고 또 三從삼종이라는 惡慣악관아리에 露骨노골로 男性本位남성본위의理想이상要求요구를 遵奉준봉케ᄒ려고 女性여성에게 强制강제ᄒ야 우리女子여자를 終生종생 男子남자의附屬物부속물로 生活생활케ᄒ는同時동시에 男子남자의使役사역 또는 玩弄완롱에 男子남자는 便宜편의ᄒ 手段수단을 써셔왓습니다 그리셔 이러ᄒ 男子中心남자중심의思想사상과因襲인습이 우리女子여자로ᄒ야곰 人格無視인격무시의待遇대우를 밧고 盲目的맹목적服從복종의生活생활을 안이ᄒᆯ수업게ᄒ야 그結果결과 사람의義務의무와 女子여자의本然性본연성을 아조 어져바리게 민들어노왓습니다 이러기에 우리女子社會여자사회에는 野蠻야만의人身賣買法인신매매법이 잇서셔 女子여자가 禽獸視금수시되고 商品視상품시되얏것만은 이를 例事예사로 看過간과ᄒ지안이ᄒ얏슴닛가 이는모다 男子남자의 不德부덕ᄒ 罪죄라ᄒ겟지만은 또는 우리가 自覺자각이업서셔 이러흔 侮辱모욕을 當당흔것이올시다 흐기로 우리新女子신여자는 이러흔 自覺자각밋헤셔 우리朝鮮女子社會조선여자사회에 古來고래로 行행흐야나려오든 모든因襲的인습적道德도덕을 打破타파흐고 合理합리흔 시道德도덕으로 男女남녀의性別성별에 制限제한되눈일이업시 平等평등의自由자유, 平等평등의權利권리, 平等평등의義務의무, 平等평등의勞作노작, 平等평등의享樂中향락중에서 自己發展자기발전을遂行수행흐야 最善최선흔生活생활을 營영코져훔이외다

우리는 밋습니다 精神上정신상의屈服굴복은 物質上물질상의屈服굴복에伴반흐눈것임을 그러기에 完全완전히 精神上정신상의自由자유를 엇고자흐면 반드시 또 物質上물질상의自由자유를 엇지안을수업슴니다 物質的自由물질적자유의欲求욕구눈 몬져 精神的自由정신적자유의憧憬동경으로 우리의頭腦中두뇌중에 낫하나눈것이올시다 그리고 熱烈열렬흔精神的自由정신적자유의憧憬동경이잇슨然後연후에 堅實견실흔 物質的自由물질적자유의欲求욕구가 싱기눈것이올시다 훔으로 우리는 新時代신시대의新女子신여자로 모든 傳說的전설적, 因襲的인습적, 保守的보수적, 反動的반동적인一切일절의舊思想구사상에서 버셔나지안이흐면 안이 되겟슴니다 이것이 實실로「新女子신여자」의任務임무오 使命사명이오 또 存在존재의理由이유를 삼눈것이올시다「新女子신여자」는 實실로 이러흔 意氣의기와 抱負포부를 가지고 이 社會사회에 나온것이올시다 願원컨딕 現代현대의先覺者선각자로自任자임흐눈 婦人부인이시여 朝鮮民族조선민족을 爲위흐시거던 女子社會여자사회의健全건전흔 發達발달을 바라시거던 모다와셔 우리를도와주십시오 우리눈 이를깁히바랄 싸름이외다

—《신여자》2호, 1920년 4월

우리 신여자의 요구와 주장

우리《신여자》사 동인은 아무 지식 없고 아무 경험 없는 여자들이올시다. 그러나 이 아무 경험과 지식이 없는 우리가 감히 신여자를 표방하고 사회에 나섬이 어찌 즐거워서 나서는 것이겠습니까. 참으로 이렇게 안 나설 수 없음이외다. 보십시오. 우리의 조선 여자 사회는 아직도 유치하기가 짝이 없습니다. 그를 따라 장차 우리의 앞에는 여러 가지 비난과 무수한 박해가 끊일 새 없이 닥쳐올 줄을 예기합니다. 하지만은 우리가 이때에 나서서 유치한 우리 여자 사회를 위하여 우리의 몸을 희생에 이바지 아니하면 우리 조선 여자는 영원히 암흑한 구렁에 빠져서 광명한 빛을 못 보고 말 것을 앎이외다. 이때는 어느 때입니까? 세계는 바야흐로 개조가 되려 하고 새 문명의 서광은 흰—하게 비치옵니다. 해방하라는 새벽 종소리는 우리의 장야몽長夜夢[1]을 깨우치지 않습니까? 이때를 당하여 우리는 나왔습니다. 그러면 우리의 요구하는 바와 주장하는 바는 무엇

---

1 긴긴밤의 꿈.

입니까? 다른 것 아니올시다. 몇 세기를 두고 우리를 냉혹하게도 압박하고 우리를 극심하게도 구속하던 인습적 구각을 깨뜨리고 벗어나서 우리 여자가 인격적으로 각성하여 완전한 자기 발전을 수행코자 함외이다. 남자들은 이를 이르되 파괴라, 반항이라, 배역背逆[2]이라 하겠지요. 그렇지마는 보십시오. 고래로 우리 여자를 사람으로 대우치 아니하고 마치 하등 동물같이 여자를 모두 몰아다가 남자의 유린에 맡기지 아니하였습니까? 이러한 인도에 벗어나는 일이 어디 있습니까? 물론 여자도 잘못한 책이 있겠지요마는 모든 것을 다 남성 본위로, 남자란 고귀한 것이요 부인이란 비천할 것이며 남성이란 심력 체력이 다 우수하고 여성이란 다 열등하다 하는 유신謬信[3]을 근거하여 일절 모든 사회의 제도 습관은 남성을 상위에 두고 철두철미로 남성의 이해를 표준하여 제정하였고, 또 삼종이라는 악관惡慣[4] 아래에 노골로 남성 본위의 이상 요구를 준봉遵奉[5]케 하려고 여성에게 강제하여, 우리 여자를 종생 남자의 부속물로 생활케 하는 동시에 남자의 사역 또는 완롱에 남자는 편의한 수단을 써서 왔습니다. 그래서 이러한 남자 중심의 사상과 인습이 우리 여자로 하여금 인격 무시의 대우를 받고 맹목적 복종의 생활을 아니할 수 없게 하여 그 결과 사람의 의무와 여자의 본연성을 아주 어져바리게[6] 만들어 놓았습니다. 이러기에 우리 여자 사회에는 야만의 인신매매법이 있어서 여자가 금수시되고 상품시되었건마는 이를 예사로 간

2   은혜를 저버리고 배반함.
3   오류가 있는 믿음.
4   악한 관습.
5   정한 표준대로 받아들여 지킴.
6   '잊어버리게'의 옛말.

과하지 아니하였습니까? 이는 모두 남자의 부덕한 죄라 하겠지마는 또는 우리가 자각이 없어서 이러한 모욕을 당한 것이올시다. 하기로 우리 신여자는 이러한 자각 밑에서 우리 조선 여자 사회에 고래로 행하여 내려오던 모든 인습적 도덕을 타파하고 합리한 새 도덕으로 남녀의 성별에 제한되는 일이 없이 평등의 자유, 평등의 권리, 평등의 의무, 평등의 노작, 평등의 향락 중에서 자기 발전을 수행하여 최선한 생활을 영코저 함이외다.

우리는 믿습니다. 정신상의 굴복은 물질상의 굴복에 반반(伴)하는[7] 것임을. 그러기에 완전히 정신상의 자유를 얻고자 하면 반드시 또 물질상의 자유를 얻지 않을 수 없습니다. 물질적 자유의 욕구는 먼저 정신적 자유의 동경으로 우리의 두뇌 중에 나타나는 것이올시다. 그리고 열렬한 정신적 자유의 동경이 있은 연후에 견실한 물질적 자유의 욕구가 생기는 것이올시다. 하므로 우리는 신시대의 신여자로 모든 전설적, 인습적, 보수적, 반동적인 일절의 구사상에서 벗어나지 아니하면 아니 되겠습니다. 이것이 실로《신여자》의 임무요, 사명이요, 또 존재의 이유를 삼는 것이올시다.《신여자》는 실로 이러한 의기와 포부를 가지고 이 사회에 나온 것이올시다. 원컨대 현대의 선각자로 자임하는 부인이시여. 조선 민족을 위하시거든 여자 사회의 건전한 발달을 바라시거든 모두 와서 우리를 도와주십시오. 우리는 이를 깊이 바랄 따름이외다.

7   따르는.

나혜석(羅惠錫·1896~1948)

정월晶月 나혜석은 1896년 수원에서 아버지 나기정과 어머니 최시의 사이의 5남매 중 넷째로 태어났다. 나기정은 자녀를 모두 일본에 유학시킨 수원의 개명 관료였다. 1913년 진명여학교를 최우등으로 졸업하고 도쿄 사립여자미술학교에서 서양화를 공부했다. 《학지광》에 평론 「이상적 부인」(1914)을 발표 후 여러 매체에 문학 작품들을 발표하고 《매일신보》에 만평을 연재했다. 여성의 시각에서 연말연시의 풍속을 보여 준 이 작품은 최초의 페미니스트 만평으로 평가된다. 1918년 미술학교 졸업 후 귀국해 정신여학교의 미술 교사로 재직했다. 1919년 삼일운동과 관련해 체포되어 5개월간 옥고를 치른 후 1920년 김우영과 결혼했다. 나혜석은 신혼여행에서 전 애인 최승구의 비를 세워 화제를 모았다. '신여자'와 '폐허'의 동인이었던 나혜석은 첫 딸 임신 당시 도일하여 미술에 매진했고, 1921년 경성일보사 내청각에서 첫 유화 개인 전람회를 개최했다. 1922년부터 매해 조선미술전람회에 출품해 수상했고, 1931년에는 도쿄의 제국미술원전람회에서 입선했다. 1927년에는 만주 안동현의 부영사였던 남편과 구미 여행을 떠났다. 유럽과 미국에서 미술 공부를 하고 1929년에 귀국했다. 1930년내에는 이혼, 최린을 상대로 한 정조 유린 위자료 청구 소송으로 가족과 사회에서 고립되었다. 1937년부터 방랑 생활을 시작해 김일엽이 있던 수덕사 근처 수덕여관에서 기거했으나 재기하지 못하고 1948년 시립 자제원 무연 고자 병동에서 외롭게 생을 마감했다.

한국 근대문학 첫 세대 여성 작가인 나혜석은 화가, 독립운동 가, 여성해방사상가로 돌올한 삶을 살았다. 나혜석의 대표작이자 1910년대 문학의 대표작 소설 「경희」(1918)는 일본 유학생 경희의 번민과 각오를 통해 자각한 신여성을 성공적으로 형상화했다. 1921 년 시 「인형의 가」를 발표하고, 「노라」를 작사한 데서 입센의 희곡 「인형의 집」 '노라'에 공명했던 신여성 나혜석의 내면이 드러난다. 다양한 여성 주체를 통해 그들의 억압된 처지를 고발한 소설 「회생 한 손녀에게」(1918), 「원한」(1926), 「현숙」(1936)과 달리, 수필과 논 설에서는 자신의 상황과 목소리를 가감없이 드러냈다. 「모 된 감상 기」(1923)에서 모성이 본능이 아니라는 점을 역설하며 논쟁을 일으 켰고, 「이혼고백장」(1934)을 통해 여성에게만 희생을 강요하는 도 덕과 제도를 비판했다.

첫 세대 신여성으로서 굴곡진 삶으로만 알려졌다가 여성문학 연구자들에 의해 작품이 발굴되면서, 당대 여성들의 억압과 고뇌를 담아낸 작가로서 나혜석의 가치가 제대로 평가받기 시작했다. 1917 년 《여자계》 창간호에 발표된 단편 「부부」는 한국 여성 작가의 첫 소설이고, 1930년대 창작되었으나 간행되지 못한 「김명애」는 자전 적인 내용을 담은 나혜석의 유일한 장편소설이지만 해당 작품을 확 인할 수는 없다. 이 작품들이 발견될 경우 한국 여성문학사의 상당 부분이 다시 쓰일 것이다.

남은혜

236

人形인형의 家가[1]

第三幕 제3막

(1)

내가 人形인형을가지고놀새

깃버ᄒ듯

아바지의쌀인 人形인형으로

남편의안히 人形인형으로

그들을깃부게ᄒ논

慰安物위안물되도다

　　노라를노아라

　　最□[2] 최□로슌슌ᄒ개

　　嚴密엄밀히막어논

　　墻壁장벽에셔

　　堅固견고히닷첫든

1　나혜석 각본 「인형의 가」 제3막 마지막 부분에 삽입된 시로 '나혜석 작가 김영환 작
　곡'이라는 글과 함께 악보도 실려 있다.
2　'後후'로 추정됨.

門문을열고
노라를노와쥬게

(2)
남편과子息자식들에개對대흔
義務의무가치
내게ᄂᆞᆫ神聖신셩흔義務의무잇네
나를사람으로민드는
使命사명의길로밟아셔
사람이되고져

(3)
나는안다억제홀수업ᄂᆞᆫ
닉마음에셔
온통을다헐어맛보이ᄂᆞᆫ
진정사람을除졔ᄒᆞ고ᄂᆞᆫ
닉몸이갑업ᄂᆞᆫ거슬
닉이졔쌔도다

(4)
아아사랑ᄒᆞᄂᆞᆫ少女소녀들아
나를보와
精誠졍셩으로몸을밧쳐다오
만흔暗黑암흑橫行횡행홀지나
다른날暴風雨폭풍우뒤에

사름은너와나

(幕막)

──《매일신보》, 1921년 4월 3일

나혜석

인형의 가

제3막

(1)
내가 인형을 가지고 놀 때
기뻐하듯
아버지의 딸인 인형으로
남편의 아내 인형으로
그들을 기쁘게 하는
위안물 되도다
　노라를 놓아라
　최후로 순순하게
　엄밀히 막아 논
　장벽에서
　견고히 닫혔던
　문을 열고
　노라를 놓아주게

(2)
남편과 자식들에게 대한
의무같이
내게는 신성한 의무 있네
나를 사람으로 만드는
사명의 길로 밟아서
사람이 되고자

(3)
나는 안다 억제할 수 없는
내 마음에서
온통을 다 헐어 맛 보이는
진정 사람을 제하고는
내 몸이 값없는 것을
나 이제 깨도다

(4)
아아 사랑하는 소녀들아
나를 보아
정성으로 몸을 바쳐 다오
많은 암흑 횡행할지나
다른 날 폭풍우 뒤에
사람은 너와 나

경희

一1

「아이구 무슨장마가 그러케심히요」

ᄒ며 담비를붓치는 쑹々ᄒ마님은 오릭간만에오신 사돈마님일다.

「그리게말이지요 심한 장마에 아희들이 病_병이나 아니낫습니가 그동안 하인도한번도못보닉셔요」

ᄒ며 마조안져 담비를붓치는 머리가희긋々々ᄒ고 이마에주름살이 두어줄보이는 마님은 이李鉄原宅_{이철원댁}主人_{주인}마님일다.

「아이구별말슴을다ᄒ십니다 나역그릿셔요, 아희들은 츙실하나 어멈이엇직 슈일젼붓터 빅가압흐다고ᄒ더니 오날은이러나다니는거슬보고왓셔요」

「어지간이날이더워야지요, 조곰잘못ᄒ면 병나기가쉬워요 그리셔 좀걱정이되셧겟습니까」

「인져낫스니쌰요 므옴이노여요 그런딕 익기가 일본셔와셔 얼마나반가우셔요」

ᄒᆞ며 ᄉ돈마님은 이젓든거슬 쌈작놀나싱각ᄒᆞᄂᆞᆫ듯시 말을ᄒᆞᆫ다,

「먼ᄃᆡ다가보늬고 늘무옴이노이지안타가 그릐도 일년에한번식이라도오늬까 집안이든ᄉᆞᄒᆡ요」

主人주인마님 김부인은 담ᄇᆡᄃᆡ를 짓터리에다탁ᄉᆞ친다,

「그럿타말다요 아들이라도무옴이아니노일터인ᄃᆡ 처녀를 그러ᄒᆞᆫ 먼ᄃᆡ다보늬시고 그럿치안켓습늬가 그런ᄃᆡ 몸이나츙실ᄒᆡ셧ᄂᆞᆫ지요」

「녜 별병은아니낫나 보아요 제말은 아모고싱도아니된다ᄒᆞ나 어미 걱정식힐가보아ᄒᆞᄂᆞᆫ말이지 그 좀주리고 고싱이되엿겟셔요 그릐셔 얼골이 쩌칠히요」

ᄒᆞ며 뒤겻을향ᄒᆞ야「아가 々々 셔문안사돈마님이너보러오셧다」ᄒᆞᆫ다.

「녜」

ᄒᆞᄂᆞᆫ 경희ᄂᆞᆫ지금 시원ᄒᆞᆫ 뒷마루에셔 으릐간만[1]에맛난 으라버니[2]ᄃᆡᆨ과안져셔 오라버니ᄃᆡᆨ은 버션을깁고 경희ᄂᆞᆫ 안진지봉틀에ᄌᆞ긔 오라버니 양복속적삼을ᄒᆞ며 일본셔 지닐ᄯᆡ에 어느날어듸를가다가 함밋터러면[3] 전차에치울번ᄒᆞ엿드란말 그릐셔 지금이라도싱각만ᄒᆞ면 몸이아슬々々ᄒᆞ다는말이며 겨울기오면 도모지다리를 펴고자본적이업고 그릐셔 아츰에 이러나면 다리가곳々ᄒᆡ다는 말, 일본에ᄂᆞᆫ 하로걸너 비가오ᄂᆞᆫᄃᆡ한번은 비가심ᄒᆞ게퍼붓고 學校上學時間학교상학시간은느져셔 그 굽놉흔나막신을신고 부즈런히 가다가 너머져셔 다리에가죽이버셔지고 우산이모다찌져지고 옷에흙이뭇어 엇지붓

---

1 '오래간만'의 오기.
2 '오라버니'의 오기.
3 '함맛터러면'의 오기.

그러윗셧는지몰낫셧드란말, 學校_{학교}에셔 工夫_{공부}ᄒ든이야기 길에 다니며보든이야기곳헤 마침 어느씨 活動寫眞_{활동사진}에셔 보앗든 어느 兒孩_{아해}가 아바지가 작난을못ᄒ게ᄒ니까 아버지를팔아버릴냐고 광고를써다가 제집門_문밧 큰나무에다가 붓첫더니 그씨마참 그兒孩_{아해}만한 六七歲_{육칠세}된남이가 父母_{부모}를이러버리고 彷徨_{방황}ᄒ다가 쏙두푼남은돈을 쓰늬들고 이廣告_{광고}디로 아바지를살냐고 門_문을두 다리든樣_양을半_반쯤이야기ᄒ는中_중이엿다, 오라버니디은 어느듯 바 누질을 무릅우에다가노코「하々 허々」ᄒ며 滋味_{자미}스럽게 듯고안 졋든 씨라,「그리셔 엇더케되엿소」뭇다가 눈쌀을 찝흐리며

　「얼는다녀오」간절히 청을ᄒᄂ다,

　엽헤안져셔 쌜늬에 풀을먹이며 熱心_{열심}으로듯고안졋든 시월 이도 혀를툭々찬다.

　「암으럼 네얼는다녀오리다」

　경희는 이레케 對答_{대답}을ᄒ고 제이야기에 자미잇셔々ᄒᄂ는것 이 깃버셔 우스며 압마루로간다,

　경희는 사돈마님압헤 졀을謙遜_{겸손}히ᄒ며 인수를 엿주엇다, 一 年_{일년}동안이나 이져버렷든졀을 일전에 집에到着_{도착}할씨에아버지 어머니에게 ᄒ엿다 홈으로 이번에ᄒ 졀은익슉ᄒ엿다 경희는 속으 로 일본셔 날마다셰루가로쒸며 작난ᄒ든성각을ᄒ고 지금은 이러케 얌젼ᄒ다ᄒ며 우셧다,

　「아이고 그좃튼얼골이 엇지면 져러케 못되엿니 으작 고싱이 되엿셧실나고」

　사돈마님은 자비스러은 音聲_{음성}으로 말을ᄒᄂ다 일부러 경희의 손목을 잡아 만졋다,

　「쏙 심흔시집살이ᄒ손갓고나, 女學生_{여학생}들손은 비단결갓ᄒ

244

다느듸 네 손은 웨이러냐」

「살性성이 곱지못히셔 그리요」

경희는 고기를 칙으린다,

「졔손으로 쌀느히히입고 밥까지히먹엇다니싸 그럿치요」

경희의 어머니는 담뷔를다시붓치며 말을흔다,

「져런 그러면 집에셔도아니ᄒ든거슬 긔지에가셔ᄒ는구나 네 일본학교규측은그러냐?[4]」

사돈마님은 쌈작놀낫다, 경희는 아모말아니흔다,

「무얼요 졔가졔苦生고생을 사누라고그리지요 그것누가식히면 하겟습니싸 學費학비도 넉넉이보늬주지마는 기이는 별나게 밧분거 시 자미라고흔담니다」

김부인은 아모쯧업시 어졔져녁에 자리속에셔 쌀에게 드른이 야기를흔다,

「그건 왜그리 고셩을흐니」

사돈마님은 경희의 이마우에 넙펄ㅅㅅ나려온 머리카락을 두귀 밋헤다 씨워주며 젹삼위로 등의살도만져보고 얼골도 씨다듬어준다,

「일본에는 겨울에도 불도아니씨인듸지 그리고 반찬은 감질이 나도록 조곰준듸지 그것엇지사니?」

「녜 불은아니씨나 견듸여나면 관계치안아요 반찬도 쏙먹을만 치주지 모져러거나그럿치는아니히요」

「그러자니 모도가 고셩이지 그런듸 네형은 그동안병이나셔 너 를못보러왓다아마 오날져녁쯤은 올터이지」

「네 좀 보늬주셔요 발셔부러 엇지보고십헛는지 몰나요」

---

4   기호 '」' 누락.

「암 그럿치 너왓다는말을듯고 나도보고 십허ᄒᆞ엿ᄂᆞᄃᆡ 兄弟형 제씨리 그러치아니랴」

이마님은 원릭 시집을 멀니와셔 부모형뎨를 몹시그리워본 經 驗경험이잇ᄂᆞᆫ터라 이말에ᄂᆞᆫ 깁흔 同情동정이낫타난다.

「거긔를 쏘가니?인져고만 곱게입고안젓다가 富者부자집으로시 집가셔 아들ᄯᅡᆯ 낫코자미드랍게살지 그러케 고싱ᄒᆞᆯ것 무엇잇니?」

아직알지못ᄒᆞ야 그러케ᄒᆞ지못ᄒᆞᄂᆞᆫ거슬 일너주ᄂᆞᆫ것갓히 경희 에게 ᄃᆡᄒᆞ야말을ᄒᆞ다가마조안진 경희어머니에게 눈을向향ᄒᆞ야「그 럿치 안소 늬말이올치요」ᄒᆞᄂᆞᆫ것갓ᄒᆞ다.

「녜 하든공부맛칠ᄯᅡ까지가야지요」

「그거슨 그리만히히 무엇ᄒᆞ니 사닉니 골을간단말이냐?郡군主 事주사라도ᄒᆞᆫ단말이냐 只今世上지금세상에 사늬도 비화가지고 쓸ᄃᆡ 가 업셔々쎨々미ᄂᆞᄃᆡ……」

이마님은 여간걱정스러워아니ᄒᆞᆫ다 그러고ᄃᆡ관절 게집이를 日 本일본신지보닉여 공부를식히ᄂᆞᆫ 사돈영감과마님이며 ᄯᅩ 그러케 비 호면 ᄃᆡ체무엇허자ᄂᆞᆫ 것인지를몰나 답々히ᄒᆞᆫ적은 오릭젼붓터잇스 나 다른집과달나사돈집일이라 속으로ᄂᆞᆫ 늘「져게집이를 누가데려 가나」辱욕을ᄒᆞ면셔도 할수잇ᄂᆞᆫᄃᆡ로ᄂᆞᆫ 모른체ᄒᆞ여왓다가 오날 偶 然우연ᄒᆞᆫ 조흔 期會기회에 걱정히오든것을 말ᄒᆞᆫ거실다.

경희는 이마님입셔「어셔시집을가거라, 공부ᄂᆞᆫ히셔 무엇ᄒᆞ니」

꼭이말이나올줄 알앗다, 속으로「올치 그럴줄알앗지」ᄒᆞ엿다. 그리고 어졔오셧든 이모님입셔셔 나오든말이며 경희를 보실ᄯᅢ마 다 걱정ᄒᆞ시ᄂᆞᆫ 큰어머니말슴과 모다一致일치되ᄂᆞᆫ것을알앗다. ᄯᅩ昨 年작년여름에 듯던말을 금년여름에도 듯게되엿다. 경희의입살은 간 질々々ᄒᆞ엿다.

「먹고입고만ᄒᆞᆫ는거시 사람이아니라 비ᄒᆞ고 알어야 사름이
야요. 당신되쳐럼 영갑[5] 아들간에 첩이 넷이나잇ᄂᆞᆫ것도 비ᄒᆞ지못
ᄒᆞᆫ싸닭이고 그것으로 속을썩이ᄂᆞᆫ 당신도알지못ᄒᆞᆫ 죄이야요 그러니
싸녀편네가 시집가서 시앗을보지안토록 ᄒᆞᄂᆞᆫ것도 가라쳐야ᄒᆞ고 녀
편네 두고 첩을엇지못ᄒᆞᆨ게ᄒᆞᄂᆞᆫ것도 가라쳐야만 ᄒᆞᆸ니다」ᄒᆞ고십헛
셧다, 이외에 여러가지례를들어 셜명도ᄒᆞ고십헛셧다 그러나 이마
님입에셔ᄂᆞᆫ반드시 오날아츰에 다녀가신 할머니의 말슴과굿흔「얘
녯날에ᄂᆞᆫ 녀편네가 비ᄒᆞ지안아도 壽富多男수부다남ᄒᆞ고 잘만살아왓
다, 녀편네ᄂᆞᆫ 東西南北동서남북도몰나야 福복이만탄다, 얘 工夫공부ᄒᆞᆫ
女學生여학생들도 버리방아만찟케되더라, 사ᄂᆡ가 첩하나도 둘줄몰
느면 그거시사ᄂᆡ냐?」ᄒᆞᆫ 말슴과갓히 쏙이마님도 할줄 알앗다, 경
희ᄂᆞᆫ 쇠귀에경을읽지ᄒᆞ고 제입만압ᄒᆞ고 져만 오날져녁에쏘 이성각
으로 잠을못자게될거슬 성각ᄒᆞ엿다, 쏘말만시작ᄒᆞ게되면답々ᄒᆞ여
셔 속이불과갓히탈것 ᄌᆞ연 오ᄅᆡ동안되면 뒷마루에셔ᄂᆞᆫ 기다릴것을
성각ᄒᆞ야 차라리 일졀입을 담을엇다. 더구나이마님은 입이걸어셔
한말을드르면 열말쯤 그짓말을 붓틔여 女學生여학생의말이라면 엇
더튼지 흉만보고 욕만ᄒᆞ기로는 수단이용ᄒᆞᆫ줄을알앗다. 그리셔 이
마님귀에ᄂᆞᆫ 좀체름ᄒᆞᆫ변명이라든지 셜명도 조곰도 고지가들니지안
을줄도 짐작ᄒᆞ엿다. 그러고 어느ᄯᅥ 경희의 형님이 경희더러「얘 우
리시어머니압헤셔ᄂᆞᆫ 아모말도 ᄒᆞ지마라 더구나 시집이야기ᄂᆞᆫ 일졀
말아라, 女學生여학생들은예사로 시집말들을ᄒᆞ더라 아이구 망칙ᄒᆞᆫ
셰상도만하라 우리자라날씨ᄂᆞᆫ 어듸가 쳐녀가시집말을ᄒᆡ보아ᄒᆞ신
다그뿐아니라 여러 女學生여학생흄담을 어듸가셔 그러케듯고오시ᄂᆞᆫ

5 '영감'의 오기.

나혜석

지 듯고만오시면 쏙나드르라고 빗더노코 호시난말슴이 정말내동싱이 학성이여셔그런지 도모지듯기실터라, 日本일본가면 게집이버리너니 별々못드를말슴을 다호신단다 그러니 아모조록 말을조심히라」호 付托부탁을 밧은것도잇다. 경희는 쏘이마님 입에셔무슴말이 나올가보아 무음이조릿々々호엿다. 그리셔 다른말 시작되기前전에 뒷마루로다라날랴고 궁딍이가 들셕々々 호엿다.

「잇다가급히 입을 오라범 속적삼을호던거시잇셔々 가보아야 겟습니다」

고 경희는 알튼니가싸진이나만큼 시원하게 그압흘면호고 뒷마루로 나시며 큰슘을 한번쉬엇다.

「왜그리느겻소? 그리셔 그 아바지를 엇더케힛소」

오라버니듹은 그동안 버션한짝을다기워놋코 쏘한짝에 압벌을 듸이다가 경희를보자 무릅우에다가놋코 밧삭갓가이안즈며 궁금호든 이야기갓츨 칫쳐뭇난다. 경희의 눈쌀은 찝흐려졌다, 두쌤이실죽히졌다. 시월이는 빨닉를 기키다가 경희의얼골을 눈결에 실적보고 눈치를치엇다.

「자근아씨 셔문안듹 마님이쏘시집말슴을 호시지요?」아츰에 경희가 할머니다녀가신뒤에 마로에셔 흔자말노「시집을갈씨가더라도 하도여러번드르니까 인졔도모지 실여죽겟다」호든말을 시월이가 부엌에셔들엇다, 지금도 자셰히는 들니지안으나 그런말을 호는것갓힛다 그리셔 자근아씨의 얼골이 져러케 불냥호거니호엿다. 경희는 우셧다, 그리고 바누질을 붓들며 이야기갓츨 연속혼다. 안마루에셔는 如前여젼히 두마님은 셔로술도젼호며 담비도잡수면셔 경희의 말을혼다.

「이기가 바누질을 다히요?」

「녜 바누질도 곳잘ᄒᆞ요. 남경의 윗옷은못ᄒᆞ지요마는 제옷은
쒸미여입지요」

「아이구져런 어느틈에 바누질을 다비홧셔요, 양복속젹삼을다
ᄒᆡ요 학싱도 바누질을다ᄒᆞ나요」

이마님은 果然과연 女學生여학생은 바늘을 쥐울줄도모로ᄂᆞ줄알
앗다 더구나 경희와ᄀᆞ티 셔울노 日本일본으로쏘다니며 공부ᄒᆞᆫ다ᄒᆞ
고 덜넝ᄒᆞ고 쏙사ᄂᆡᆺ곳흔학싱이 제옷을 쒸미여입ᄂᆞᆫ다ᄒᆞᄂᆞᆫ말에 놀낫
다, 그러나 역시 속으로난 그바누질꼴이 오작할가ᄒᆞ엿다. 김부인은
ᄯᆞᆯ의 칭찬곳ᄒᆞ나 뭇난말에마지못ᄒᆞ야 ᄃᆡ답ᄒᆞᆫ다.

「어듸 바누질이나 졔법안져셔 비흘ᄉᆞ나잇나요, 그릭도차ᄾᆞ철
이나면 ᄌᆞ연히 의사가나ᄂᆞ 보아요, 가라치지아니ᄒᆡ도 졔절노ᄉᆞᄆᆡ
게 되던구면요, 어려은 공부를ᄒᆞ면의사가틔우나보아요,」

김부인은 말ᄭᆞᆺ을ᄭᅳᆫ엇다가 다시말을ᄒᆞᆫ다. 이마님귀에ᄂᆞᆫ 쏙거
짓말갓다.

「양복속젹삼은 작년여름에 南大門남대문밧게셔 日女일녀가와셔
가라치든 지봉틀바누질講習所강습소에를 날마다ᄾᆞ니며 비홧지요 제
족하들의 洋服양복도ᄒᆡ셔입히고 帽子모자도ᄒᆡ셔씨우고 쏘제오라비
여름양복ᄭᅡ지 ᄒᆡᆺ셔요, 日語일어를아니까 션싱ᄒᆞ고친ᄒᆞ게 되여셔 다
른사람에게ᄂᆞᆫ가라쳐주지안ᄂᆞᆫ것ᄭᅡ지 다가라쳐주더릭요, 낫에ᄂᆞᆫ 비
화가지고와셔ᄂᆞᆫ 밤이면 쏙열두시 식로한시ᄭᅡ지안져셔 비온거슬보
고 그ᄃᆡ로그리고 모다치수를젹고ᄒᆡᆺ셔요, 나는그게무엇인가ᄒᆞ엿더
니 나종에 지봉틀 회사감독이와셔그리ᄂᆞᆫ ᄃᆡ 「이제ᄭᅡ지 일어로만ᄒᆞ
거시야셔부인네들가라치기에 불편ᄒᆞ너니 ᄯᆞ님의민든칙으로 퍽유
익하게쓰겟습니다」ᄒᆞᄂᆞᆫ말에 그런것인줄알앗셔요, 춤가라치면 어
듸든지 그러케쓸ᄃᆡ가잇던구면요, 그ᄲᅮᆫ아니라 그졈잔은일본사룸들

의게도 엇지존딕를밧는지몰나요, 기이가왓단말을 어딕셔드럿는지 감독이일부러 일전에쏘차자왓셔요, 일본셔졸업ᄒ고는 긔어히ᄌ긔 회사의일을보아달나고ᄒ더리요, 쳐음에는 月級월급一千五百兩일천오 백냥은쉽디요 차々올느면三年삼년안에 二千五百兩이천오백냥은밧는다 는디요, 다른녀ᄌ는 제일만흔거시 七百칠백원냥이라는디 아마기이 는일본까지가셔공부ᄒᆫ짜닭인가보아요.져것도 기이가 지봉틀에한 것입니다」

ᄒ며 마즌편벽에유리에늘어걸어노은, 압헤물이흘느고 뒤에나 무가 총총ᄒᆫ 村촌景致경치를 턱으로 가라친다. 경희의 어머니는 결 코 여긔ᄭ지 쌀의말을할냐고한거시 아니엿다, 흔거시 自然자연 月 給월급말ᄭ지ᄒ게된거슨 不知中부지중에 여긔ᄭ지말ᄒ엿다. 김부인 은 다른부인닉들보다 더구나 이사돈마님보다는 훨신開明개명을ᄒᆫ 婦人부인일댜 根本근본性品성품도 결코 남의흉을보는부인은아니엿고 혹부인닉들이 모혀 녀학성의못된졈을 쓰닉여 흉을보던지ᄒ면 그럿 치안타고ᄭ지 반딕를ᄒᆫ젹도 만흐니 이거슨 딕긔ᄌ긔쌀경희를 몹 시긔특히아는ᄭ닭으로 녀학성은 바누질을못ᄒᆫ다든가, 쌀닉를아니 ᄒᆫ다든가, 살님살이를 할줄몰는다든가 하는말이 모다일부러흉을 민드러말ᄒ거니힛다. 그러나 공부ᄒ 셔 무엇ᄒ는지 왜경희가 일본 ᄭ지가셔 공부를ᄒ는지 졸업을ᄒ면 무어셰쓰는지는 역시 김부인도 다른부인과갓히몰낫다. 혹여러부인이모혀셔 따님은 그러케공부 를 식혀셔무엇ᄒ나요?질문을ᄒ면「누가아나요 이세상에는 게집이 라도 비화야ᄒᆫ다니까요」이러케ᄌ긔아들에게 늘드러오든말노 어 물々々딕답을흘뿐이엿다. 김부인은 과연알앗다. 공부를만히할스 록 존딕를밧고 월급도만히밧는거슬알앗다, 그러케 번질―흔양복 을닙고 금시게줄을느린 졈잔은감독이 조고마흔녀자를일부러 차자

250

와셔 절을수업시 ㅎ눈것이라든지, 종일, 한 달 三十日삼십일을 악을 쓰고 속을틱이눈 普通學校敎師보통학교교사눈 만ㅎ야 六百육백시무냥이고 普通보통五百兩오백냥인딕「천々히놀면셔一年일년에 평풍두짝만이라도 잘만노하주시면 月給월급은 꼭四十圓사십원식은듸리지요」 ㅎ눈말에 김부인은 과연 공부라는거슨 꼭히야할것이고 ㅎ면조곰ㅎ눈것보다 일본신지보닉셔식혀야만할거슬 알앗다. 그리고 어느날 져녁에 경희가「공부를ㅎ면 만히히야겟셔요 그리야 남의게존딕를 밧을쑨외라 져도사룸느릇을할것ㄱ히요」ㅎ든말이 아마이러셔 그릿던가브다ㅎ엿다. 김부인은 인제붓터눈의심업시 확실히 즈긔아들이경희를 왜일본신지보닉라고이를쓰던것 지금世上세상에눈 女子여자도 男子남자와ㄱ히 만히가라쳐야훌거슬 알앗다, 그리셔 김부인은 이제신지 누가「싸님은 공부를그러케식혀무엇ㅎ닉가?」무르면 등에셔 쌈이흐르고 얼골이 벌거케 취히지며 이럴씩마다아들만업스면 곳이라도 데랴다가 시집을보닉고십흔셩각도 만핫셧스나 지금셩각ㅎ니 아달이뒤에잇셔々 즈긔부부가경희를 데려다 시집을보닉지 못ㅎ게ㅎ거시 多幸다행ㅎ게生覺생각된다. 그러고 지금붓허는 누가뭇든지간에 녀즈도 공부를식혀야 의사가 나셔 가라치지아니ㅎ 바누질도할줄알고 일본신지보닉여 공부를만히식혀야 존딕를밧을것을 분명히 셜명신지라도할것갓다. 그리셔 오날도 사돈마님압혜셔도 부지즁여긔신지말을ㅎ눈 金夫人김부인의態度태도눈 조곰도 躊躇주저ㅎ눈빗도업고 그얼골에눈 깃붐이 가득ㅎ고 그눈에눈「나는 이러훈 영광을누리고 이러훈자미를본다」ㅎ눈 表情표정이가득ㅎ다.

사돈마님은 半信半疑반신반의로 엇더튼 듯신지들엇다, 쳐음에눈 물논거짓말노드를쑨만아니라, 속으로「너는 아마큰게집이를버려노코인졔 시집보닐것이걱졍이니까 져러케 업눈칭찬을ㅎ나보구나」 ᄒ며 이야기ᄒᄂ 金夫人_{김부인}의 눈이며 입을 노려보고안졋다.

그러나 이야기가 졈졈기러갈스록 그럴듯ᄒ다 더구나 監督_{감독}이왓드란말이며 尊待_{존대}를 ᄒ드란것이며 사ᄂ도 여간ᄒ 郡主事_{군주사}쯤은바랄수도업ᄂ 月給_{월급}을 二千兩_{이쳔냥식}지주겟드란말을 드를ᄯ는 셜마져러케식지 그짓말을할가 ᄒᄂ 싱각이난다, 사돈마님은 아직도 참말노ᄂ 알고십흐지안으나 엇젠지 김부인의말이그짓말갓지ᄂ아니ᄒ다. ᄯ벽에걸닌 繡_수도 確實_{확실}이 自己_{자기}눈으로볼ᄲ아니라 쉴식업시 박휘굴느ᄂ 裁縫_{재봉}틀소리가 當場_{당장}自己_{자기}귀에들닌다. 마님 ᄆ음은도모지이상ᄒ다. 무슨큰失敗_{실패}나 ᄒ것도갓다 良心_{양심}은 스스로自服_{자복}ᄒ엿다 「ᄂ가녀학성을 잘못알아왓다, 정말 이집 ᄯ과갓히 게집이도 공부를식혀야겟다 어셔우리집에가겨⁶⁾ ᄂ 우식히든 孫女_{손녀}ᄯ들을 ᄂ일붓허 學校_{학교}에보ᄂ야겟다고 ᄭ결심을힛다, 눈압히 암을々々히오고 귀가씽―ᄒ다, 아모말업시 눈만ᄲ먹々々ᄒ고안졋다. 뒤겻흐로 부러두러오는 시원ᄒ바람즁에는 졀믄우숨소리가 사졉시를 ᄭ트릴만치 자미스럽게 ᄊ혀드러온다.

二₂

「이더운ᄃ 자근아씨 무얼그러케ᄒ십니가?」

마루ᄭ헤 ᄯ함지를 힘업시노흐며 ᄯ을씻는다 얼골은 억죽々々얼고 머리ᄂ 평양머리를히셔언고 알눅달눅ᄒ 면주수건을 아므러케나 ᄊ나이가 ᄒ四十_{사십}假令_{가령}된 ᄯ장사는 의례히 하로에 한

---

6 '가셔'의 오기.

252

번式식 이집을 들닌다.

「심々ᄒ니까 작난좀ᄒ오」

瓊姬경희는 압치마를치고 마로꼿헤셔々 셧투른칼질노 파를쓴다.

「어느틈에 김치당그는거슬 다비흐셧셔요 날마다 다니며 보아야 자근아씨는 도모지 노으시는거슬 못보앗습니다, 冊책을보시지 안으면 글씨를쓰시고 바누질을 아니ᄒ시면 져러케 김치를 당그시고……」

「녀편네가 녀편늬할일을ᄒ는 것이 무어이그리신통할것잇쇼」

「자근아씨갓흔이나 그러치 어느女學生여학생이 그러케 ᄆ음을 먹는이가 잇나요」

썩장사는 무릅을치며 경희의 압흐로 밧삭앗는다 경희는 빙긋―시웃는다,

「그건 썩장사가 잘못안것이지 女學生여학생은 사롬아니요 女學生여학생도 옷을입어야살고 음식을 먹어야 살것아니요?」

「아이구 그릭게말이지요. 누가 아니리요 그러나 자근아씨갓치 그러케아는 녀학싱이어듸잇셔요?」

「자 稱讚칭찬만히밧엇스니 썩이나 한시무냥아치 살싸!」

「아이구 어멈을 져러케아시네 썩파러먹을냐고 그런거슨 아니야요」

변덕이듸룩々々ᄒ 두쌤의 살이 축처진다 그러고 너는 나를잘못 아는고나ᄒ는 怨罔원망으로 두둑ᄒ 입셜이 씻죽ᄒ다 경희는 겻눈으로 보앗다 그ᄆ음을 짐작ᄒ엿다,

「아니요 부러그릿지 稱讚칭찬을 밧으니까 조와셔……」

「아니야요 稱讚칭찬이아니라 정말이야요」 다시 정다이 밧삭안지며 허허……너털우쉽을한판 늬쉰다 「정말 몃히를두고 날마다다

니며 보아야 자근아씨처럼 낮잠한번도지무시지안코 쏙무엇을 ᄒ시
ᄂ아씨ᄂ 쳐음보앗셔요」

「썩장사오기前젼에자고 썩쟝사가가면 쏘자ᄂ걸 보지를못ᄒ
엿지」

「쏘져러케 우쉰말슴을 하시네 썩쟝사가아모씨나 아참에도다
녀가고 낫에도다녀가고 져녁씨도다녀가지 學校학교에다니ᄂ 學生학
생갓치 時間시간을맛처셔 다니나요!응?그러치안쇼?」ᄒ며 뒷마루에
셔 밋돌에풀갈고잇ᄂ 시월이를본다, 시월이ᄂ「그릭요 어듸가 압흐
시기 前젼에ᄂ 한번도 낮잠지무시ᄂ일업셔요」

「여보 썩장사 썩이다쉬면 엇지할나고 이러케 한가이안져셔 이
야기를ᄒ오」

「아니 관게치안아요」

썩장사의 말소릭ᄂ 아모힘이업다, 썩쟝사ᄂ 이자근아씨가「그
릭셔 엇겟쇼」ᄒ며 밧아만주면 이야기할것이 만핫다 져의집썩방
아 씻튼 일군에게셔드른 요시新聞신문에 어느녀학성이 學校학교간다
고나가셔ᄂ 멋칠아니드러오ᄂ고로 수식을ᄒ보니싸 어느사닉에게
쇠임을밧아서 쳡이되엿드란 말이며, 어느집에서ᄂ 며누리를 녀학
성을 엇어왓더니 버션깁ᄂ듸 올도차질쥴몰나 모다셋드로 듸엿드
란말, 밥을ᄒ엿ᄂ듸 반은틱엿드란말, 날마다 四方사방으로쏘다니며
平均평균한마듸식 들어온 녀학성의 흠담을ᄒ랴면 不知其數부지기수
이엿다. 그릭셔 이러케 신이나셔 무릅을치고 밧삭드러안졋셧스나,
경희의 말듸답이너머 冷냉졍ᄒ고 졈잔음으로 썩장사의 속에서 쌕쳐
오르든거시 어느듯 거품쩌지듯 쩌졋다. 썩장사의 ᄆ음은 무어슬일
흔것갓치 空然공연히 셔운ᄒ다, 썩바구미를 들고이러실가말가하나
엇젠지 싹이러실수도업다. 그릭셔 썩바구미를 두손으로눌는치로

안져서 모른체ᄒ고 칼질ᄒᄂᆞᆫ 경희의 모양을 아리위로 훌터도보고
마루를보며 션반우에언젼 소반의수효도셰워보고 精神정신업시 얼
ᄲ ᆞ진것곳히안졋다.

「흰썩 닷냥아치ᄒ고 ᄭᅵ피썩두냥반어치만닉노케」

김부인은 고흔돗자리위에 붓쳐질을 ᄒᆞ면서 두러누엇다가 ᄯ ᆞᆯ
경희의조와ᄒᄂᆞᆫ ᄭᅵ피썩ᄒ고 아들이잘먹ᄂᆞᆫ 흰썩을 닉노라ᄒ고 주
머니에서 돈을ᄭᅵᆫ다. 썩장사ᄂᆞᆫ 멀간이안졋다가 ᄭ ᆞᆷ작놀나 닉노ᄒ
라ᄂᆞᆫ 썩수효를몃번式식되푸리히 셰워셔 닉노코ᄂᆞᆫ 뒤도도라다보지
를안코 썩바귀미를이우고 나가다가다시이宅댁을오지못ᄒ면 썩을
못팔게될 生覺생각을ᄒ고「자근아씨 닉일쏘와요허々々」ᄒ며 뒤門
문을나셔々ᄂᆞᆫ 큰쉼을 쉬엇다. 生三八생삼팔두루막이고롬을달고안졋
든 경희의 ᄋ ᆞ라버니 되며 경희며 시월이며 셔로얼골들을 치여다
보며 말업시 씽긋씽긋웃ᄂᆞᆫ다 경희ᄂᆞᆫ 속으로깃버ᄒᆞᆫ다. 무어슬엇은
것갓다, 썩장사가 다시ᄂᆞᆫ남의흉을보지아니하리라 生覺생각할ᄯᅢ에
큰敎育교육을ᄒᆞᆫ것도갓다, 경희ᄂᆞᆫ 칼자루를들고안져셔 무슨 生覺생각
을공곰이ᄒᆞᆫ다.

「춤ᄋ ᆞ기ᄂᆞᆫ 못할거시 업다」

얼골에 愁色수색이가득ᄒᆞ야 실음업시 두손갈을 마조잡고 안졋
다가 簡單간단히 이말을ᄒ고난 다시 입을ᄭᅮᆨ담으며 한심을 산이ᄭᅥ지
도록쉬ᄂᆞᆫ 한녀인에게ᄂᆞᆫ 아모도 모로는 큰걱졍과 셜음이잇ᄂᆞᆫ것갓
다. 이녀인은 僅근二十年이십년동안이나 이집과親친ᄒ게 다니ᄂᆞᆫ녀인
이라 경희의兄弟형제들은 아주머니라ᄒ고 이女人여인은 경희의兄弟
형제를 조긔의 親친족하들갓치 貴愛귀애ᄒᆞᆫ다 그러셔 심々ᄒ여도 이집
으로오고 속이傷상할ᄯᅢ에도 이집으로와셔 웃고간다. 그런되 이녀
인의 얼골은 항상검은구룸이ᄭᅵ우고 조흔일을보던지 즐거은일을당

ᄒ던지 긋혜는 반드시 휘—한심을쉬우는 싸코싸인셜음의 原因원인을 알고보면누구라도 同情동정을아니 할수업다.

이女人여인은 노年년과부라 남편을일은後후로 哀切애절복통을하다가다만 滋味자미를 붓치고 樂낙을삼는거슨 千幸萬幸천행만행으로엇은 遺腹子유복자 壽男수남이잇슴이라, 하로지나면 壽男수남이도조곰 크고 한ᄒ지나면 壽男수남이가 한 살이는다, 겨울이면추울가 녀름이면 더울가 밤에자다가도 困곤히자는 壽男수남의투덕々々ᄒ 볼기짝을 몃번식 쭈덕々々ᄒ든 世上세상에둘도업는 貴귀ᄒ흔아들은 어느듯나이 十六歲십육세에이르러 四方사방에서 婚姻혼인ᄒ쟈는말이 싣일시업셧다. 壽男수남의어머니는 서로이 며나리를 엇어흔즈 滋味자미를볼것이며 남편도업시혼쟈 폐빅밧을 生覺생각을ᄒ다가 자리속에셔 눈물도 만히흘녓다, 그러나 항여이러케 눈물을흘녀 貴重귀중ᄒ 아들의게 사위스러올가보아 할수잇는ᄃ로는 슯흠을 깃붐으로돌녀 성각ᄒ고 눈물을 우슴으로이룰냐ᄒ엿다. 그리셔 알뜰살뜰이 돈이며 피물등속을 며누리엇으면 줄냐고모핫다, 唯一無二유일무이의 아들을장가듸리려넌ᄃ는 쓰리는것도만코 보는것도만핫다 그리셔 며누리션을 시어머니가보면 아들이가난ᄒ게산다고 ᄒ는고로 壽男수남의어머니는 일졀中媒중매에게 밋기고 궁합이맛는것으로만 婚姻혼인을 定졍ᄒ엿다 시며누리를엇고 아들과며누리사이에 玉옥갓흔손녀며 金금갓흔 손子자를 보아 집안이써들셕ᄒ고 滋味자미가퍼부울거슬 날마다 想像상상ᄒ며 기다리든며누리는 果然과연오날의 이한심을 쉬우게ᄒ는원수일다 열일곱에 시집온後후로八年팔년이되도록 시어머니 조고리하나도 쑤미여서 情多졍다히드려보지못ᄒ 철쳔지한을 시어머니 가슴에잉켜준 이며누리라. 壽男수남의 어머니는 本來본래性品성품이 順순ᄒ고 德덕스러움으로 아모조록 이며누리를 잘가라치고 잘민들냐고 이도無限무한이쓰고 남몰누게 腹腸복장도만히첫다, 이러면 나흘가 져러케ㅎ면 사름이될가ㅎ야 혼자궁구도만히ㅎ고 타일느고 가라치기도 數수업시ㅎ엿스나 어졔가오늘갓고 닉일도일반이라, 바눌을 쥐어주면 곳졸고안졋고 밥을하라면 죽은쑤어노으나 거긔다가 나이가먹어갈스록 무옴만엉쑹히가는거슨 더구나 사름을 기가막키게흔다. 이러ㅎ니 씨로속이傷상ㅎ고 날노기가막히는 壽男수남의 어머니는 이집에 올씨마다 이집며누리가 시어머니 져구리를 얌젼히ㅎ는거슬보면 나는이 며누리손에 져러케 져구리한아도 엇어입어보지를못ㅎ나ㅎ며 한심이나오고 경희의 부즈런흔거슬볼씨에 나는 왜 져런 민쳡흔 며누리를엇지못ㅎ엿는가ㅎ며 한심을 쉬우는거슨 즈연흔 人情인졍이리라. 그럼으로 이러케멀건이안져셔 경희의 김치당그는양을 보며 쏘 쩍장사가한참써들고간뒤에 간단흔 이말을 ㅎ는긋헤 한심을쉬우는 그얼골은 참아볼수가업다. 머리를 숙이고 골몰이 칼질ㅎ든 경희는 임의 이아주머니의 설음의原因원인을 아는터이라 그한심소리가 들니자 왼몸이씨르々ㅎ도록 同情동졍이간다, 경희는 이刺戟자극을 밧는同時동시에 이와갓치 朝鮮조선안에 여러不幸불행흔 家庭가졍의 形便형편이 方今방금 제눈압혜 보이는것곳하다. 힘잇게 칼자로々 도마를 탁치는 경희는 무슨 큰決心결심이나ㅎ는것갓다, 경희는 굿게 盟誓맹서ㅎ엿다 「내가 가질家庭가졍은 決결코그런 家庭가졍이아니다, 나쑨아니라 내子孫자손 내親舊친구내門人문인들의 민들家庭가졍도 決결코이러케 不幸불행ㅎ게ㅎ지안는다 오냐 내가쏙한다」ㅎ였다, 경희는 셩츙쑌다, 안부억에셔 쌈을 쌜々흘니며 풀쑤는 시월이를 짜러간다.

「얘 나ㅎ고하자 붓쓰막에 올나안져셔 풀막딕이로 졀냐?아궁이 압혜안져셔 씨울냐?엇던거슬 ㅎ엿스면 좃켓니?너하라는딕로 할

257

터이니, 두가지를 다할쥴안다」

「아이구 고만두셔요, 더운듸」

시월이는 더운듸 흔자풀을져면셔 불을씨너라고 쑹々흐든中중
이다,

「아이구 이년의 八字팔자」 恨歎한탄을흐며눈을멀건이쓰고 밀집
을 쓰러씨고안졋든씨라, 자근아씨의 이말흔마듸는 더운中중에 바
람갓고 괴로음에 우슘일다. 시월이는속으로 져녁진지에는 자근아
씨의질기시는 옥수々를 어듸가셔 맛잇는거슬 엇어다가 쪄셔듸려
야겟다」흐엿다, 마지못흐야.

「그러면 불을씨셔요 제가 풀은 져울거시니……」

「그리 어려은거슨 오리동안졸업흔 네가히라」

경희는 불을씨우고 시월이는 풀을졋는다, 위에셔는「푸々」「부
굴부굴」흐는소리, 아리에셔는 밀집의 탁々튀는소리 마치 경희가
東京音樂學校동경음악학교演奏會席연주회석에셔듯던 管絃樂奏관현악주
소리갓기도흐다 쏘아궁이 져속에서 밀집잦혜 불이딩기며 漸졈々불
빗이强강흐고 번지는同時동시에 차차아궁이씨지 갓가와지자 쏘漸
졈々 불꼿이 弱약히져가는것은 마치 피아노 져잦혜셔 이잦씨지 칠씨
에붕々흐던것이 漸졈々씽々흐도록되는 音律음률과갓히보힌다 熱心
열심으로 졋고안진 시월이는이러흔 滋味자미스러운거슬 몰누겟고나
흐고 제싱각을흐다가 져는 조곰이라도 이妙묘한美感미감을 늣길쥴
아는거시 얼마콤 幸福행복하다고도 싱각흐엿다, 그러나 져보다 몃
十百倍십백배 妙묘흔 美感미감을 늣기는者자가잇스러니 싱각할씨에
제눈을 씌여바리고도십고 제머리를 쑤듸려바치고도십다. 쌜건 불
꼿이 별안간 파란빗으로 變변흔다. 아―이것도 사롬인가 밥이앗갑
다흐엿다. 경희는 不知中부지중「滋味자미도 스럽다」흐엿다.

「뒤체 자근아씨는 별것도 다자미잇다고ᄒᆞ십니다, 쌀니ᄒᆞ면 쯰국물흐르는것도 滋味자미잇다ᄒᆞ시고, 마로걸니질을치시면, 아직안친 한편쪽마루의 쑤연거시 보기滋味자미잇다ᄒᆞ시고, 마당을쓸면 틔끌만하지는것이滋味자미잇다ᄒᆞ시고, 나종에는 무엇ᄭᅡ지 滋味자미잇다고ᄒᆞ실는지 뒤간에 구뎩 이쓸는것은 滋味자미잇지안으셔요?」

경희는 속으로 「오냐 물논 그것ᄭᅡ지 滋味자미잇게 보여야할거실다 그러나 ᄂᆡ눈은 언제나 그러케 밝아지고 내머리는 어느ᄯᅢ나 거긔ᄭᅡ지 發達발달될는지 불상ᄒᆞ고 寒心한심스럽다[7] ᄒᆞ엿다,

「얘 그런ᄃᆡ 말솟이나왓스니ᄭᅡ말이다 쌀니언제ᄒᆞ니?」

「왜요? 모릐는 ᄒᆡ야겟셔요」

「그러면 저녁ᄯᅢ 늣지?」

「아마 느질걸이요!」

「일즉 솟이나더라도 ᄀᆡ천에겨살아라 그러면 것는방아씨ᄒᆞ고 져녁히놀터이니 늣게드러와셔 잡수어라 ᄂᆡ손으로 한밥맛이 엇던가 보아라 히々々」

시월이도 갓치웃는다, 엇졔면 사ᄅᆞᆷ이 져러케 人情인정스러운가 ᄒᆞᆫ다, 누가 나먹으라고단참외나주엇스면 져자근아씨갓다듸리게 속으로 혼자말을ᄒᆞᆫ다. 果然과연 시월이는 이러케 고마운소리를드를ᄯᅢ마다 惶悚황송스러워엇지할수가업다, 그릐셔 입이잇스나 엇더케 말할쥴도모로고 다만 자근아씨의 잘먹는果實과실은아는지라, 졔게 돈이잇스면 사다가라도 듸리고십흐나 돈은업슴으로 사지는못ᄒᆞ되 틈々이어ᄃᆡ가셔 옥수수며 살구는 곳잘求구ᄒᆞ다가 듸렷다, 이러케 경희와 시월이ᄉᆞ이는 ᄉᆞ이가조흘ᄲᅮᆫ外외라 이번에 경희가 日本일본셔

7 기호 '」' 누락.

올쎄에 시월의 자식 點童점동이에게는 큰딕 이기네들보다 더조흔 作
亂작난감을 사다가준거슨 시월의 쎄가녹기前전씀지는 잇즐수가업다.

「애 그런데 너와 일할것이 쏙하나잇다」

「무엇이야요?」

「글세 무어시든지 내가하자면 ᄒ겟니?」

「암을얌요 ᄒ지요!」

「너 왜그러케 우물쑤뎡을 더럽게히놋니」

「도모지 더러워볼수가업다, 그러니 내일붓허 셜음질뒤에는 쏙
날마다 나ᄒ고 우물쑤뎡을 치우자 너혼자만 하라ᄂ거슨아니다 그
러케ᄒ겟니?」

「녜 제가 혼자날마다 치우지요」

「아니 나ᄒ고갓치히…… 滋味자미스럽게 하々々」

「쏘 滋味자미요?하々々々」

부엌이 쩌들셕하다. 안마루에셔 드르시든경희어머니는 쏘우
슴이 始作시작되엿군하신다.

「아이 무어시그리우순지 기이가오면 밤낫셋이몰겨다니며 웃
는소리 도모지 살는히못견듸겟셔요 젊어슬쎄는 말쏭구르는거시다
우숩다더니 그야말노 그런가보아요」

壽男수남어머니에게 對대ᄒ야 말을ᄒ다,

「웃는것밧게 조흔거시어듸잇습니가 듸에를 오면 산것갓습니다」

壽男수남어머니는 쏘 휘……한심을쉰다. 마루에 혼자쩌러져 바
누질ᄒ든 것는방식씨는 우슴소리가 들니자 한발에신을신고 한발에
집신을 쓸며 부엌 문지방을 드러시며.

「무슨 이야기오?나도……」ᄒ다.

260

「마누라 지무시오?」

李鉄原이철원은 사랑에셔 드러와 안방문을 열고 경희와 김부인
자는 모긔장속으로 드러신다. 김부인은 깜작놀라 니러안는다.

「왜그러셔요 어듸가便편치안으셔요?」

「아―니, 空然공연히 잠이아니와셔……」

「왜요?」

이씨에 마로壁벽에걸닌 自鳴鐘자명종은 한번을 쌩 친다,

「두러누어서 곰곰성각을ᄒ다가 마누라ᄒ고 議論의논을 하러두
러왓소!」

「무얼이오?」

「경회8)의 婚姻혼인일말이오 도모지 걱정이되여 잠이와야지」

「나역 그리요」

「이번 婚處혼처는 꼭놋치지를 말고히야지 그만한곳업소, 그新
郞신랑아버지되ᄂ者자고난 前전붓허 익슉히아ᄂ터이니싸 다시알아
볼것도업고 當者당자도 그만ᄒ면쓰지 別별兒孩아해어듸잇다 長子장
자이니싸 그만흔財産재산 다相續상속될터이고 쏘경희ᄂ 그런大家대가
집 맛며누리감이지……」

「글셰 나도 그만한 婚處혼처가업ᄂ줄 알지마ᄂ 제가그러케 열
길이나 쮜고실퇴ᄂ거슬 엇더케흔단말이요 그러케 실타고ᄒᄂ거슬
抑制억제로보늬엿다가 나종에不吉불길흔일이나잇스면 子息자식이라
도 그 怨罔원망을 엇더케 듯잔말이오……」

---

8 '경희'의 오기.

「아……니 不吉불길할일이 잇슬까닭이잇나 人品인품이 그만흔 것다. 秋收추수를 數千石수천석흐겟다 그만흐면 고만이지 그러면 엇더케흐잔말이오 게집이가 열아홉살이 적소?」

金夫人김부인은 잠々이 잇다, 李鉄原이철원은 혀를 툭々차며 後悔후회를흔다.

「내가 잘못이지 게집이를 일본까지 보늬다니 게집이가 시집가기를 실타니 그런망칙흔일이 어듸잇셔 남이알가보아무셥지 발셔 適合적합흔 婚處혼처를 몃군듸를놋첫스니 엇더케흐잔말이야— 아이……」

「그러면 婚姻혼인을 언제로흐잔말이오?」

져만 對答대답흐면 只今지금이라도 곳흐지 오날도 지촉片紙편지가왓는듸…… 已往이왕게집이라도그만치가라쳐노앗스니까 녯날처럼 父母부모끼리로할수는업고히셔 발셔 사흘씩 불너다가 타일느나 도모지 말을 드러먹어야지, 게집년이 되지못흔 固執고집은 왜그리 시운지 新郎신랑三寸삼촌은 긔어히 족하며누리를 삼아야겟다고 몃번을그리는지 모로는듸……」

「그뢰 무엇이라고 對答대답흐셧소?」

[9]글셰 남이붓그럽게 게집이더러 무러본다나, 무엇이라나 그리지 안아도 큰게집이를 일본까지보닛너니 엇더니흐고 욕들을흐는듸 그리셔 싱각히본다고 힛지」

「그러면 거긔셔는 기다리겟소그릐」

암 그게 발셔 올正月정월붓허 말이잇던것인듸 동늬집 시악씨밋고 장가못간다더니……」

___

9　기호 ‘「」’ 누락.

「아이 그러면 速속히 左名間좌명간10)決定결정을 늬여겟는듸 엇더케흐나 져난 긔어히 하든工夫공부를맛치기前전에는 죽여도 시집은 아니가겟다흐는듸 그리고 더구나 그런富者부자집에가셔 치마자락 느리고십흔무 음은 쑴에도 업다고흔다오 그리셔 제동성시집갈쩌도 제것으로히노은 고운옷은 모다주엇습넨다 비단치마속에 근심과 셜음이잇너니라고흔다오, 그말도올킨올어」

金夫人김부인은 自己자기도 남부럽지안케 이제것 富貴부귀흐게 살아왓스나 自己자기남편이 절머슬쩍 放蕩방탕흐여셔 속이傷상흐든 일과 鉄原철원郡守군수로갓늘쩌도 妾첩이 두셋식되여 남몰늬 속이쎡든生覺생각을흐고 경희가이런말을 할쩌마다 말은아니흐나 속으로 싸는네말이올타흔 젹이만핫다.

「아이 아니쎠운년 그릭기에 게집이를 가라치면 건방져셔 못쓴다는말이야……아직 철을믈너셔 그럿치……글셰 그것도 그럿치안소 오작흔집에셔 婚姻혼인을 쎡구로흔단말이오, 오작兄형이못나야 아오가 먼져시집을 가데란단말이오, 金判事김판사집도 우리집 內容내용을 다아는터이니까 婚姻혼인도흐자지 누가 쎡구로婚姻혼인흔집 시익씨를 데려갈냐겟소 아니이번에는 꼭히야지……」

夫人부인의 말을드르며 그럴듯흐게生覺생각흐든 李鉄原이철원은 이쎡쑤로 婚姻혼인흔 生覺생각을흐니 무음이 急급작히 조려진다. 그러고 성각할스록 이번 金判事김판사집 婚處혼처를 놋치면 다시는 그런門閥문벌잇고 財産재산잇는 婚處혼처를 엇을수가 업는것갓다 그리셔 두말할것업시 이番번婚姻혼인은 强制강제로라도 식힐決心결심이 이러난다. 李鉄原이철원은 벌쩍이러션다.

10 '左右間좌우간'의 오기.

「게집이가 工夫공부는 그러케히셔 무엇히?그만치알앗스면 고만이지 일본은 누가쏘보늬기는 하구? 이번에는 無關무관늬지긔어히 그婚處혼처후고히야지, 늬일 쏘한번불너다가 아니듯거든 쏘무를것업시 곳히버려야지……」

怒氣노긔가 가득후다. 金夫人김부인은 「그러케후시요」 라든지 「마시오」 라든지 무어시라고 對答대답홀수가업다 다만 실엄업시 自己자긔가 風病풍병으로 누울쩌마다 경희를 시집보늬기젼에 도라갈가 보아 아실々々후든성각을후며」[11] 싸는 하나남은 경희를 마져 내生前생전에 시집을보늬노아야 내가 죽어도 눈을감겟는듸」홀쑨이다.

李鉄原이철원은 이러시다가 다시안지며 나직한소리로뭇는다,

「그런듸 日本일본보늬셔 버리지는 아는貌樣모양이오?」

「아니요 그前전브다 더부지런히졋셔요 아춤이면 第一제일몬져 이러납녠다 그리셔 마루걸늬질이며 마당이며 멀거케치여놋치요 그쑨인가요 썩허면 썩방아다 씻토록 체질히주기……그리게 시월이는 조와져 죽겟다지요……」

金夫人김부인은 果然과연 경희의 날마다 일후는거슬 볼쩌마다 큰安心안심을 漸漸점점차잣다. 그거슨 경희를 日本일본보늬後후로는 남들이 非難비난홀쩌마다 입으로는 말을아니후나 恒常항상 무음으로 念慮염려되는거슨 경희가 萬一만일에 日本일본꺼지 工夫공부를갓다고 난체를혼다든지 工夫공부혼 威勢위세로 산이갓치 안져셔 먹자든지후면 그꼴을 엇더케 남이붓그러워 보잔말인고 후고 未嘗不미상불 걱정이된거슨 어머니된者자의 쌀을 사랑후는 自然자연혼 情정이라. 경희가 日本일본셔오든 그잇흔날붓허 압치마를치고 부억으

11 기호 ‘「’의 오기.

264

로 드러갈씨에 오릭간만에 쉬우러온쌀이라 말니기는 ᄒ엿스나속
으로는 큰숨을쉬울만치 安心안심을 엇은거시다. 경희家族가족은 누
구나다아는바와ᄀᆞ티 경희의 마루걸네질 다락 벽장치움시는 前전
붓허 有名유명ᄒ엿다 그리셔 경희가 서울學校학교에잇슬씨 一年일년
에 셰번式식 休暇휴가에오면 依例의례히 다락 벽장이 속々시지 沐浴
목욕을ᄒ게되엿다, ᄯᅩ 金夫人김부인의ᄆᆞᄋᆞᆷ에도 경희가 치우지안으
면 아니맛도록되엿다, 그리셔 다락이 지져분ᄒ다든지 벽장이 어수
션ᄒ게되면 발셔 경희의 올날이 몃칠아니남은거슬안다, 그러고 경
희가 집에온 그잇흔날은 경희를 보러오는 四寸사촌형님들이며 할머
니 큰어머니는 한번式식 열어보고「다락 벽장이 粉분을발낫고나」ᄒ
시고「ᄭᅢ긋ᄒ기도ᄒ다」ᄒ시며 稱讚칭찬을ᄒ시셧다 이거시 경희가
집에가는 그前전날밤붓허 깃버ᄒ는것이고 경희가 집에온 第一제일
의標蹟표적이엿다, 金夫人김부인은 이번에 경희가 日本일본셔오면 年
년々셰번式식 沐浴목욕을식혀주든 다락벽장도 치여주지 아니홀줄만
알앗다. 그러나 경희는如前여전히 집에 到着도착ᄒ면셔 父母부모님의
게 인사엿줍고는 첫번으로 다락 벽장을 열엇다그러고 그잇흔날 終
日종일 치웟다. 그런듸 이번 경희의 掃除方法소제방법은 前전과는 全전
혀 달느다. 前전에 경희의 掃除方法소제방법은 機械的기계적이엿다 東
동쪽에 노핫든 祭器제기며 西서쪽壁벽에걸닌 표주박을 씰고 문질너
셔는 그노핫든자리에 그ᄃᆡ로노흘줄만알앗다 그리셔 잇던 검의줄
만업고 싸혓든 몬지만 터르면이거시 掃除소제인줄만알앗다, 그러나
이번掃除法소제법은달느다, 建造的건조적이고 應用的응용적이다 家庭
學가정학에셔비흔 秩序衛生學실서위생학에셔비흔 整理정리, ᄯᅩ圖畵時
間도화시간에비흔 色색과色색의調和조화, 音樂時間음악시간에 비흔 長短
장단의音律음률을 利用이용ᄒ야 只今지금ᄭᅡ지의 位置위치를 全전혀 ᄯᅳ

265

더고치게된다. 磁器자기를 陶器도기엽헤다도 노하보고 七疊칠첩반상을 漆器칠기에도 담아본다, 주발밋헤는 주발보다 큰사발을 밧쳐도본다 흰銀은징반위로 노로소름흔 종골방아치도 느려본다, 큰항아리다음에는 瓶병을논는다. 그러고 前전에는 컹컴흔 다락속에서 몬지닉암식에 눈쌀도 씹흐렷슬뿐外외라 終日종일쌈을흘니고 掃除소제흐는거슨 家族가족의게드를 稱讚칭찬의 報酬보수를밧을냐홈이엿다. 그러나 이번에는 이것도달느다 경희는 컹컴흔속에서 제 몸이 이리져리 運動운동케되는거시 如干여간 滋味자미스럽게 生覺생각지안앗□.[12] 일부러 비짜루를 놋코 쥐똥을집어 닉암식도맛하보앗다, 그러고경희가 終日종일일흐는거슨 아모바라는 報酬보수도업다 다만 제가져할일을 흐는것박게 아모것도업다. 이러케 경희의 一動一靜일동일정의 內幕내막에는 自覺자각이生생기고 意識的의식적으로되는 同時동시에 外形외형으로 活動활동할일은 씩로만하진다그리셔 경희는 할일이만타 萬一만일경희의 親친흔 동모가 잇셔々 경희의 할일中중에 하나라도히준다하면 비록 그物件물건이 경희의 손에 잇흐더라도 그거슨경희의것이아니라 동모의것일다. 이럼으로 경희가 조흔거슬갓고십고 남보다만히 갓고십흘진딘 경희의 힘으로能능히할만한 일은 항여나 털끗만흔일이라도 남더러히달나고할거시 아닐다 조곰이라도 남의게 쎄앗길거시아닐다. 아々多幸다행일다 경희의 넙적다리에는 살이 쎳고 팔둑은 굴다 경희는 이살이다싸져서거를수가업슬씩까지 팔둑이힘이업셔 느러질씩씨지 할일이 無限무한일다. 경희의 가질物件물건도 無數무수흐다, 그럼으로 낫잠을 한번자고나면 그時間시간자리가 完然완연히턱이난다. 終日종일일을흐고나면 경

12 '안앗다'로 추정.

희는 반드시 조곰式씩자리난다[13] 경희의 갓는거슨 하나式씩 느러간다, 경희는 이러케 아춤붓허 저녁신지엇기爲위호야 자라갈慾心욕심으로 제 힘샛 일을혼다.

李鉄原이철원도 自己자기쌀의 일호눈거슬 날마다본다 쏘속으로 긔특호게도역인다, 그러나이러케 自己자기夫人부인에게 무러본거슨 李鉄原이철원도亦是역시 金夫人김부인과갓히 경희를 自己자기아들의 勸告권고에못익이여 日本일본신지보뉘엿스나 恒常항상버릴가보아 念慮염려되든거슨 事實사실이엿다 그럼으로 오날져녁에 夫婦부부가안져셔 婚處혼처에對대흔 걱정이라든지 그이 버릴가보아念慮염려호든거슬 安心안심호는 父母부모의 愛情애정은 그두얼골에 씌운 우숨속에 가득호다아모러흔 知友지우며 兄弟형제며 孝子효자인들 엇지이 父母부모가 念慮염려호시는 念慮염려 깃버호시는 참깃붐갓흐리오. 李鉄原이철원은 婚姻혼인호자고할곳이업슬가보아 밧싹조엿든 무음이 조곰 누구러젓다. 그러나 마루로나려시며 마른 기침한번을호며「내일은 世上세상업셔도 호여야지」호는 決心결심의말은 누구의 命令명령을가지고라도 能능히씨틔릴수업슬것갓치 보힌다.

신벽닭이 새눌을告고혼다, 싸마튼밤이 白色백색으로 활작열닌다, 同窓동창[14]의 障紙장지한편이 次차々 밝아오며 모긔張장흔쯧흐로 붓허 漸점々 연두식을 물듸린다, 곤히자든 경희의 눈은씌윗다 경희는 쏘오날 終日종일의 제 일을始作시작홀 깃붐에 醉취호야 벌쩍이러나셔 방을 나신다.

<hr>

13 '자라난다'의 오기.
14 '東窓동창'의 오기.

씨는 正정이午正오정이라 안마루에서는 뎜심상이 버려젓다, 경희는 舍廊사랑에서 드러온다, 시월이며 거는방형님은 간절히 점심 먹기를 勸권ᄒ나 드른체도아니ᄒ고 골방으로 드러시며 四方사방房門방문을 꼭々닷는다. 경희는 흙々 늣겨운다, 방바닥에 업듸리기도 ᄒ다가 이러안기도ᄒ고 쏘 이러서々 壁벽에다 머리를 부듸친다 기둥을 불쏜안고 핑핑돈다. 경희는 엇지흘줄몰나 썰々민다 경희의 조고마흔 가심은 불갓히 타온다, 걸닌手巾수건자락으로 눈물을씨스며 이짜금 ᄒ는 말은「아이구 엇지ᄒ나……」할쑨이다. 그러고 이집에 잇스면 밥이 업셔지고 옷이업셔질터이니까 나를 어서 다른집으로 쫏칠냐나보다 ᄒ는 怨罔원망[15]도 生생긴다 마치 이넓고넓은 世上세상우에 제조고마흔 몸을둘곳이업는것갓치도 셩각난다 이런쓸듸업고 주제시러은거시 왜싱겨낫나흘씨마다 쓴쳣든눈물은 다시비오듯 쏘다진다. 누가 와셔 萬一만일 말닌다ᄒ면 그사룸하고 쌰흠도할것갓다, 그러고 그사룸의 머리를 한번에 잡아쏀불것도갓고 그사룸의 얼골에서 피가 늬물과갓히 흐르도록 박々 할퀴고 쥐여트들것도갓다 이러케 四方사방窓창이 꼭々닷친 조고마흔 어둠침々흔 골방속에서 이리부딋고 져리부딋는 경희의 運命운명은 엇더흔가!

경희의 압헤는 只今지금두길이잇다 그길은 희미ᄒ지도안코 쏘 렷흔두길일다. 한길은 쌀이 穀間곡간에싸히고 돈이만코 貴귀염도밧고 사랑도밧고 밟기도쉬울 黃土황토요 가기도쉽고 찻기도어렵지안은 坦탄々大路대로일다. 그러나 한길에는 제팔이압흐도록 버러방아

15 '怨望원망'의 오기.

268

를찌여야 겨오 엇어먹게되고 終日종일쌈을흘니고 남의일을히주어야 겨오몃푼돈이라도 엇어보게된다 이르는곳마다 賤待천대쑌이오 사랑의맛은 쑴에도맛보지 못할터이다 발쑤리에셔피가흐르도록 험흔 돌을 밟아야흔다, 그길은 쑥쩌러지는 絕壁절벽도잇고 날카라은 山頂산정도잇다 물도건너야ᄒ고 언덕도넘어야ᄒ고 數수업셔[16] 쏘부러진길이요 갈수록 險험ᄒ고 찻기어려온길일다. 경희의 압혜잇는 이두길中중에 하나를 오날擇택히야만ᄒ고 只今지금즉定정히야흔다. 오날擇택흔以上이상에는 니일밧글수업다 只今지금定정흔 무음이 잇싸가急變급변흘理리로 萬無만무ᄒ다. 아ᄉ 경희의 발은 이두길中중에 어느길에 니노아야홀가 이거슨 敎師교사가 가라칠것도아니고 親舊친구가잇셔ᄉ 忠告충고흔뒤도 쓸뒤업다 경희 제몸이 져갈길을 擇택ᄒ야만 그거시오리維支유지할것이고 제精神정신으로흔거시라야 變更변경이 업슬터이다. 경희는 쏘한번 머리를 부딋고「아이구 엇지ᄒ면 조흔가!」흔다.

경희도 女子여자다. 더구나 朝鮮社會조선사회에셔 사라온女子여자다. 朝鮮조선家庭가정의 因襲인습에 파뭇친 女子여자다. 女子여자라는 溫良柔順온량유순히야만 쓴다는 社會사회의 面目면목이고 女子여자의 生命생명은 三從之道삼종지도라는 家庭가정의 敎育교육일다. 니러실냐면 壓迫압박ᄒ랴는 周圍주위요 움직이면 四方사방에셔 드러오는辱욕이다 多情다정ᄒ게 손붓잡고 忠告충고주는 동모의말은 열사룸한입 갓치「便편ᄒ게 前전과갓히살다가 죽읍세다」흠일다. 경희의 눈으로는 비단옷도보고 경희의 입으로는 藥食약식煎骨전골도먹엇다 아ᄉ 경희는 어느길을 擇택ᄒ여야 當然당연흔가? 엇더케 살아야만 조흔

16 '업시'의 오기.

가? 마치 갈가에 탄평으로 몸을느러 기어가든 비암의 꽁지를 집힝
이잇으로 조곰 근드리면 느러졋든몸이 밧싹옥으러지며 눈방울이
드룩々々ᄒ고 쌘족흔 혀를 毒氣독기잇게 자조느미는 貌樣모양갓치
이러흔 싱각을 할쩌마다 경희의몸에 미달닌 두팔이며 느러진 두다
리가 밧싹 가슴 속으로 비속으로 옥으라 드러온다 마치 어느作亂작
란감商店상점에노은 듸가리와 몸딍이쓴인 作亂작란감갓치된다. 그러
고 十三貫십삼관의 体重체중이 急급작이 白紙백지한장만치되여 바람에
날니는것갓다. 쏘머리속은 져도 알만치 찡ᄒ고 셔—늘히진다, 눈도
쌈작으릴쥴몰누고壁벽에 구멍이라도 쑤를것갓다. 등에는 쌈이 흠
쌕괴이고 四指사지는 죽은사롭과갓히 차듸차다.

「아이구 엇지ᄒ면 조흔가—」

경희는 벙어리가된것갓다 아모말도 할쥴몰누고 쏙한마듸 할
쥴아는말은 이말쑨일다.

경희는 제몸을 만져본다, 왼편손목을 바른便편손으로, 바른便
편손목을 왼便편손으로 쥐여본다 머리를 흔들어도본다 크지도안코
조고마흔이몸…… 이몸을엇더케셔야홀가이몸을 어듸로向향ᄒ여
야 조흔가…… 경희는다시 제몸을 위에셔붓허 아리ᄭ지 훌터본다,
이몸에 비단치마를느리고 이머리에 翡翠玉簪비취옥잠을소져볼가 大
家宅대가댁맛매누리 얼마나 威嚴위엄스러울가, 시이기 시식씨노름이
얼마나 滋味자미잇슬가? 媤父母시부모의 사랑인들얼마나 만흘가, 只
今지금이러케 賤童천동이든 몸이 父母부모님의게 얼마나 貴귀염을 밧
을가 親戚친척인들 오작부러워ᄒ고 우러々 □가[17] 잘못ᄒ엿다 아々
잘못ᄒ엿다. 왜 아바지가 「定정ᄒ자」ᄒ실쩌에 「녜」ᄒ지를못하고

---

17 '볼가'로 추정.

「안되요, 힛나, 아々 왜그릿나, 엇더케할냐고 그러케 對答대답을 ᄒ
엿나! 그런 富貴부귀를 왜실타고힛나, 그런자리를 놋치면 나종에 엇
지ᄒ잔말인가 아바지말습과굿히 苦生고생을 몰나 그런가보다 철이
아니나셔 그런가보다 「나종에 後悔후회ᄒ리라」ᄒ시더니 발셔 後悔
莫及후회막급인가보다, 아々 엇지ᄒ나 씨가더듸 기前전에 只今지금舍
廊사랑에나가셔 아바지압체 自服자복할가보다 「졔가 잘못生覺생각ᄒ
엿습니다」고 그러케할가? 아니다 그러케할터이다, 그거시 適當적당
ᄒ길일다. 그러고 구치안은 工夫공부도고만둘터이다, 가지말나시ᄂᆞᆫ
日本일본도 ᄯ다시 아니가겟다, 이길인가보다 이길이밟을길 인가보
다 아그러케定졍ᄒ자 그러나……

　　「아이구, 엇지ᄒ면 됴흔가……」

　　경희의 눈은 말쏭ᄒᆞ다 全身전신이 千斤萬斤천근만근이나되도
록무거워졋다 머리위에ᄂᆞᆫ 큰 銅鐵동철투구를 들씨운것갓치 무겁다
옥으 러졋든 두팔두다리는 어느덧 나와셔 쳑느러졋다. 도로 全身
전신이 옥으라진다. 엇지할냐고 그런大胆대담스러은 對答대답을ᄒ엿
나 ᄒ고 아바지가 「게집이라ᄂᆞᆫ거슨 시집가셔 아들쌀낫코 媤父母시
부모[18]셤기고 남편을 恭敬공경ᄒ면 그만이니라」ᄒ실ᄯᅢ에 「그거슨 녯
날말이야요, 只今지금은 게집이도 사름이라히요 사름인以上이상에는
못할거시업다고히요 사ᄂᆡ와굿히 돈도 버를수잇고 사ᄂᆡ와굿히 벼
슬도할수잇셔요 사ᄂᆡᄒᆞᄂᆞᆫ거슨 무어시든지ᄒᆞᄂᆞᆫ 世上세상이야요」ᄒ
든 生覺생각을ᄒ며 아바지가 담비ᄃᆡ를드시고 「머엇졔고엇졔 네까짓
게집이가 하긴무얼히 日本일본가셔 하라ᄂᆞᆫ工夫공부난아니ᄒ고 貴귀
ᄒ돈업시고 그까짓 엉뚱ᄒ소 리만비화가지고왓셔?」ᄒ시든 무셔운

18　'媤父母시부모'의 오기.

271

눈을 싱각ᄒ며 몸을 흠칠한다.

　果然과연그럿타 나갓흔거시 무얼ᄒ나, 남들이ᄒᄂ말을 흉늬ᄉ
ᄂ거시 아닌가 아ᄉ 果然과연 사룸노릇ᄒ기가 쉬울거시아닐다, 男子
남자와 굿히 모—든거슬 ᄒᄂ女子여자ᄂ 平凡평범ᄒ 女子여자가아닐터
이다 四千年來사천년래의 習慣습관을 ᄶᆡ트리고나시ᄂ 女子여자ᄂ 웬만
ᄒ 學問학문 如干여간ᄒ 天才천재가아니고셔ᄂ 될수업다, 나파룬時代시
대에 巴里파리의 全전人心인심을 움직이게ᄒ든 ᄉ라아루 夫人부인[19]과
갓흔 微妙미묘ᄒ 理解力이해력 饒舌요설ᄒ 雄辯웅변 그러ᄒ 機才기재ᄒ
社會的사회적 人物인물이아니고셔ᄂ 될수업다, 사라셔 오루렌을 救구
ᄒ고 死사홈에 佛蘭西불란서를 救구ᄒ닌 ᄶᅡᆫ닥ᄏ갓흔 百折不屈백절불굴
의 勇進용진 犧牲희생이아니고셔ᄂ 될수업다. 達筆달필의 論文家논문가
明快명쾌ᄒ 經濟書경제서의 著者저자로 일흠이날닌 英國女權論영국여권
론의 勇將용장 횟드夫人부인[20]과갓흔 語論어론에 精勁정경ᄒ고 意志의지
가强固강고ᄒ者자가 아니고셔ᄂ 될수업다, 아ᄉ 이러케 쉽지못ᄒ다
이만ᄒ 實力실력, 이러ᄒ 犧牲희생이 드러야만되ᄂ 것이다.

　경희가 이제것비왓다ᄂ 學問학문을 톡ᄉ터러모하도 그거슨 ᄶᅡᆷ
작놀날만치 아모것도업다. 남이 제압헤셔 춤을추고 노릐를ᄒ나 춤
으로조와홀쥴을몰누고 眞情진정으로 우셔줄ᄉ을몰누ᄂ 自痴자치[21]
갓흔 感覺감각을 가젓다. 한마듸 對答대답을할냐면 얼골이 벌게지고
語序어서를 차질줄몰누ᄂ 鈍舌둔설을 가젓다. 조곰苦고로오면 실여,
조곰맛기만ᄒ여도 慟哭통곡을ᄒᄂ 못된臆病억병이잇다, 이사룸이 이
릐ᄂ듸로 져사룸이 져릐ᄂ듸로 東風동풍부ᄂ듸로 西風서풍부ᄂ듸로

19　'스탈 부인'의 일본식 표기. 18세기 프랑스의 여성 작가.
20　'이사벨라 포드'의 일본식 표기. 영국의 사회개혁가, 여성참정권론자, 작가.
21　'白痴백치'의 오기.

씰니고 짜라가도 곳칠수업시 衰弱쇠약흔 意志의지가 드러안젓다 이
거시 사룸인가, 이거슬 가진爲人위인이 사룸노릇을ᄒ잔말인가, 이
까짓 남들다아는「 」쯤의學問학문으로, 남들도쥐울줄아는 三時삼시
밥먹을씨 을흔손에 숙가락잡을줄아는것쯤으로는 발셔 틀녓다, 어
림도업는 虛榮心허영심일다. 萬一만일古今고금事業家사업가의 各각婦부
인들이 알면 코우슘을 우슬터이다, 정말 엉쑹흔소리다,「아이구 엇
지ᄒ면 조흔가……」

여긔ᄭ지 제몸을 反省반성흔 경희의 生覺생각에는 져를 맛며누
리로 데려갈냐는 金判事김판사집도 싹ᄒ다. ᄯ 져갓흔 천치가 그런
富貴부귀흔 宅댁에셔 데려갈냐면 고기를슉이고 녜々小女소녀를 밧치
며 얼는가야할거시 當然당연흔일인딕 실타고ᄒ는거슨 제가生覺생각
ᄒ여도 괫씸흔일々다, 그리고 아바지며 어머니며 其外기외 여러親
戚친척 할마니 아자마니가 져를 볼씨마다 시집못보닐가보아 걱정들
을 ᄒ시는것이 當然당연흔 일인것도갓다

경희는 이제ᄭ지 비나쪽진 夫人부인들을 보면 미오 불상이生覺
생각ᄒ엿다,「져거시 무어슬알고 져러케 어룬이되엿나 남편에게對
대흔 사랑도몰누고 機械기계갓히 本能的본능적으로만 져러케 금수와
갓히 살아가는구나 子息자식을 貴愛귀애ᄒ는거슨 밥이나만히먹이고
고기나만히먹일줄만알앗지 조흔學問학문을 가라칠줄은 몰누는고
나 져것도 사룸인가」ᄒ는 驕慢교만흔 눈으로보아왓다. 그러나 윈일
인지 오날은 그夫人부인늬들이 모다壯장ᄒ게 보인다셜거질ᄒ는 시
월이머리에도 비녀가쪽져진거시 져보다 훨신나흔것도갓치보인다.
담사이로 農民농민의 子息자식들의 우는소리가 들니는깃도 져보다
훨신나흔 ᄯᆫ世上세상갓다, 아모리生覺생각ᄒ여도 져는 져갓흔 어룬
이 될수업는것갓고 제몸으로는 져와갓흔 아희를 나을수가업는것갓

273

다,「져와갓히 이러케 가기어려은 시집을 엇지면 그러케들만히갓고 져와갓히 이러케 어렵게 子息자식의 敎育교육을 이리져리궁구ᄒᆞ는거슬 져러케 쉬웁게 잘들 살아가누」生覺생각을ᄒᆞᆫ즉 져는아모것도아니다, 그夫人부인들은 自己자기보다 몃十倍십배 낫다.

「엇더케 져러게들 쉬움게 비나들을 쪽지게 되엿나?엇지면 져러케 子息자식들을만히나하가지고 구슌히들 잘사누 참장ᄒᆞ다」

경희는 성각ᄒᆞᆯ사록 그늬들이 壯장ᄒᆞ다, 그리고 져는 이러케도 시집가기가 어려운거시 도모지 異常이상스럽다,「그婦人부인늬들이 壯장한가? 내가壯장혼가?이婦人부인늬들이 사람일가?내가 사롭일가?」이矛盾모슌이 경희의 깁흔잠을 ᄭᅢ우는 큰煩悶번민일다.「그러면 엇지ᄒᆞ여야 壯장홈 사롭이되나」ᄒᆞ는거시 경희의 머리가 무거워지는 苦痛고통일다.

「아이구 엇지하나 내가그러케 될줄알아슬가……」

한마듸가 느럿다, 同時동시에 경희의 머리ᄭᅳ시 웃쩍 위로올나간다, 그리고 경희의 썬ᄉᆞᄒᆞᆫ얼골 넙적ᄒᆞᆫ입 길죽ᄒᆞᆫ四指사지의 形狀형상이 모다 슬어지고 조고마ᄒᆞᆫ 밀집ᄭᅳ세 ᄭᅡᆷ막ᄉᆞᆨᄉᆞᆨᄒᆞ는 불꼿갓흔 무어시 바람에 ᄯᅥ러잇는것갓다. 房방만은 훅군ᄉᆞᆨᄉᆞᆨᄒᆞ다, 不知中부지중에 四方사방窓창을 열어제첫다.

ᄯᅳ거은 强강ᄒᆞᆫ 光線광선이 瞥眼間별안간에 왈칵듸드는거슨 편쌈군의 兩便양편이 六모방밍이를들고「자……」ᄒᆞ며 듸드는것갓히 ᄭᅡᆷ짝놀날만치 强강ᄒᆞ게 쏘여드러온다. 五色오색이 混雜혼잡ᄒᆞᆫ 百日紅백일홍 活年花활련화우으로는 連絡不絶연락부절히 호랑나비 노란나비가 오고가고ᄒᆞᆫ다, 비나무우에 ᄭᅡ치버금자리에는 ᄭᅡ만 식기 듸가리가 들낙나을낙ᄒᆞ며 어미ᄭᅡ마귀가 먹을것가지고오는거슬 기다리고잇다. 답ᄉᆞ리그늘밋헤는 탑실기가 ᄭᅵ러져 쿨ᄉᆞᆨ자고잇다. 그비는 불눅

흥다. 울타리밋흐로 굼벵이집으러 다니는 어미닭의 뒤로는 듸여셧 마리의 병아리가 줄々싸라간다. 경희는얼싸진것갓히 멀간—니안 져셔 보다가 몸을 일부러 움지기엿다.

져것! 져것은 긔다. 져것은꼿이고 져거슨 닭이다. 져것은 빈나 무다 그리고 져긔미달닌거슨비다. 져 하눌에 쓴거슨 싸치다. 져것 은 항아리고 져것은 절구다.

이러케 경희는 눈에보이는듸로 그名稱명칭을 불너본다, 엽헤노 힌 머리창도싼져본다[22] 그우에 긔여셔언진 면주이불도 씨다듬어본 다.「그러면 내 名稱명칭은 무어신가? 사롬이지! 쏙사롬일다.[23]

경희는 壁벽에걸닌 体鏡체경에 제몸을 비최여본다. 입도버려보 고 눈도숨직여본다 팔도드러보고 다리도 늬여노아본다 分明분명히 사롬貌樣모양일다 그리고 두러누은 탑실긔와굼벵이 찍으러다니는 닭과 쏘싸마귀와 져를 比較비교히본다. 져것들은 禽獸금수卽즉下等 動物하등동물이라고 動物學동물학에서 비홧다. 그러나 져와갓치 옷을 입고 말을흐고 거러다니고 손으로일흐는거슨 萬物만물의靈長영장인 사롬이라고 비홧다 그러면 져도이런 貴귀혼 사롬이로다.

아々 對答대답잘힛다, 아바지가 [24]그리로 시집가면 됴흔옷에 生前생전비불니 먹다가 죽지안켓니?」흐실씨에 그무서운 아바지압 헤서 平生평생처음으로 벌々썰며 對答대답흐엿다「아바지 顔子안자 의말슴에도 一簞食일단사와一瓢飮일표음에 樂亦在其中낙역재기중이라 는 말슴이업습니가?먹고만살다죽으면 그거슨사롬이아니라 禽獸금 수이지요, 버리밥이라도 제努力노력으로 제밥을 제가먹는거시 사롬

---

22 '만져본다'의 오기.
23 기호 '」' 누락.
24 기호 '「' 누락.

인줄압니다, 祖上조상이버러논밥 그거슬그듸로밧은 남편의그밥을 쏘그듸로엇어먹고잇는거슨 우리집 기나一般일반이지요」ᄒ엿다」[25]
그럿타 먹고죽으면 그거슨 下等動物하등동물일다, 더구나 제손구락 하나 움직이지안코 祖上조상의 財物재물을밧아가지고 제가민들거는 둘겨쳐노코 밧은것도 쓸줄몰나술이나 妓生기생에게 쓸듸업시 浪費낭비ᄒ는 사룸이아니라 禽獸금수와갓히 비쑤디리다가 죽는富者부자들의 家庭가정에는 別별々 悲慘비참흔 일이만타 殆태히 禽獸금수와 區別구별을할수도업는일이만타 그런者자는 사룸의 가족을 暫間잠간비러다가 쓴것이지 조곰도 사룸이아닐다. 져답살이 그늘밋헤 두러눌냐ᄒ야도 기가비웃고 그자리가앗갑다고 할터이다.

그럿타, 苦고로움이지나면 樂낙이잇고 우룸이다ᄒ면 우슴이오고 ᄒ는 거시 禽獸금수와 달는 사룸일다. 禽獸금수가 能능치못ᄒ는 生覺생각을ᄒ고 創造창조를ᄒ니는 거시 사룸일다. 사룸이버른쌀 스람이 먹고남은 밥찍게기를 바라고잇는禽獸금수 주면둇타는禽獸금수와 달는 사룸은 제힘으로찻고 제實力실력으로 엇는다. 이거슨 조곰도 矛盾모순이업는 사룸과 禽獸금수와의 差別차별일다, 조곰도 疑心의심업는 眞理진리이다.

경희도 사룸일다. 그다음에는女子여자다, 그러면 女子여자라는 것보다 먼져 사룸일다. 쏘朝鮮社會조선사회의女子여자보다 먼져 宇宙우주안 全人類전인류의 女性여성이다. 李鉄原이철원 金夫人김부인의쌀보다 먼져하나님의쌀일다. 如何여하튼 두말할것업시 사룸의 形狀형상일다, 그形狀형상은 暫間잠간들씨운 가족쑨아니라 內腸내장의 構造구조도 確實확실히 禽獸금수가아니라 사룸일다.

25 기호 오기.

오냐 사룸일다 사룸으로 보이지안는 險험한길을 찻지안으면
누구더러 차지라하리! 山頂산정에 올나셔々 닉려다보는것도 사룸이
할거시다. 오냐 이팔은 무엇흐자는 팔이고 이다리는 어듸씨자는 다
리냐?

　　경희는 두팔을 번쩍들엇다 두다리로 쎙츙쒸엿다.

　　쌘々흔 흰빗이 스르々 누구러진다 남치마빗갓흔 하날빗히 油
然유연히 쎠오른검은구룸에 가리운다. 南風남풍이 곱게 살々부러드
러온다 그바람에는 花粉화분과 香氣향기가 싸혀드러온다. 눈압헤 번
긔가 번쩍々々 흐고 억게우으로 우뢰소리가 우루々々 흔다. 조곰잇
스면 여름소니기가 쏘다질터이다.

　　경희의 精神정신은 恍惚황홀흐다, 경희의 키는 瞥眼間별안간 飴이
느러지드시 붓쩍느러진것갓다. 그러고 目목은 全전얼골을 가리우는
것갓다, 그듸로 푹 업듸리여 合掌합장으로 祈禱기도를 올닌다.

　　하느님! 하느님의쌀이 여긔잇습니다. 아바지!내生命생명은 만
흔 祝福축복을 가졋습니다.

　　보십소!내눈과 내귀는 이러케 活動활동흐지 안습니가?

　　하느님!내게 無限무한흔 光榮광영과 힘을 닉려쥬십소.

　　내게잇는힘을 다흐야 일흐오리다.

　　賞상을주시든지 罰벌을닉리시든지 무움듸로 부리시옵소셔.

경희

1

"아이구, 무슨 장마가 그렇게 심해요."

하며 담배를 붙이는 뚱뚱한 마님은 오래간만에 오신 사돈 마님이다.

"그러게 말이지요. 심한 장마에 아이들이 병이나 아니 났습니까. 그동안 하인도 한 번 못 보냈어요."

하며 마주 앉아 담배를 붙이는 머리가 희끗희끗하고 이마에 주름살이 두어 줄 보이는 마님은 이 이 철원[1]댁 주인마님이다.

"아이구, 별말씀을 다 하십니다. 나 역[2] 그랬어요. 아이들은 충실하나 어멈이 어째 수일 전부터 배가 아프다고 하더니 오늘은 일어나 다니는 것을 보고 왔어요."

---

1 '철원에서 온 이씨 사람'이라는 뜻으로 성씨에 지역 이름을 붙여 부른다. 소설 중간에 경희의 아버지가 철원 군수를 지냈다는 내용이 나온다.
2 어떤 건을 전제로 하고 그것과 같게.

"어지간히 날이 더워야지요. 조금 잘못하면 병나기가 쉬워요. 그래서 좀 걱정이 되셨겠습니까."

"인제 나았으니까요 마음이 놓여요. 그런데 애기가 일본서 와서 얼마나 반가우셔요."

하며 사돈 마님은 잊었던 일을 깜짝 놀라 생각하는 듯이 말을 한다.

"먼 데다가 보내고 늘 마음이 놓이지 않다가 그래도 일 년에 한 번씩이라도 오니까 집안이 든든해요."

주인마님 김 부인은 담뱃대를 재떨이에 탁탁 친다.

"그렇다마다요. 아들이라도 마음이 아니 놓일 텐데 처녀를 그러한 먼 데다 보내시고 그렇지 않겠습니까. 그런데 몸이나 충실했었는지요."

"네, 별 병은 아니 났나 보아요. 제 말은 아무 고생도 아니 된다 하나 어미 걱정시킬까 보아 하는 말이지, 그 좀 주리고 고생이 되었겠어요. 그래서 얼굴이 꺼칠해요."

하며 뒤꼍을 향하여, "아가 아가, 서문안 사돈 마님이 너 보러 오셨다." 한다.

"네."

하는 경희는 지금 시원한 뒷마루에서 오래간만에 만난 오라버니댁과 앉아서 오라버니댁은 버선을 깁고 경희는 앉은재봉틀에 자기 오라버니 양복 속적삼을 하며 일본서 지낼 때에 어느 날 어디를 가다가 하마터라면 전차에 치일 뻔하였더란 말, 그래서 지금이라도 생각만 하면 몸이 아슬아슬하다는 말이며, 겨울이 오면 도무지 다리를 펴고 자 본 적이 없고 그래서 아침에 일어나면 다리가 꼿꼿했다는 말, 일본에는 하루 걸러 비가 오는데 한번은 비가 심하게 퍼붓고 학교 상학 시간은 늦어서 그 굽 높은 나막신을 신고 부지런히 가다가 넘어져서 다리에 가죽이 벗겨지고 우산이 모두 찢어지고 옷에 흙이 묻어 어찌 부끄러웠었는지 몰랐었더란 말, 학교에서 공부하던 이야기, 길에 다니며 보던 이야기 끝에 마침 어느 때 활동사진에서 보았던 어느 아이가 아버지가 장난을 못하게 하니까 아버지를 팔아 버리려고 광고를 써다가 제집 문밖 큰 나무에다가 붙였더니 그때 마침 그 아이만 한 육칠 세 된 남매가 부모를 잃어버리고 방황하다가 꼭 두 푼 남은 돈을 꺼내 들고 이 광고대로 아버지를 사려고 문을 두드리던 양을 반쯤 이야기하는 중이었다. 오라버니댁은 어느덧 바느질을 무릎 위에다가 놓고 "하하 허허." 하며 재미스럽게 듣고 앉았던 때라 "그래서 어떻게 되었소." 묻다가 눈살을 찌푸리며,

"얼른 다녀오." 간절히 청을 한다.

옆에 앉아서 빨래에 풀을 먹이며 열심으로 듣고 앉았던 시월이도 혀를 툭툭 찬다.

"아무렴 내 얼른 다녀오리다."

경희는 이렇게 대답을 하고 제 이야기에 재미있어서 하는 것이 기뻐서 웃으며 앞마루로 간다.

경희는 사돈 마님 앞에 절을 겸손히 하며 인사를 여쭈었다. 일 년 동안이나 잊어버렸던 절을 일전에 집에 도착할 때에 아버지 어머니에게 하였다. 하므로 이번에 한 절은 익숙하였다. 경희는 속으로 일본서 날마다 세로가로 뛰며 장난하던 생각을 하고 지금은 이렇게 얌전하다 하며 웃었다.

"아이고, 그 좋던 얼굴이 어쩌면 저렇게 못되었니, 오죽 고생이 되었을라고."

사돈 마님은 자비스러운 음성으로 말을 한다. 일부러 경희의

손목을 잡아 만졌다.

"똑 심한 시집살이한 손 같구나. 여학생들 손은 비단결 같다는데 네 손은 왜 이러냐."

"살성이 곱지 못해서 그래요."

경희는 고개를 칙으린다.[3]

"제 손으로 빨래해 입고 밥까지 해 먹었다니까 그렇지요."

경희의 어머니는 담배를 다시 붙이며 말을 한다.

"저런, 그러면 집에서도 아니하던 것을 객지에 가서 하는구나. 네 일본 학교 규칙은 그러냐?"

사돈 마님은 깜짝 놀랐다. 경희는 아무 말 아니한다.

"무얼요. 제가 제 고생을 사느라고 그러지요. 그것 누가 시키면 하겠습니까. 학비도 넉넉히 보내 주지마는 그 애는 별나게 바쁜 것이 재미라고 한답니다."

김 부인은 아무 뜻 없이 어제저녁에 자리 속에서 딸에게 들은 이야기를 한다.

"그건 왜 그리 고생을 하니."

사돈 마님은 경희의 이마 위에 너펄너펄 내려온 머리카락을 두 귀밑에다 끼워 주며 적삼 위로 등의 살도 만져 보고 얼굴도 쓰다듬어 준다.

"일본에는 겨울에도 불도 아니 때인대지. 그리고 반찬은 감질이 나도록 조금 준대지. 그것 어찌 사니?"

"네, 불은 아니 때나 견디어 나면 관계치 않아요. 반찬도 꼭 먹을 만치 주지 모자라거나 그렇지는 아니해요."

---

3 '숙인다'의 의미로 추정.

"그러자니 모두가 고생이지. 그런데 네 형은 그동안 병이 나서 너를 못 보러 왔다. 아마 오늘 저녁 꼭은 올 터이지."

"네, 좀 보내 주세요. 벌써부터 어찌 보고 싶었는지 몰라요."

"암 그렇지. 너 왔다는 말을 듣고 나도 보고 싶어 하였는데 형제끼리 그렇지 않으랴."

이 마님은 원래 시집을 멀리 와서 부모 형제를 몹시 그리워 본 경험이 있는 터라, 이 말에는 깊은 동정이 나타난다.

"거기를 또 가니? 인제 고만 곱게 입고 앉았다가 부잣집으로 시집가서 아들딸 낳고 재미있게 살지 그렇게 고생할 것 무엇 있니?"

아직 알지 못하여 그렇게 하지 못하는 것을 일러 주는 것같이 경희에 대하여 말을 하다가 마주 앉은 경희 어머니에게 눈을 향하여 '그렇지 않소. 내 말이 옳지요.' 하는 것 같았다.

"네, 하던 공부 마칠 때까지 가야지요."

"그것은 그리 많이 해 무엇 하니. 사내니 고을을 간단 말이냐? 군 주사라도 한단 말이냐? 지금 세상에 사내도 배워 가지고 쓸데가 없어서 쩔쩔매는데……."

이 마님은 여간 걱정스러워 아니한다. 그리고 대관절 계집애를 일본까지 보내어 공부를 시키는 사돈 영감과 마님이며 또 그렇게 배우면 대체 무엇 하자는 것인지를 몰라 답답해한 적은 오래전부터 있으나 다른 집과 달라 사돈집 일이라 속으로는 늘 '저 계집애를 누가 데려가나, 욕을 하면서도 할 수 있는 대로는 모른 체하여 왔다가 오늘 우연한 좋은 기회에 걱정해 오던 것을 말한 것이다.

경희는 이 마님 입에서 '어서 시집을 가거라. 공부는 해서 무엇 하니.'

꼭 이 말이 나올 줄 알았다, 속으로 '옳지 그럴 줄 알았지.' 하였다. 그리고 어제 오셨던 이모님 입에서 나오던 말이며 경희를 보실 때마다 걱정하시는 큰어머니 말씀과 모두 일치되는 것을 알았다. 또 작년 여름에 듣던 말을 금년 여름에도 듣게 되었다. 경희의 입술은 간질간질하였다.

 '먹고 입고만 하는 것이 사람이 아니라 배우고 알아야 사람이에요. 당신 댁처럼 영감 아들 간에 첩이 넷이나 있는 것도 배우지 못한 까닭이고 그것으로 속을 썩이는 당신도 알지 못한 죄이에요. 그러니까 여편네가 시집가서 시앗을 보지 않도록 하는 것도 가르쳐야 하고 여편네 두고 첩을 얻지 못하게 하는 것도 가르쳐야만 합니다.' 하고 싶었다. 이외에 여러 가지 예를 들어 설명도 하고 싶었다. 그러나 이 마님 입에서는 반드시 오늘 아침에 다녀가신 할머니의 말씀과 같은 "애, 옛날에는 여편네가 배우지 않아도 수부다남[4]하고 잘만 살아왔다. 여편네는 동서남북도 몰라야 복이 많단다. 애, 공부한 여학생들도 보리방아만 찧게 되더라. 사내가 첩 하나도 둘 줄 모르면 그것이 사내냐?" 하던 말씀과 같이 꼭 이 마님도 할 줄 알았다. 경희는 쇠귀에 경을 읽지 하고 제 입만 아프고 저만 오늘 저녁에 또 이 생각으로 잠을 못 자게 될 것을 생각하였다. 또 말만 시작하게 되면 답답하여서 속이 불과 같이 탈 것, 자연 오랫동안 되면 뒷마루에서는 기다릴 것을 생각하여 차라리 일절 입을 다물었다. 더구나 이 마님은 입이 걸어서 한 말을 들으면 열 말쯤 거짓말을 보태어 여학생의 말이라면 어떻든지 흉만 보고 욕만 하기로는 수단이 용한 줄을 알았다. 그래서 이 마님 귀에는 좀처럼 한 변명이라든지 설명도 조금도 곧이가 들리지 않을 줄도 짐작하였다. 그리고 어느 때 경희

---

4   수부다남자壽富多男子. 오래 살고 부유하며 아들이 많음.

의 형님이 경희더러 "얘, 우리 시어머니 앞에서는 아무 말도 하지 마라. 더구나 시집 이야기는 일절 말아라, 여학생들은 예사로 시집 말들을 하더라 아이구 망측한 세상도 많아라 우리 자라날 때는 어디서 처녀가 시집 말을 해 보아 하신다. 그뿐 아니라 여러 여학생 험담을 어디 가서 그렇게 듣고만 오시는지 듣고 오시면 똑 나 들으라고 빗대 놓고 하시는 말씀이 정말 내 동생이 학생이어서 그런지 도무지 듣기 싫더라. 일본 가면 계집애 버리느니 별별 못 들을 말씀을 다 하신단다. 그러니 아무쪼록 말을 조심해라." 한 부탁을 받은 것도 있다. 경희는 또 이 마님 입에서 무슨 말이 나올까 보아 마음이 조릿조릿하였다. 그래서 다른 말이 시작되기 전에 뒷마루로 달아나려고 궁둥이가 들썩들썩하였다.

"이따가 급히 입을 오라범 속적삼을 하던 것이 있어서 가 보아야겠습니다."

고 경희는 앓던 이가 빠지니나만큼 시원하게 그 앞을 면하고 뒷마루로 나서며 큰숨을 한번 쉬었다.

"왜 그리 늦었소? 그래서 그 아버지를 어떻게 했소."

오라버니댁은 그동안 버선 한 짝을 다 기워 놓고 또 한 짝에 앞볼을 대이다가 경희를 보자 무릎 위에다가 놓고 바싹 가까이 앉으며 궁금하던 이야기 끝을 재우쳐 묻는다. 경희의 눈살은 찌푸려졌다, 두 뺨이 실쭉해졌다. 시월이는 빨래를 개키다가 경희의 얼굴을 눈결에 슬쩍 보고 눈치를 채었다.

"작은아씨, 서문안댁 마님이 또 시집 말씀을 하시지요?" 아침에 경희가 할머니가 다녀가신 뒤에 마루에서 혼잣말로 "시집을 갈 때 가더라도 하도 여러 번 들으니까 인제 도무지 싫어 죽겠다." 하던 말을 시월이가 부엌에서 들었다. 지금도 자세히는 들리지 않으나 그런 말을 하는 것 같았다. 그래서 작은아씨의 얼굴이 저렇게 불량하거니 하였다. 경희는 웃었다. 그러고 바느질을 붙들며 이야기 끝을 연속한다. 안마루에서는 여전히 두 마님은 서로 술도 전하며 담배도 잡수면서 경희의 말을 한다.

"애기가 바느질을 다 해요?"

"네, 바느질도 곧잘 해요. 남정의 윗옷은 못하지요마는 제 옷은 꿰매어 입지요."

"아이구 저런, 어느 틈에 바느질을 다 배웠어요. 양복 속적삼을 다 해요. 학생도 바느질을 다 하나요."

이 마님은 과연 여학생은 바늘을 쥘 줄도 모르는 줄 알았다. 더구나 경희와 같이 서울로 일본으로 쏘다니며 공부한다 하고 덜렁하고 똑 사내 같은 학생이 제 옷을 꿰매어 입는다는 말에 놀랐다. 그러나 역시 속으로는 그 바느질 꼴이 오죽할까 하였다. 김 부인은 딸의 칭찬 같으나 묻는 말에 마지못하여 대답한다.

"어디 바느질이나 제법 앉아서 배울 새나 있나요. 그래도 차차 철이 나면 자연히 의사가 나 보아요. 가르치지 아니해도 저절로 꿰매게 되던구면요. 어려운 공부를 하면 의사가 틔우나 보아요."

김 부인은 말끝을 끊었다가 다시 말을 한다. 이 마님 귀에는 똑 거짓말 같다.

"양복 속적삼은 작년 여름에 남대문 밖에서 일녀日女가 와서 가르치던 재봉틀 바느질 강습소에를 날마다 다니며 배웠지요. 제 조카들의 양복도 해서 입히고 모자도 해서 씌우고 또 제 오라비 여름 양복까지 했어요. 일어를 아니까 선생하고 친하게 되어서 다른 사람에게는 가르쳐 주지 않는 것까지 다 가르쳐 주더래요. 낮에는 배워 가지고 와서는 밤이면 똑 열두 시, 새로 한 시까지 앉아서 배운 것을 보고 그대로 그리고 모두 치수를 적고 했어요. 나는 그게 무엇인가 하였더니 나중에 재봉틀 회사 감독이 와서 그러는데 '이제까지 일어로만 한 것이어서 부인네들 가르치기에 불편하더니 따님이 만든 책으로 퍽 유익하게 쓰겠습니다.' 하는 말에 그런 것인 줄 알았어요. 좀 가르치면 어디든지 그렇게 쓸데가 있더구먼요. 그뿐 아니라 그 점잖은 일본 사람들에게도 어찌 존대를 받는지 몰라요. 그 애가 왔단 말을 어디서 들었는지 감독이 일부러 일전에 또 찾아왔어요. 일본서 졸업하고는 기어이 자기 회사의 일을 보아 달라고 하더래요. 처음에는 월급 일천오백 냥은 쉽대요. 차차 오르면 삼 년 안에 이천오백 냥을 받는다는데요. 다른 여자는 제일 많은 것이 칠백쉰 냥이라는데 아마 그 애는 일본까지 가서 공부한 까닭인가 보아요. 저것도 그 애가 재봉틀에 한 것입니다."

하며 맞은편 벽에 유리에 늘어 걸어 놓은, 앞에 물이 흐르고 뒤에 나무가 총총한 촌 경치를 턱으로 가리킨다. 경희의 어머니는 결코 여기까지 딸의 말을 하려고 한 것이 아니었다, 한 것이 자연 월급 말까지 하게 된 것은 부지중에 여기까지 말하였다. 김 부인은 다른 부인네들보다 더구나 이 사돈 마님보다는 훨씬 개명을 한 부인이다. 근본 성품도 결코 남의 흉을 보는 부인은 아니었고 혹 부인네들이 모여 여학생들의 못된 점을 꺼내어 흉을 보든지 하면 그렇지 않다고까지 반대를 한 적도 많으니 이것은 대개 자기 딸 경희를 몹시 기특히 아는 까닭으로 여학생은 바느질을 못 한다든가, 빨래를 아니 한다든가, 살림살이를 할 줄 모른다든가 하는 말이 모두 일부러 흉을 만들어 말하거니 했다. 그러나 공부해서 무엇 하는지 왜 경희가 일본까지 가서 공부를 하는지 졸업을 하면 무엇에 쓰는지는 역시 김 부인도 다른 부인과 같이 몰랐다. 혹 여러 부인이 모여서 따님은 그렇게 공부를 시켜서 무엇 하나요? 질문을 하면 "누가 아나요, 이 세상에는 계집애라도 배워야 한다니까요." 이렇게 자기 아들에게 늘 들어 오던 말로 어물어물 대답을 할 뿐이었다. 김 부인은 과연 알았다. 공부를 많이 할수록 존대를 받고 월급도 많이 받는 것을 알았다, 그렇게 번질—한 양복을 입고 금시곗줄을 늘인 점잖은 감독이 조그마한 여자를 일부러 찾아와서 절을 수없이 하는 것이라든지, 종일 한 달 삼십 일을 악을 쓰고 속을 태우는 보통학교 교사는 많아야 육백스무 냥이고 보통 오백 냥인데 "천천히 놀면서 일 년에 병풍 두 짝만이라도 잘만 놓아 주시면 월급을 꼭 사십 원씩은 드리지요." 하는 말에 김 부인은 과연 공부라는 것은 꼭 해야 할 것이고, 하면 조금 하는 것보다 일본까지 보내서 시켜야만 할 것을 알았다. 그리고 어느 날 저녁에 경희가 "공부를 하면 많이 해야겠어요. 그래야 남에게 존대를 받을 뿐 아니라 저도 사람 노릇을 할 것 같애요." 하던 말이 아마 이래서 그랬던가 보다 하였다. 김 부인은 인제부터는 의심 없이 확실히 자기 아들이 경희를 왜 일본까지 보내라고 애를 쓰던 것, 지금 세상에는 여자도 남자와 같이 많이 가르쳐야 할 것을 알았다. 그래서 김 부인은 이제까지 누가 "따님은 공부를 그렇게 시켜 무엇 합니까?" 물으면 등에서 땀이 흐르고 얼굴이 벌겋게 취해지며 이럴 때마다 아들만 없으면 곧이라도 데려다가 시집을 보내고 싶은 생각도 많았었으나 지금 생각하니 아들이 뒤에 있어서 자기 부부가 경희를 데려다 시집을 보내지 못하게 한 것이 다행하게 생각된다. 그리고 지금부터는 누가 묻든지 간에 여자도 공부를 시켜야 의사가 나서 가르치지 아니한 바느질도 할 줄 알고 일본까지 보내어 공부를 많이 시켜야 존대를 받을 것을 분명히 설명까지라도 할 것 같다. 그래서 오늘도 사돈 마님 앞에서 부지중 여기까지 말을

하는 김 부인의 태도는 조금도 주저하는 빛도 없고 그 얼굴에는 기쁨이 가득하고 그 눈에는 '나는 이러한 영광을 누리고 이러한 재미를 본다.' 하는 표정이 가득하다.

사돈 마님은 반신반의로 어떻든 끝까지 들었다. 처음에는 물론 거짓말로 들을 뿐만 아니라, 속으로 '너는 아마 큰계집애를 버려 놓고 인제 시집보낼 것이 걱정이니까 저렇게 없는 칭찬을 하나 보구나.' 하며 이야기하는 김 부인의 눈이며 입을 노려보고 앉았다. 그러나 이야기가 점점 길어 갈수록 그럴듯하다. 더구나 감독이 왔더란 말이며, 존대를 하더란 것이며, 사내도 여간한 군 주사쯤은 바랄 수도 없는 월급을 이천 냥까지 주겠더란 말을 들을 때는 설마 저렇게까지 거짓말을 할까 하는 생각이 난다. 사돈 마님은 아직도 참말로는 알고 싶지 않으나 어쩐지 김 부인의 말이 거짓말 같지는 아니하다. 또 벽에 걸린 수繡도 확실히 자기 눈으로 볼 뿐 아니라 쉴 새 없이 바퀴 구르는 재봉틀 소리가 당장 자기 귀에 들린다. 마님 마음은 도무지 이상하다. 무슨 큰 실패나 한 것도 같다. 양심은 스스로 자복自服[5]하였다. '내가 여학생을 잘못 알아 왔다. 정말 이 집 딸과 같이 계집애도 공부를 시켜야겠다. 어서 우리 집에 가서 내외시키던 손녀딸들을 내일부터 학교에 보내야겠다고 꼭 결심을 했다. 눈앞이 아물아물해 오고 귀가 찡—한다. 아무 말 없이 눈만 껌뻑껌뻑하고 앉았다. 뒤곁으로 불어 들어오는 시원한 바람 중에는 젊은 웃음소리가 사접시를 깨뜨릴 만치 재미스럽게 싸여 들어온다.

5   저지른 죄를 자백하고 복종함.

2

"이 더운데 작은아씨, 무얼 그렇게 하십니까?"

마루 끝에 떡 함지를 힘없이 놓으며 땀을 씻는다. 얼굴은 얽죽얽죽 얽고 머리는 평양머리를 해서 얹고 알록달록한 면주 수건을 아무렇게나 쓴 나이가 한 사십기량 된 떡장수는 으레 하루에 한 번씩 이 집을 들른다.

"심심하니까 장난 좀 하오."

경희는 앞치마를 치고 마루 끝에 서서 서투른 칼질로 파를 썬다.

"어느 틈에 김치 담그는 것을 다 배우셨어요. 날마다 다니며 보아야 작은아씨는 도무지 노시는 것을 못 보았습니다. 책을 보시지 않으면 글씨를 쓰시고 바느질을 아니하시면 저렇게 김치를 담그시고⋯⋯."

"여편네가 여편네 할 일을 하는 것이 무엇이 그리 신통할 것 있소."

"작은아씨 같은 이나 그렇지 어느 여학생이 그렇게 마음을 먹는 이가 있나요."

떡장수는 무릎을 치며 경희의 앞으로 바싹 앉는다. 경희는 빙긋―이 웃는다,

"그건 떡장수가 잘못 안 것이지. 여학생은 사람 아니오? 여학생도 옷을 입어야 살고 음식을 먹어야 살 것 아니오?"

"아이구, 그리게 말이지요, 누가 아니래요. 그러나 작은아씨같이 그렇게 아는 여학생이 어디 있어요?"

"칭찬 많이 받았으니 떡이나 한 스무 냥어치 살까!"

"아이구 어멈을 저렇게 아시네, 떡 팔아먹으려고 그런 것은 아

니에요."

변덕이 뒤룩뒤룩한 두 뺨의 살이 축 처진다. 그리고 너는 나를 잘못 아는구나 하는 원망으로 두둑한 입술이 삐죽한다. 경희는 곁눈으로 보았다. 그 마음을 짐작하였다,

"아니요, 부러 그랬지. 칭찬을 받으니까 좋아서……."

"아니에요. 칭찬이 아니라 정말이에요." 다시 정다이 바싹 앉으며 허허…… 너털웃음을 한판 내쉰다.

"정말 몇 해를 두고 날마다 다니며 보아야 작은아씨처럼 낮잠 한 번도 주무시지 않고 꼭 무엇을 하시는 아씨는 처음 보았어요."

"떡장수 오기 전에 자고 떡장수가 가면 또 자는 걸 보지를 못하였지."

"또 저렇게 우스운 말씀을 하시네. 떡장수가 아무 때나 아침에도 다녀가고 낮에도 다녀가고 저녁때도 다녀가지 학교에 다니는 학생같이 시간을 맞춰서 다니나요! 응? 그렇지 않소." 하며 툇마루에서 맷돌에 풀 갈고 있는 시월이를 본다. 시월이는 "그래요. 어디가 아프시기 전에는 한 번도 낮잠 주무시는 일 없어요."

"여보, 떡장수 떡이 다 쉬면 어찌 하려고 이렇게 한가히 앉아서 이야기를 하오."

"아니 관계치 않아요."

떡장수의 말소리는 아무 힘이 없다. 떡장수는 이 작은아씨가 "그래서 어쨌소." 하며 받아만 주면 이야기할 것이 많았다. 저의 집 떡방아 찧던 일꾼에게서 들은, 요새 신문에 어느 여학생이 학교 간다고 나가서는 며칠 아니 들어오는 고로 수색을 해 보니까 어느 사내에게 꾀임을 받아서 첩이 되었더란 말이며, 어느 집에는 며느리로 여학생을 얻어 왔더니 버선 깁는데 올도 찾을 줄 몰라 모다 삐뚜

로 대었더란 말, 밥을 하였는데 반은 태웠더란 말, 날마다 사방으로 쏘다니며 평균 한마디씩 들어온 여학생의 험담을 하려면 부지기수이었다. 그래서 이렇게 신이 나서 무릎을 치고 바싹 들어앉았으나, 경희의 말대답이 너무 냉정하고 점잖으므로 떡장수의 속에서 뻑쳐오르던 것이 어느덧 거품 꺼지듯 꺼졌다. 떡장수의 마음은 무엇을 잃은 것같이 공연히 서운하나, 떡 비구미를 들고 일어설까 말까 하나 어쩐지 딱 일어설 수도 없다. 그래서 떡 바구미를 두 손으로 누른 채로 앉아서 모른 체하고 칼질하는 경희의 모양을 아래위로 훑어도 보고 마루를 보며 선반 위에 얹은 소반의 수효도 세어 보고 정신없이 얼빠진 것같이 앉았다.

"흰떡 댓 냥어치하고 개피떡 두 냥 반어치만 내놓게."

김 부인은 고운 돗자리 위에서 부채질을 하면서 드러누웠다가 딸 경희의 좋아하는 개피떡하고 아들이 잘 먹는 흰떡을 내놓으라 하고 주머니에서 돈을 꺼낸다. 떡장수는 멀거니 앉았다가 깜짝 놀라 내놓으라는 떡 수효를 되풀이해 세어서 내놓고는 뒤도 돌아보지를 않고 떡 바구미를 이고 나가다가 다시 이 댁을 오지 못하면 떡을 못 팔게 될 생각을 하고 "작은아씨, 내일 또 와요. 허허허." 하며 대문을 나서서는 큰 숨을 쉬었다. 생삼팔 두루마기 고름을 달고 앉았던 경희의 오라버니댁이며 경희며 시월이며 서로 얼굴들을 치어다보며 말없이 씽긋씽긋 웃는다. 경희는 속으로 기뻐한다. 무엇을 얻은 것 같다. 떡장수가 다시는 남의 흉을 보지 아니하리라 생각할 때에 큰 교육을 한 것도 같다. 경희는 칼자루를 들고 앉아서 무슨 생각을 곰곰이 한다.

"참 애기는 못 할 것이 없다."

얼굴에 수색이 가득하여 시름없이 두 손가락을 마주 잡고 앉았다가 간단히 이 말을 하고는 다시 입을 꾹 다물며 한숨을 산이 꺼지도록 쉬는 한 여인에게는 아무도 모르는 큰 걱정과 설움이 있는 것 같다. 이 여인은 근 이십 년 동안이나 이 집과 친하게 다니는 여인이라, 경희의 형제들은 아주머니라 하고 이 여인은 경희의 형제를 자기의 친조카들같이 귀애한다. 그래서 심심하여도 이 집으로 오고 속이 상할 때에도 이 집으로 와서 웃고 간다. 그런데 이 여인의 얼굴은 항상 검은 구름이 끼이고 좋은 일을 보든지 즐거운 일을 당하든지 끝에는 반드시 휘— 한숨을 쉬는 쌓이고 쌓인 설움의 원인을 알고 보면 누구라도 동정을 아니 할 수 없다.

이 여인은 노년 과부[6]라 남편을 잃은 후로 애절 복통을 하다가 다만 재미를 붙이고 낙을 삼는 것은 천행만행으로 얻은 유복자 수남이 있음이라, 하루 지나면 수남이도 조금 크고 한 해 지나면 수남이가 한 살이 는다. 겨울이면 추울까, 여름이면 더울까, 밤에 자다가도 곤히 자는 수남의 투덕투덕한 볼기짝을 몇 번씩 뚜덕뚜덕하던 세상에 둘도 없는 귀한 아들은 어느덧 나이 십육 세에 이르러 사방에서 혼인하자는 말이 끊일 새 없었다. 수남의 어머니는 새로이 며느리를 얻어 혼자 재미를 볼 것이며 남편도 없이 혼자 폐백 받을 생각을 하다가 자리 속에서 눈물도 많이 흘렸다. 그러나 행여 이렇게 눈물을 흘려 귀중한 아들에게 사위스러울까 보아 할 수 있는 대로는 슬픔을 기쁨으로 돌려 생각하고 눈물을 웃음으로 이루려 하였다. 그래서 알뜰살뜰히 돈이며 패물 등속을 며느리 얻으면 주려고 모았다. 유일무이의 아들을 장가들이는 데는 꺼리는 것도 많고 보는 것도 많았다. 그래 며느리 선을 시어머니가 보면 아들이 가난하

6 　원문과 달리 의미상 '소년 과부'이다.

게 산다고 하는 고로 수남이 어머니는 일체 중매에게 맡기고 궁합이 맞는 것으로만 혼인을 정하였다. 새며느리를 얻고 아들과 며느리 사이에 옥 같은 손녀며 금 같은 손자를 보아 집 안이 떠들썩하고 재미가 퍼부을 것을 날마다 상상하며 기다리던 며느리는 과연 오늘의 이 한숨을 쉬게 하는 원수이다. 열일곱에 시집온 후로 팔 년이 되도록 시어머니 저고리 하나도 꿰매어서 정다이 드려 보지 못한 철천지한을 시어머니 가슴에 안겨 준 이 며느리라. 수남의 어머니는 본래 성품이 순하고 덕스러우므로 아무쪼록 이 며느리를 잘 가르치고 잘 만들려고 애도 무한히 쓰고 남모르게 복장도 많이 쳤다. 이러면 나을까 저렇게 하면 사람이 될까 하여 혼자 궁구도 많이 하고 타이르고 가르치기도 수없이 하였으나 어제가 오늘 같고 내일도 일반이라, 바늘을 쥐여 주면 곧 졸고 앉았고, 밥을 하라면 죽은 쑤어 놓으나 거기다가 나이가 먹어 갈수록 마음만 엉뚱해 가는 것은 더구나 사람을 기가 막히게 한다. 이러하니 때로 속이 상하고 날로 기가 막히는 수남의 어머니는 이 집에 올 때마다 이 집 며느리가 시어머니 저고리를 얌전히 하는 것을 보면 나는 이 며느리 손에 저렇게 저고리 하나도 얻어 입어 보지 못하나 하며 한숨이 나오고, 경희의 부지런한 것을 볼 때에 나는 왜 저런 민첩한 며느리를 얻지 못하였는가 하며 한숨을 쉬는 것은 자연한 인정이리라. 그러므로 이렇게 멀거니 앉아서 경희의 김치 담그는 양을 보며 또 떡장수가 한참 떠들고 간 뒤에 간단한 이 말을 하는 끝에 한숨을 쉬는 그 얼굴은 차마 볼 수가 없다. 머리를 숙이고 골몰히 칼질하던 경희는 이미 이 아주머니의 설움의 원인을 아는 터이라 그 한숨 소리가 들리자 온몸이 찌르르하도록 동정이 간다. 경희는 이 자극을 받는 동시에 이와 같이 조선 안에 여러 불행한 가정의 형편이 방금 제 눈앞에 보이는 것

같았다. 힘 있게 칼자루로 도마를 탁 치는 경희는 무슨 큰 결심이나 하는 것 같다, 경희는 굳게 맹세하였다. '내가 가질 가정은 결코 그런 가정이 아니다. 나뿐 아니라 내 자손 내 친구 내 문인들이 만들 가정도 결코 이렇게 불행하게 하지 않는다. 오냐, 내가 꼭 한다.' 하였다. 경희는 껑충 뛴다. 안부엌에서 땀을 뻘뻘 흘리며 풀 쑤는 시월이를 따라간다.

"애, 나하고 하자. 부뚜막에 올라앉아서 풀 막대기로 저으랴? 아궁이 앞에 앉아서 때랴? 어떤 것을 하였으면 좋겠니? 너 하라는 대로 할 터이니. 두 가지를 다 할 줄 안다."

"아이구, 고만두셔요, 더운데."

시월이는 더운데 혼자 풀을 저으면서 불을 때느라고 끙끙하던 중이다.

"아이구, 이년의 팔자." 한탄을 하며 눈을 멀거니 뜨고 밀짚을 끌어 때고 앉았던 때라, 작은아씨의 이 말 한마디는 더운 중에 바람 같고 괴로움에 웃음이다. 시월이는 속으로 '저녁 진지에는 작은아씨의 즐기시는 옥수수를 어디 가서 맛있는 것을 얻어다가 쪄서 드려야겠다.' 하였다. 마지못하여,

"그러면 불을 때셔요. 제가 풀을 저을 것이니……."

"그래, 어려운 것은 오랫동안 졸업한 네가 해라."

경희는 불을 때고 시월이는 풀을 젓는다. 위에서는 "푸푸" "부글부글" 하는 소리, 아래에서는 밀짚의 탁탁 튀는 소리, 마치 경희가 도쿄음악학교 연주회석에서 듣던 관현악주 소리 같기도 하다. 또 아궁이 저 속에서 밀짚 끝에 불이 댕기며 점점 불빛이 강하게 번지는 동시에 차차 아궁이까지 가까워지자 또 점점 불꽃이 약해져 가는 것은 마치 피아노 저 끝에서 이 끝까지 칠 때에 붕붕 하던 것

이 점점 땡땡 하도록 되는 음률과 같아 보인다. 열심히 젓고 앉은 시월이는 이러한 재미스러운 것을 모르겠구나 하고 제 생각을 하다가 저는 조금이라도 이 묘한 미감을 느낄 줄 아는 것이 얼마큼 행복하다고도 생각하였다. 그러나 저보다 몇십백 배 묘한 미감을 느끼는 자가 있으려니 생각할 때에 제 눈을 빼어 버리고도 싶고 제 머리를 뚜드려 바치고도 싶다. 뻘건 불꽃이 별안간 파란빛으로 변한다. 아— 이것도 사람인가, 밥이 아깝다 하였다. 경희는 부지중 "재미도스럽다." 하였다.

"대체 작은아씨는 별것도 다 재미있다고 하십니다. 빨래하면 땟국물 흐르는 것도 재미있다고 하시고 마루 걸레질을 치면 아직 안 친 한편 쪽마루의 뿌연 것이 보기 재미있다 하시고, 마당을 쓸면 티끌 많아지는 것이 재미있다고 하시고, 나중에는 무엇까지 재미있다고 하실는지, 뒷간에 구더기 끓는 것은 재미있지 않으셔요?"

경희는 속으로 '오냐, 물론 그것까지 재미있게 보여야 할 것이다. 그러나 내 눈은 언제나 그렇게 밝아지고 내 머리는 어느 때나 거기까지 발달될는지 불쌍하고 한심스럽다.' 하였다.

"얘, 그런데 말끝이 나왔으니까 말이다, 빨래 언제 하니?"

"왜요? 모레는 해야겠어요."

"그러면 저녁때 늦지?"

"아마 늦을걸요."

"일찍 끝이 나더라도 개천에 게 살아라. 그러면 건넌방 아씨하고 저녁 해 놀 터이니 늦게 들어와서 잡수어라. 내 손으로 한 밥맛이 어떤가 보아라. 히히히."

시월이도 같이 웃는다. 어쩌면 사람이 저렇게 인정스러운가 한다. 누가 나 먹으라고 단 참외나 주었으면, 저 작은아씨 갖다 드리게. 속으로 혼잣말을 한다. 과연 시월이는 이렇게 고마운 소리를 들을 때마다 황송스러워 어찌할 수가 없다. 그래서 입이 있으나 어떻게 말할 줄도 모르고 다만 작은아씨가 잘 먹는 과실은 아는지라, 제게 돈이 있으면 사다가라도 드리고 싶으나 돈은 없으므로 사지는 못하되 틈틈이 어디 가서 옥수수며 살구는 곧잘 구해다가 드렸다. 이렇게 경희와 시월이 사이는 사이가 좋을 뿐 아니라 이번에 경희가 일본서 올 때에 시월의 자식 점동이에게는 큰댁 애기네들보다 더 좋은 장난감을 사다가 준 것은 뼈가 녹기 전까지는 잊을 수가 없다.

"얘, 그런데 너와 일할 것이 꼭 하나 있다."

"무엇이에요?"

"글쎄 무엇이든지 내가 하자면 하겠니?"

"아무럼요, 하지요!"

"너, 왜 그렇게 우물 두덩[7]을 더럽게 해 놓니."

"도무지 더러워서 볼 수가 없다, 그러니 내일부터 설음질[8] 뒤에는 꼭 날마다 나하고 우물 두덩을 치우자. 너 혼자만 하라는 것은 아니다. 그렇게 하겠니?"

"네, 제가 혼자 날마다 치우지요."

"아니 나하고 같이 해……. 재미스럽게 하하하."

"또 재미요? 하하하하."

부엌이 떠들썩하다. 안마루에서 들으시던 경희 어머니는 또 웃음이 시작되었군 하신다.

---

7 우묵하게 들어간 땅의 가장자리에 약간 두무룩한 곳.
8 '설거지'의 방언.

"아이 무엇이 그리 우순지 그 애가 오면 밤낮 셋이 몰려다니며 웃는 소리에 도무지 산란해 못 견디겠어요. 젊었을 때는 말똥 구르는 것이 다 우습다더니 그야말로 그런가 보아요."

수남 어머니에게 대하여 말을 한다.

"웃는 것밖에 좋은 일이 어디 있습니까. 댁에를 오면 산 것 같습니다."

수남 어머니는 또 휘…… 한숨을 쉰다. 마루에 혼자 떨어져 바느질하던 건넌방 색시는 웃음소리가 들리자 한 발에 신을 신고 한 발에 짚신을 끌며 부엌 문지방을 들어서며,

"무슨 이야기요? 나도……." 한다.

3

"마누라, 주무시오?"

이 철원은 사랑에서 들어와 안방문을 열고 경희와 김 부인 자는 모기장 속으로 들어선다. 김 부인은 깜짝 놀라 일어나 앉는다.

"왜 그러셔요, 어디가 편치 않으셔요."

"아─니, 공연히 잠이 아니 와서……."

"왜요?"

이때에 마루 벽에 걸린 자명종은 한 번을 땡 친다.

"드러누워서 곰곰 생각을 하다가 마누라하고 의논을 하러 들어왔소!"

"무얼이오?"

"경희의 혼인 일 말이오. 도무지 걱정이 되어 잠이 와야지."

"나 역 그래요."

"이번 혼처는 꼭 놓치지를 말고 해야지 그만한 곳 없소. 그 신랑 아버지 되는 자하고 난 전부터 익숙히 아는 터이니까 다시 알아볼 것도 없고, 당자도 그만하면 쓰지 별 아이 어디 있나. 장자이니까 그 많은 재산 다 상속될 터이고 또 경희는 그런 대갓집 맏며느릿감이지……."

"글쎄, 나도 그만한 혼처가 없는 줄 알지마는 제가 그렇게 열 길이나 뛰고 싫다는 것을 어떻게 한단 말이요, 그렇게 싫다고 하는 것을 억제抑制로 보내었다가 나중에 불길한 일이나 있으면 자식이라도 그 원망을 어떻게 듣잔 말이오……."

"아……니, 불길할 일이 있을 까닭이 있나. 인품이 그만하겠다, 추수를 수천 석 하겠다, 그만하면 고만이지 그러면 어떻게 하잔 말이요. 계집애가 열아홉 살이 적소?"

김 부인은 잠잠히 있다. 이 철원은 혀를 툭툭 차며 후회를 한다.

"내가 잘못이지, 계집애를 일본까지 보내다니 계집애가 시집가기를 싫다니 그런 망칙한 일이 어디 있어. 남이 알까 보아 무섭지. 벌써 적합한 혼처를 몇 군데를 놓쳤으니 어떻게 하잔 말이야 ──. 아이……."

"그러면 혼인을 언제로 하잔 말이오?"

"저만 대답하면 지금이라도 곧 하지. 오늘도 재촉 편지가 왔는데……. 이왕 계집애라도 그만치 가르쳐 놓았으니까 옛날처럼 부모끼리로 할 수는 없고 해서 벌써 사흘째 불러다가 타이르나 도무지 말을 들어 먹어야지. 계집년이 되지 못한 고집은 왜 그리 시운지[9]

---

9 '세다'의 방언.

신랑 삼촌은 기어이 조카며느리를 삼아야겠다고 몇 번을 그러는지 모르는데…….”

“그래, 무엇이라고 대답하셨소?”

“글쎄, 남이 부끄럽게 계집애더러 물어본다나, 무엇이라나. 그러지 않아도 큰계집애를 일본까지 보냈으니 어떠니 하고 욕들을 하는데 그래서 생각해 본다고 했지.”

“그러면 거기서는 기다리겠소그래.”

“암, 그게 벌써 올 정월부터 말이 있던 것인데 동넷집 시악시 믿고 장가 못 간다더니…….”

“아이, 그러면 속히 좌우간 결정을 내야겠는데 어떻게 하나. 저는 기어이 하던 공부를 마치기 전에는 죽어도 시집은 아니 가겠다 하는데. 그리고 더구나 그런 부잣집에 가서 치맛자락 늘이고 싶은 마음은 꿈에도 없다고 한다오. 그래서 제 동생 시집갈 때도 제 것으로 해 놓은 고운 옷은 모두 주었습니다. 비단 치마 속에 근심과 설움이 있느니라고 한다오. 그 말도 옳긴 옳아.”

김 부인은 자기도 남부럽지 않게 이제껏 부귀하게 살아왔으나 자기 남편이 젊었을 때 방탕하여서 속이 상하던 일과 철원 군수로 갔을 때도 첩이 두셋씩 되어 남몰래 속이 썩던 생각을 하고 경희가 이런 말을 할 때마다 말은 아니하나 속으로 딴은 네 말이 옳다 한 적이 많았다.

“아이 아니꼬운 년, 그러기에 계집애를 가르치면 건방져서 못쓴다는 말이야……. 아직 철을 몰라서 그렇지……. 글쎄 그것도 그렇지 않소. 오죽한 집에서 혼인을 거꾸로 한단 말이오. 오죽 형이 못나야 아우가 먼저 시집을 가더란 말이오. 김 판사 집도 우리 집 내용을 다 아는 터이니까 혼인도 하자지 누가 거꾸로 혼인한 집 시악시를 데려가려겠소. 아니, 이번에는 꼭 해야지……."

부인의 말을 들으며 그럴듯하게 생각하던 이 철원은 이 거꾸로 혼인한 생각을 하니 마음이 급작히 좁여진다. 그리고 생각할수록 이번 김 판사집 혼처를 놓치면 다시는 그런 문벌 있고 재산 있는 혼처를 얻을 수가 없는 것 같다. 그래서 두말할 것 없이 이번 혼인은 강제로라도 시킬 결심이 일어난다. 이 철원은 벌떡 일어선다.

"계집애가 공부는 그렇게 해서 무엇해? 그만치 알았으면 그만이지. 일본은 누가 또 보내기는 하구? 이번에는 무관내지.[10] 기어이 그 혼처하고 해야지, 내일 또 한 번 불러다가 아니 듣거든 또 물을 것 없이 곧 해 버려야지……."

노기가 가득하다. 김 부인은 "그렇게 하시오."라든지 "마시오." 라든지 무엇이라고 대답할 수가 없다. 다만 시름없이 자기가 풍병으로 누울 때마다 경희를 시집 보내기 전에 돌아갈까 보아 아슬아슬하던 생각을 하며, "딴은 하나 남은 경희를 마저 내 생전에 시집을 보내 놓아야 내가 죽어도 눈을 감겠는데." 할 뿐이다.

이철원은 일어서다가 다시 앉으며 나직한 소리로 묻는다.

"그런데 일본 보내서 버리지는 않은 모양이오?"

"아니요. 그 전보다 더 부지런해졌어요. 아침이면 제일 먼저 일어납니다. 그래서 마루 걸레질이며 마당이며 멀쩡하게 치워 놓지요. 그뿐인가요. 떡 하면 떡방아 다 찧도록 체질해 주기…… 그러게 시월이는 좋아서 죽겠다지요……."

김 부인은 과연 경희가 날마다 일하는 것을 볼 때마다 큰 안심을 점점 찾았다. 그것은 경희를 일본 보낸 후로는 남들이 비난할 때

10 무관하다.

마다 입으로는 말을 아니하나 항상 마음으로 염려되는 것은 경희가 만일에 일본까지 공부를 갔다고 난 체를 한다든지 공부한 위세로 사내같이 앉아서 먹자든지 하면 그 꼴을 어떻게 남이 부끄러워 보잔 말인고 하고 미상불 걱정이 된 것은 어머니 된 자의 딸을 사랑하는 자연한 정이라. 경희가 일본서 오던 그 이튿날부터 앞치마를 치고 부엌으로 들어갈 때 오래간만에 쉬러 온 딸이라 말리기는 하였으나 속으로는 큰숨을 쉴 만치 안심을 얻은 것이다. 경희 가족은 누구나 다 아는 바와 같이 경희의 마루 걸레질, 다락, 벽장 치움새는 전부터 유명하였다. 그래서 경희가 서울 학교에 있을 때 일 년에 세 번씩 휴가에 오면 으레 다락 벽장이 속속까지 목욕을 하게 되었다. 또 김 부인의 마음에도 경희가 치우지 않으면 아니 맞도록 되었다. 그래서 다락이 지저분하다든지 벽장이 어수선하게 되면 벌써 경희가 올 날이 며칠 아니 남은 것을 안다. 그리고 경희가 집에 온 그 이튿날은 경희를 보러 오는 사촌 형님들이며 할머니, 큰어머니는 한 번씩 열어 보고 "다락 벽장이 분을 발랐고나." 하시고 "깨끗하기도 하다." 하시며 칭찬을 하시었다. 이것이 경희가 집에 가는 그 전날 밤부터 기뻐하는 것이고 경희가 집에 온 제일의 표적이었다. 김 부인은 이번에 경희가 일본서 오면 연년 세 번씩 목욕을 시켜 주던 다락 벽장도 치워 주지 아니할 줄만 알았다. 그러나 경희는 여전히 집에 도착하면서 부모님에게 인사 여쭙고는 첫 번으로 다락 벽장을 열었다. 그리고 그 이튿날 종일 치웠다. 그런데 이번 경희의 소제 방법은 전과는 전혀 다르다. 전에 경희의 소제 방법은 기계적이었다. 동쪽에 놓았던 제기며 서쪽 벽에 걸린 표주박을 쓸고 문질러서는 그 놓았던 자리에 그대로 놓을 줄만 알았다. 그래서 있던 거미줄만 없고 쌓였던 먼지만 털면 이것이 소제인 줄만 알았다. 그러나 이번

소제 방법은 다르다. 건조적建造的[11]이고 응용적이다. 가정학에서 배운 질서, 위생학에서 배운 정리, 또 도화圖畵 시간에 배운 색과 색의 조화, 음악 시간에 배운 장단의 음률을 이용하여, 지금까지의 위치를 전혀 뜯어고치게 된다. 자기를 도기 옆에다도 놓아 보고 칠첩 반상을 칠기에도 담아 본다. 주발 밑에는 주발보다 큰 사발을 받쳐도 본다. 흰 은쟁반 위로 노르스름한 종골방아치[12]도 늘어 본다. 큰 항아리 다음에는 병을 놓는다. 그리고 전에는 컴컴한 다락 속에서 먼지 냄새에 눈쌀도 찌푸렸을 뿐 아니라 종일 땀을 흘리고 소제하는 것은 가족에게 들을 칭찬의 보수를 받으려 함이었다. 그러나 이번에는 이것도 다르다. 경희는 컴컴한 속에서 제 몸이 이리저리 운동케 하는 것이 여간 재미스럽게 생각지 않았다. 일부러 빗자루를 놓고 쥐똥을 집어 냄새도 맡아 보았다. 그리고 경희가 종일 일하는 것은 아무 바라는 보수도 없다. 다만 제가 저 할 일을 하는 것밖에 아무것도 없다. 이렇게 경희의 일동일정의 내막에는 자각이 생기고 의식적으로 되는 동시에 외형으로 활동할 일은 때로 많아진다. 그래서 경희는 할 일이 많다. 만일 경희의 친한 동무가 있어서 경희의 할 일 중에 하나라도 해 준다 하면 비록 그 물건이 경희의 손에 있다 하더라도 그것은 경희의 것이 아니라 동무의 것이다. 이러므로 경희가 좋은 것을 갖고 싶고 남보다 많이 갖고 싶을진대 경희의 힘으로 능히 할 만한 일은 행여나 털끝만 한 일이라도 남더러 해 달라고 할 것이 아니다. 조금이라도 남에게 빼앗길 것이 아니다. 아아, 다행이다. 경희의 넓적다리에는 살이 쪘고 팔뚝은 굵다. 경희는 이 살이

11 '계획적이고 체계적'이라는 뜻.
12 '종골박'은 '조롱박'의 방언, '바가지'는 '바가지'의 방언인 것으로 보아, '종골방아치'는 '조롱박 바가지'로 추정됨.

다 빠져서 걸을 수가 없을 때까지 팔뚝의 힘이 없어 늘어질 때까지 할 일이 무한이다. 경희가 가질 물건도 무수하다. 그러므로 낮잠을 한 번 자고 나면 그 시간 자리가 완연히 턱이 난다. 종일 일을 하고 나면 경희는 반드시 조금씩 자라난다. 경희의 갖는 것은 하나씩 늘어 간다. 경희는 이렇게 아침부터 저녁까지 얻기 위하여 자라 갈 욕심으로 제 힘껏 일을 한다.

이 철원도 자기 딸이 일하는 것을 날마다 본다. 또 속으로 기특하게도 여긴다. 그러나 이렇게 자기 부인에게 물어본 것은 이 철원도 역시 김 부인과 같이 경희를 자기 아들의 권고에 못 이겨 일본까지 보내었으나 항상 버릴까 보아 염려되던 것은 사실이었다. 그러므로 오늘 저녁에 부부가 앉아서 혼처에 대한 걱정이라든지 그 애 버릴까 보아 염려하던 것을 안심하는 부모의 애정은 그 두 얼굴에 띠운 웃음 속에 가득하다. 아무러한 지우知友며 형제며 효자인들 어찌 이 부모가 염려하시는 염려, 기뻐하시는 참기쁨 같으리오. 이 철원은 혼인하자고 할 곳이 없을까 보아 바짝 졸였던 마음이 조금 누그러졌다. 그러나 마루로 내려서며 마른기침 한 번을 하며 '내일은 세상없어도 하여야지.' 하는 결심의 말은 누구의 명령을 가지고라도 깨뜨릴 수 없을 것같이 보인다.

새벽닭이 새날을 고한다. 까맣던 밤이 백색으로 활짝 열린다. 동창의 장지 한편이 차차 밝아 오며 모기장 한끝으로부터 점점 연두색을 물들인다. 곤히 자던 경희의 눈은 뜨였다. 경희는 또 오늘 종일의 제 일을 시작할 기쁨에 취하여 벌떡 일어나서 방을 나선다.

4

때는 정히 오정이라 안마루에서는 점심상이 벌어졌다. 경희는 사랑에서 들어온다. 시월이며 건넌방 형님은 간절히 점심 먹기를 권하나 들은 체도 아니하고 골방으로 들어서며 사방 방문을 꼭꼭 닫는다. 경희는 흑흑 느껴 운다. 방바닥에 엎드리기도 하다가 일어나 앉기도 하고 또 일어나서 벽에다 머리를 부딪친다. 기둥을 불끈 안고 핑핑 돈다. 경희는 어쩔 줄 몰라 쩔쩔맨다. 경희의 조그마한 가슴은 불같이 타 온다. 걸린 수건 자락으로 눈물을 씻으며 이따금 하는 말은 '아이구, 어찌하나······.' 할 뿐이다. 그리고 이 집에 있으면 밥이 없어지고 옷이 없어질 터이니까 나를 어서 다른 집으로 쫓으려나 보다 하는 원망도 생긴다. 마치 이 넓고 넓은 세상 위에 제 조그마한 몸을 둘 곳이 없는 것같이도 생각난다. 이런 쓸데없고 주제스러운 것이 왜 생겨났나 할 때마다 그쳤던 눈물은 다시 비 오듯 쏟아진다. 누가 와서 만일 말린다 하면 그 사람하고 싸움도 할 것 같다. 그리고 그 사람의 머리를 한번에 잡아 뽑을 것도 같고, 그 사람의 얼굴에서 피가 냇물과 같이 흐르도록 박박 할퀴고 쥐어뜯을 것도 같다. 이렇게 사방 창이 꼭꼭 닫힌 조그마한 어두침침한 골방 속에서 이리 부딪고 저리 부딪는 경희의 운명은 어떠한가!

경희의 앞에는 지금 두 길이 있다. 그 길은 희미하지도 않고 또렷한 두 길이다. 한 길은 쌀이 곳간에 쌓이고 돈이 많고 귀염도 받고 사랑도 받고 밟기도 쉬운 황토요, 가기도 쉽고 찾기도 어렵지 않은 탄탄대로이다. 그러나 한 길에는 제 팔이 아프도록 보리방아를 찧어야 겨우 얻어먹게 되고 종일 땀을 흘리고 남의 일을 해 주어야 겨우 몇 푼 돈이라도 얻어 보게 된다. 이르는 곳마다 천대뿐이요, 사랑의 맛은 꿈에도 맛보지 못할 터이다. 발부리에서 피가 흐르도록 험한 돌을 밟아야 한다, 그 길은 뚝 떨어지는 절벽도 있고 날카로운 산정도 있다. 물도 건너야 하고 언덕도 넘어야 하고 수없이 꼬부라진 길이요, 갈수록 험하고 찾기 어려운 길이다. 경희의 앞에 있는 이 두 길 중에 하나를 오늘 택해야만 하고 지금 꼭 정해야 한다. 오늘 택한 이상에는 내일 바꿀 수 없다. 지금 정한 마음이 이따가 급변할 리도 만무하다. 아아, 경희의 발은 이 두 길 중에 어느 길에 내놓아야 할까. 이것은 교사가 가르칠 것도 아니고 친구가 있어서 충고한대도 쓸데없다. 경희 제 몸이 저 갈 길을 택해야만 그것이 오래 유지할 것이고 제정신으로 한 것이라야 변경이 없을 터이다. 경희는 또 한번 머리를 부딪고 "아이구, 어찌하면 좋은가!" 한다.

경희도 여자다. 더구나 조선 사회에서 살아온 여자다. 조선 가정의 인습에 파묻힌 여자다. 여자란 온량 유순해야만 쓴다는 사회의 면목이고 여자의 생명은 삼종지도라는 가정의 교육이다. 일어서려면 압박하려는 주위요, 움직이면 사방에서 들어오는 욕이다. 다정하게, 손 붙잡고 충고 주는 동무의 말은 열 사람 한입같이 "편하게 전과 같이 살다가 죽읍시다." 함이다. 경희의 눈으로는 비단옷도 보고 경희의 입으로는 약식 전골도 먹었다. 아아 경희는 어느 길을 택하여야 당연한가? 어떻게 살아야만 좋은가? 마치 길가에 탄평으로 몸을 늘여 기어가던 뱀의 꽁지를 지팡이 끝으로 조금 건드리면 늘어졌던 몸이 바짝 오그라지며 눈방울이 대록대록하고 뾰족한 혀를 독기 있게 자주 내미는 모양같이 이러한 생각을 할 때마다 경희의 몸에 매달린 두 팔이며 늘어진 두 다리가 바짝 가슴속으로 배 속으로 오그라들어 온다. 마치 어느 장난감 상점에 놓은 대가리와 몸뚱이뿐인 장난감같이 된다. 그리고 십삼 관의 체중이 갑자기 백지

한 장만치 되어 바람에 날리는 것 같다. 또 머릿속은 저도 알 만치 떵하고 서—늘해진다, 눈도 깜짝거릴 줄 모르고 벽에 구멍이라도 뚫을 것 같다. 등에는 땀이 흠뻑 고이고 사지는 죽은 사람과 같이 차디차다.

"아이구, 어찌하면 좋은가—."

경희는 벙어리가 된 것 같다. 아무 말도 할 줄 모르고 꼭 한마디 할 줄 아는 말은 이 말뿐이다.

경희는 제 몸을 만져 본다, 왼편 손목을 바른편 손으로, 바른편 손목을 왼편 손으로 쥐어 본다. 머리를 흔들어도 본다. 크지도 않고 조그마한 이 몸……. 이 몸을 어떻게 서야[13] 할까. 이 몸을 어디로 향하여야 좋은가……. 경희는 다시 제 몸을 위에서부터 아래까지 훑어본다. 이 몸에 비단 치마를 늘이고 이 머리에 비취 옥잠을 꽂아 볼까. 대가댁 맏며느리 얼마나 위엄스러울까. 새애기 새색시 놀음이 얼마나 재미있을까? 시부모의 사랑인들 얼마나 많을까. 지금 이렇게 천둥이던 몸이 부모님에게 얼마나 귀염을 받을까. 친척인들 오죽 부러워하고 우러러볼까. 잘못하였다. 아아 잘못하였다. 왜, 아버지가 "정하자." 하실 때에 "네." 하지를 못하고 "안 돼요." 했나, 아아 왜 그랬나, 어떻게 하려고 그렇게 대답을 하였나! 그런 부귀를 왜 싫다고 했나. 그런 자리를 놓치면 나중에 어찌하잔 말인가. 아버지 말씀과 같이 고생을 몰라 그런가 보다. 철이 아니 나서 그런가 보다. "나중에 후회하리라." 하시더니 벌써 후회막급인가 보다. 아아 어찌하나. 때가 더 되기 전에 지금 사랑에 나가서 아버지 앞에 자복할까 보다. "제가 잘못 생각하였습니다."고, 그렇게 할까? 아니

13 세워야.

306

다. 그렇게 할 터이다, 그것이 적당한 길이다. 그리고 귀찮은 공부도 고만둘 터이다, 가지 마라시는 일본도 또다시 아니 가겠다, 이 길인가 보다. 이 길이 밟을 길인가 보다. 아, 그렇게 정하자. 그러나…….

"아이구, 어찌하면 좋은가……."

경희의 눈은 말똥말똥하다. 전신이 천근만근이나 되도록 무거워졌다. 머리 위에는 큰 동철 투구를 들씌운 것같이 무겁다. 오그라졌던 두 팔 두 다리는 어느덧 나와서 척 늘어졌다. 도로 전신이 오그라진다. 어찌하려고 그런 대담스러운 대답을 하였나 하고, 아버지가 "계집애라는 것은 시집가서 아들딸 낳고 시부모 섬기고 남편을 공경하면 그만이니라." 하실 때에 "그것은 옛날 말이에요. 지금은 계집애도 사람이라 해요. 사람인 이상에는 못 할 것이 없다고 해요. 사내와 같이 돈도 벌 수 있고, 사내와 같이 벼슬도 할 수 있어요. 사내가 하는 것은 무엇이든지 하는 세상이에요." 하던 생각을 하며, 아버지가 담뱃대를 드시고 "뭐 어쩌고 어째, 네까짓 계집애가 하긴 무얼 해. 일본 가서 하라는 공부는 아니하고 귀한 돈 없애고 그까짓 엉뚱한 소리만 배워 가지고 왔어?" 하시던 무서운 눈을 생각하며 몸을 흠찔한다.

과연 그렇다. 나 같은 것이 무얼 하나, 남들이 하는 말을 흉내 내는 것이 아닌가. 아아 과연 사람 노릇 하기가 쉬운 것이 아니다. 남자와 같이 모—든 것을 하는 여자는 평범한 여자가 아닐 터이다. 사천 년래의 습관을 깨뜨리고 나서는 여자는 웬만한 학문, 여간한 천재가 아니고서는 될 수 없다. 나폴레옹 시대에 파리의 전 인심을 움직이게 하던 스탈 부인과 같은 미묘한 이해력, 요설한 웅변, 그런 기재한 사회적 인물이 아니고서는 될 수 없다. 살아서 오를레앙을 구하

나혜석

고 사함에 프랑스를 구해 낸 잔 다르크 같은 백절불굴의 용진勇進[14] 희생이 아니고서는 될 수 없다. 달필의 논문가, 명쾌한 경제서의 저자로 이름이 날린 영국 여권론의 용장 포드 부인과 같은 어론語論[15]에 정경하고 의지가 강고한 자가 아니고서는 될 수 없다. 아아 이렇게 쉽지 못하다. 이만한 실력, 이러한 희생이 들어야만 되는 것이다.

경희가 이제껏 배웠다는 학문을 톡톡 털어 보아도 그것은 깜짝 놀랄 만치 아무것도 없다. 남이 제 앞에서 춤을 추고 노래를 하나 참으로 좋아할 줄을 모르고 진정으로 웃어 줄 줄을 모르는 백치 같은 감각을 가졌다. 한마디 대답을 하려면 얼굴이 벌게지고 어서語序[15]를 찾을 줄 모르는 둔설鈍舌[16]을 가졌다. 조금 괴로우면 싫어, 조금 맞기만 하여도 통곡을 하는 못된 억병臆病[17]이 있다. 이 사람이 이러는 대로 저 사람이 저러는 대로, 동풍 부는 대로 서풍 부는 대로 쓸리고 따라가도 고칠 수 없이 쇠약한 의지가 들어앉았다. 이것이 사람인가, 이것을 가진 위인이 사람 노릇을 하잔 말인가, 이까짓 남들 다 하는 「 」쯤의 학문으로, 남들도 지을 줄 아는 삼시 밥 먹을 때 오른손에 숟가락 잡을 줄 아는 것쯤으로는 벌써 틀렸다. 어림도 없는 허영심이다. 만일 고금古今 사업가의 각 부인들이 알면 코웃음을 칠 터이다. 정말 엉뚱한 소리다. "아이구, 어찌하면 좋은가……."

여기까지 제 몸을 반성한 경희의 생각에는 저를 맏며느리로 데려가려는 김 판사집도 딱하다. 또 저 같은 천치가 그런 부귀한 댁에서 데려가려면 고개를 숙이고 네네, 소녀를 바치며 얼른 가야 할 것

14 용감하게 나아감.
15 어순.
16 둔한 혀.
17 마음의 병.

이 당연한 일인데 싫다고 하는 것은 제가 생각하여도 괘씸한 일이다. 그리고 아버지며 어머니며 그 외 여러 친척 할머니 아주머니가 저를 볼 때마다 시집 못 보낼까 보아 걱정들을 하시는 것이 당연한 일인 것도 같다.

경희는 이제까지 비녀 쪽진 부인들을 보면 매우 불쌍히 생각하였다. '저것이 무엇을 알고 저렇게 이론이 되었나. 남편에게 대한 사랑도 모르고 기계같이 본능적으로만 저렇게 금수와 같이 살아가는구나. 자식을 귀애하는 것은 밥이나 많이 먹이고 고기나 많이 먹일 줄만 알았지 좋은 학문을 가르칠 줄은 모르는구나. 저것도 사람인가.' 하는 교만한 눈으로 보아 왔다. 그러나 웬일인지 오늘은 그 부인네들이 모두 장하게 보인다. 설거지하는 시월이 머리에도 비녀가 꽂힌 것이 저보다 훨씬 나은 것도 같이 보인다. 담 사이로 농민의 자식들의 우는 소리가 들리는 것도 저보다 훨씬 나은 딴 세상 같다. 아무리 생각하여도 저는 저 같은 어른이 될 수 없을 것 같고 제 몸으로는 저와 같은 아이를 낳을 수가 없는 것 같다. '저와 같이 이렇게 가기 어려운 시집을 어쩌면 그렇게들 많이 갔고 저와 같이 이렇게 어렵게 자식의 교육을 이리저리 궁구하는 것을 저렇게 쉽게 잘들 살아가누.' 생각을 한즉, 저는 아무것도 아니다. 그 부인들은 자기보다 몇십 배 낫다.

'어떻게 저렇게들 쉽게 비녀로 쪽지게 되었나? 어쩌면 저렇게 자식들을 많이 낳아 가지고 구순히들 잘 사누, 참 장하다.'

경희는 생각할수록 그네들이 장하다. 그리고 저는 이렇게도 시집가기가 어려운 것이 도무지 이상스럽다. '그 부인네들이 징한가? 내가 장한가? 이 부인네들이 사람일까? 내가 사람일까?' 이 모순이 경희의 깊은 잠을 깨우는 큰 번민이다. '그러면 어찌하여야 장한 사

나혜석

람이 되나.' 하는 것이 경희의 머리가 무거워지는 고통이다.

"아이구, 어찌하나. 내가 그렇게 될 줄 알았을까……."

한마디가 늘었다. 동시에 경희의 머리끝이 우쩍 위로 올라간다. 그리고 경희의 뻔뻔한 얼굴, 넓적한 입, 길쭉한 사지의 형상이 모두 스러지고 조그마한 밀짚 끝에 깜박깜박하는 불꽃 같은 무엇이 바람에 떠 있는 것 같다. 방만은 후끈후끈하다. 부지중에 사방 창을 열어제쳤다.

뜨거운 강한 광선이 별안간에 왈칵 대드는 것은 편싸움꾼의 양편이 육모방망이를 들고 "자……." 하며 대드는 것같이 깜짝 놀랄 만치 강하게 쪼여 들어온다. 오색이 혼잡한 백일홍 활련화 위로는 연락부절히 호랑나비 노랑나비가 오고 가고 한다. 배나무 위의 까치 보금자리에는 까만 새끼 대가리가 들락날락하며, 어미 까마귀가 먹을 것을 가지고 오는 것을 기다리고 있다. 맵싸리 그늘 밑에는 탑실개가 쓰러져 쿨쿨 자고 있다. 그 배는 불룩하다. 울타리 밑으로 굼벵이 잡으러 다니는 어미 닭의 뒤로는 대여섯 마리의 병아리가 줄줄 따라간다. 경희는 얼빠진 것같이 멀거—니 앉아서 보다가 몸을 일부러 움직이었다.

저것! 저것은 개다. 저것은 꽃이고 저것은 닭이다. 저것은 배나무다. 그리고 저기 매달린 것은 배다. 저 하늘에 뜬 것은 까치다. 저것은 항아리고 저것은 절구다.

이렇게 경희는 눈에 보이는 대로 그 명칭을 불러 본다. 옆에 놓인 머리창도 만져 본다. 그 위에 개어서 얹은 명주 이불도 쓰다듬어 본다. "그러면 내 명칭은 무엇인가? 사람이지! 꼭 사람이다."

경희는 벽에 걸린 체경에 제 몸을 비추어 본다. 입도 벌려 보고 눈도 끔쩍여 본다. 팔도 들어 보고 다리도 내어놓아 본다. 분명히 사람 모양이다. 그리고 드러누운 탑실개와 굼벵이 찍으러 다니는 닭과 또 까마귀와 저를 비교해 본다. 저것들은 금수, 즉 하등동물이라고 동물학에서 배웠다. 그러나 저와 같이 옷을 입고 말을 하고 걸어 다니고 손으로 일하는 것은 만물의 영장인 사람이라고 배웠다. 그러면 저도 이런 귀한 사람이다.

아아, 대답 잘했다. 아버지가 "그리로 시집가면 좋은 옷에 생전 배불리 먹다 죽지 않겠니?" 하실 때에 그 무서운 아버지 앞에서 평생 처음으로 벌벌 떨며 대답하였다. "아버지 안자顏子의 말씀에도 일단사一簞食와 일표음一瓢飮[18]에 낙역재기중樂亦在其中[19]이라는 말씀이 없습니까? 먹고만 살다 죽으면 그것은 사람이 아니라 금수이지요, 보리밥이라도 제 노력으로 제 밥을 제가 먹는 것이 사람인 줄 압니다. 조상이 벌어 놓은 밥 그것을 그대로 받은 남편의 그 밥을 또 그대로 얻어먹고 있는 것은 우리 집 개나 일반이지요." 하였다. 그렇다. 먹고 죽으면 그것은 하등동물이다. 더구나 제 손가락 하나 움직이지 않고 조상의 재물을 받아 가지고 제가 만들기는 둘째 쳐 놓고 받은 것도 쓸 줄 몰라 술이나 기생에게 쓸데없이 낭비하는 사람이 아니라, 금수와 같이 배 뚜드리다가 죽는 부자들의 가정에는 별별 비참한 일이 많다. 태히[20] 금수와 구별을 할 수도 없는 일이 많다. 그런 자는 사람의 가죽을 잠깐 빌려다가 쓴 것이지 조금도 사람이 아니다. 저 댑싸리 그늘 밑에 드러누우려 하여도 개가 비웃고 그 자

---

18 『논어』에 나온 말로 '대나무로 만든 밥그릇에 담은 밥과 표주박에 든 물을 마셔도 그 안에 즐거움이 있다.'라는 뜻으로, '청빈하고 소박한 생활에도 즐거움이 있다.'라는 의미.

19 『논어』에 나온 말로 '즐거움은 자신의 믿음 가운데 있다.'라는 뜻.

20 거의.

리가 아깝다고 할 터이다.

그렇다, 괴로움이 지나면 낙이 있고 울음이 다하면 웃음이 오고 하는 것이 금수와 다른 사람이다. 금수가 능치 못하는 생각을 하고 창조를 해내는 것이 사람이다. 사람이 번 쌀, 사람이 먹고 남은 밥찌꺼기를 바라고 있는 금수, 주면 좋다는 금수와 다른 사람은 제 힘으로 찾고 제 실력으로 얻는다. 이것은 조금도 모순이 없는 사람과 금수와의 차별이다. 조금도 의심 없는 진리이다.

경희도 사람이다. 그다음에는 여자다, 그러면 여자라는 것보다 먼저 사람이다. 또 조선 사회의 여자보다 먼저 우주 안 전 인류의 여성이다. 이 철원 김 부인의 딸보다 먼저 하나님의 딸이다. 여하튼 두말할 것 없이 사람의 형상이다. 그 형상은 잠깐 들씌운 가죽뿐 아니라 내장의 구조도 확실히 금수가 아니라 사람이다.

오냐, 사람이다. 사람으로 보이지 않는 험한 길을 찾지 않으면 누구더러 찾으라 하리! 산정에 올라서서 내려다보는 것도 사람이 할 것이다. 오냐, 이 팔은 무엇 하자는 팔이고 이 다리는 어디 쓰자는 다리냐?

경희는 두 팔을 번쩍 들었다. 두 다리로 껑충 뛰었다.

빤빤한 햇빛이 스르르 누그러진다. 남치맛빛 같은 하늘빛이 유연히 떠오른 검은 구름에 가리운다. 남풍이 곱게 살살 불어 들어온다. 그 바람에는 화분과 향기가 싸여 들어온다. 눈앞에 번개가 번쩍번쩍하고 어깨 위로 우렛소리가 우루루루 한다. 조금 있으면 여름 소나기가 쏟아질 터이다.

경희의 정신은 황홀하다. 경희의 키는 별안간 이[21] 늘어지듯이

21 엿.

부쩍 늘어진 것 같다. 그리고 목틀은 전 얼굴을 가리우는 것 같다. 그대로 푹 엎드리어 합장으로 기도를 올린다.

하나님! 하나님의 딸이 여기 있습니다. 아버지! 내 생명은 많은 축복을 가졌습니다.

보십쇼! 내 눈과 내 귀는 이렇게 활동하지 않습니까?

하나님! 내게 무한한 광영과 힘을 내려 주십쇼.

내게 있는 힘을 다하여 일하오리다.

상을 주시든지 벌을 내리시든지 마음대로 부리시옵소서.

김월선(金月仙·1899~미상)

『조선미인보감』(조선연구회, 1918) 기록에 따르면 김월선은 1899년 출생했으며, 본명은 김복순, 원적은 평안남도 평양부로 되어 있다. 1918년 당시 나이 19세로 대정권번大正券番·조선권번朝鮮券番에 속한 기생으로서 가·가사·서도잡가·검무·승무 등의 기예에 능한 것으로 소개되었다. 『한겨레음악대사전』에는 1930년대 당시 여류 명창 석경월·현매옥·최옥화 등과 함께 활동했으며, 1926~1938년 가곡·가사 및 「까투리타령」, 「도화타령」 등의 민요를 방송하기 위해 경성방송국에 출연했다고 기록되어 있다. 이후 활동이나 사망 연대는 기록에 남아 있지 않다.

《장한》창간 당시 김월선의 나이는 28세였다. 김월선은 1927년 경성의 권번 기생들이 주체가 되어 창간한 잡지《장한》의 주요 필자 중 한 사람으로 창간호에 「창간에 제하야」를 발표했다. 이 글에서 김월선은 "기생이란 부자연한 제도가 어서 폐지되여야" 하지만 사회제도가 이를 허락하지 않으니 이 상황을 인정하되 그 안에서 진보를 모색해야 한다는 점을 잡지 창간의 취지로 제시한다.

잡지《장한》의 편집 겸 발행인은 김보패로 되어 있으나, 실제 편집인은 서해 최학송이었다. 주요 기생 필자는 김월선, 전난홍, 김녹주, 전산옥, 이월향, 박녹주, 김계화, 윤옥향 등으로 이들은 모두 당시 경성에서 활동한 일급 기생이었다. 이들은 지적 능력과 교양을 갖추었을 뿐 아니라 가무를 바탕으로 명성과 경제력을 갖춘 전문적인 예인 집단이었다.

현재 남아 있는 것은 《장한》 1호와 2호이다. 1호는 총 111쪽, 2호는 총 108쪽이다. 1호에는 총 마흔여덟 편의 글이 실렸는데, 이 중 기생의 글이 스물여섯 편이다. 열일곱 편이 논설류, 나머지는 수필, 수기, 애화, 문예물, 동화이다. 외부 필진의 논설류와 야화, 콩트, 촌평, 가십, 정보 기사 등도 실렸다. 2호에 실린 글 총 마흔 편 중 기생의 글은 스물여섯 편이다. 나머지는 외부 필진의 논설, 시사평, 수필, 우화, 야담, 콩트, 정보 기사, 영화 소설, 번역시이다.

기생들의 글 중 논설류가 많다는 것은 잡지 《장한》의 성격을 보여 준다. 글들은 기생이 된 자신들의 신세를 한탄하는 내용부터 기생 제도의 철폐, 기생이 갖추어야 할 소양에 대한 내용뿐 아니라 사회 변혁을 위해 계급 모순과 차별을 타파하자는 내용도 담고 있다.

기생을 주 필자와 독자층으로 설정한 이 잡지는 일제강점기 근대적 가치와 가부장제 바깥에서 배제되어 온 존재들이 공적 영역에서 자신들의 존재를 가시화하고 구습 타파와 여권신장과 같은 혁신적 담론 생산의 근거가 되었다는 점에서 의미가 있다.

김양선

創刊_{창간}에 際_제하야

본래 사람은 다가튼 운명을 타고낫슬것이오 다가튼 의무를 가지고 낫슬 것이다. 그리고 착한 것을 조와하고 악한것을 슬혀하는 것은 사람의 쎳쎳한정이다. 그러나 사람에게는 조석으로 측량치못할 화복禍福이잇고 하날에는 시각으로 측량치못할 풍우가 잇는것이다. 슬힌일, 조흔일을 당하게도되며 착한것, 악한것을 보게도되는 것이다.

그러나 사람에게는 그만한 번화가잇다고 모든것을 내버려 둘 수는 업는것이다. 자신에나 사회에나 불행하며 불리할줄을 알면 업새버려야하며 아니하여야 할것이다. 이점에잇서서 조선에기생은 하로밧비 업새야하겟스며 아니하여야 하겠다. 그것은 기생자신에 참담한말로를 짓게되며 일반사회에 만흔 해독을 씨치는 까닭이다.

될수만잇스면 기생자신을위하야 또는 일반사회를 위하야 기생이란 부자연한 제도가어서 폐지되여야하겟다.

◇

　그러나 현하사회 제도가 아직 이것을 허락지안는것은 부인 하지못할사실이니 그대로 계속하야 잇기로 말하면 모든점에 잇서서 향상되며 진보되여야하겟다. 그리하야 사회에 씻처지는 해독이 업도록하며 자신에 도라오는 참담을 면하도록 하여야하겟다. 이와가튼 취지에잇서서 문화덕시설의 하나이며 향상 진보긔관의 하나로 잡지 쟝한長限을 발행하는것이다.

—《장한》창간호, 1927년 1월

창간에 제하야

　본래 사람은 다 같은 운명을 타고났을 것이요 다 같은 의무를 가지고 났을 것이다. 그리고 착한 것을 좋아하고 악한 것을 싫어하는 것은 사람의 떳떳한 정이다. 그러나 사람에게는 조석으로 측량치 못할 화복이 있고 하늘에는 시각으로 측량치 못할 풍우가 있는 것이다. 싫은 일, 좋은 일을 당하게도 되며 착한 것, 악한 것을 보게도 되는 것이다.

　그러나 사람에게는 그만한 번화가 있다고 모든 것을 내버려 둘 수는 없는 것이다. 자신에게나 사회에나 불행하며 불리할 줄을 알면 없애 버려야 하며 아니하여야 할 것이다. 이 점에 있어서 조선의 기생은 하루바삐 없애야 하겠으며 아니하여야 하겠다. 그것은 기생 자신에게 참담한 말로를 짓게 되며 일반 사회에 많은 해독을 끼치는 까닭이다. 될 수만 있으면 기생 자신을 위하여 또는 일반 사회를 위하여 기생이란 부자연한 제도가 어서 폐지되어야 하겠다.

◇

그러나 현재 사회제도가 아직 이것을 허락지 않는 것은 부인하지 못할 사실이니 그대로 계속하여 있기로 말하면 모든 점에 있어서 향상되며 진보되어야 하겠다. 그리하여 사회에 끼쳐지는 해독이 없도록 하며 자신에 돌아오는 참담을 면하도록 하여야 하겠다. 이와 같은 취지에 있어서 문화적 시설의 하나이며 향상 진보 기관의 하나로 잡지《장한》을 발행하는 것이다.

엮은이 소개

여성문학사연구모임

남성 중심의 문학사 서술에 의문을 품고 한국 근현대 여성문학의 유산을 여성의 시각으로 정리하기 위해 2012년 결성된 모임이다. 국문학 연구자 김양선, 김은하, 이선옥, 영문학 연구자 이명호, 이희원으로 구성되었고, 시 연구자 이경수가 객원 에디터로 참여했다.

김양선

서강대학교 영어영문학과를 졸업하고 동 대학원 국어국문학과에서 박사 학위를 받았다. 현재 한림대학교 일송자유교양대학 교수이며, 한국여성문학학회 회장과 《여성문학연구》 편집장을 역임했다. 저서로『한국 근·현대 여성문학 장의 형성』, 『1930년대 소설과 근대성의 지형학』, 『근대문학의 탈식민성과 젠더정치학』, 『경계에 선 여성문학』 등이 있다.

김은하

중앙대학교 문예창작학과를 졸업하고 동 대학원에서 문학박사 학위를 받았다. 현재 경희대학교 후마니타스칼리지 교수, 한국여성문학학회 회장이며, 《여성문학연구》 편집장을 역임했다. 저서로『개발의 문화사와 남성 주체의 행로』 등이 있다.

이선옥

숙명여자대학교 국어국문학과를 졸업하고 동 대학원에서 박사 학위를 받았다. 현재 숙명여자대학교 기초교양대학 교수이며, 《실천문학》 편집위원, 한국여성문학학회 회장을 역임했다. 저서로 『태권V와 명랑소녀 국민 만들기』, 『한국 소설과 페미니즘』 등이 있다.

이명호

경희대학교 영어영문학과를 졸업하고 뉴욕주립대학교에서 박사 학위를 받았다. 현재 경희대학교 글로벌커뮤니케이션학부 영미문화 전공 교수이며, 경희대 글로벌인문학술원 원장, 한국비평이론학회 회장을 역임했다. 저서로 『누가 안티고네를 두려워하는가』, 『트라우마와 문학』 등이 있다.

이희원

이화여자대학교 영어영문학과를 졸업하고 미국 아이오와대학교에서 석사, 텍사스 A&M대학교에서 박사 학위를 받았다. 현재 서울과학기술대학교 영어영문학과 명예교수이며, 한국영미문학페미니즘학회 회장을 역임했다. 저서로 『영미 드라마 속 보통 여자들』 등이 있다.

이경수

고려대학교 국어국문학과를 졸업하고 동 대학원에서 문학박사 학위를 받았다. 현재 중앙대학교 국어국문학과 교수이며, 한국시학회, 한국여성문학학회 편집위원장을 역임했다. 대표 저서로 『한국 현대시와 반복의 미학』, 『불온한 상상의 축제』, 『춤추는 그림자』, 『이후의 시』, 『백석 시를 읽는 시간』 등이 있다.

집필에 참여한 연구자들

강지윤

연세대학교 국학연구원 비교사회문화
연구소 연구원

공현진

중앙대학교 교양대학 강사

남은혜

서울대학교 기초교육원 강의 교수

박지영

성균관대학교 동아시아학술원 연구원.
저서로『'불온'을 넘어, '반시론'의 반어』,
『번역의 시대, 번역의 문화정치』등이
있다.

배하은

대구경북과학기술원 기초학부 교수. 저
서로『문학의 혁명, 혁명의 문학』이 있다.

백선율

가천대학교 리버럴아츠칼리지 강사

성현아

중앙대학교 교양대학 강사. 문학평론가.

손유경

서울대학교 국어국문학과 교수. 저서로
『고통과 동정』,『프로이트의 감성 구조』,
『슬픈 사회주의자』,『삼투하는 문장들』
등이 있다.

안미영

건국대학교 글로컬캠퍼스 교양대학 교
수. 저서로『서구문학 수용사』,『문화콘
텐츠 비평』,『소설로 읽는 한국근현대문
화사』등이 있다.

오자은

덕성여자대학교 차미리사교양대학 교수

이미정

중부대학교 학생성장교양학부 교수

이소영

카이스트 디지털인문사회과학부 강사

이승희

성균관대학교 동아시아학술원 연구교수. 저서로 『한국 사실주의 희곡, 그 욕망이 식민성』, 『숨겨진 극장』 등이 있다.

이혜령

성균관대학교 동아시아 학술원 교수. 저서로 『한국 근대소설과 섹슈얼리티의 서사학』 등이 있다.

정고은

성균관대학교 문과대학 강사

한경희

한국학중앙연구원 신집현전 태학사 과정생

황선희

중앙대학교 인문콘텐츠연구소 HK+사업단 연구교수

여성문학의 탄생

1898년~1920년대 중반

한국 여성문학 선집 1

1판 1쇄 찍음 2024년 6월 21일
1판 1쇄 펴냄 2024년 7월 5일

지은이   여성문학사연구모임
발행인   박근섭·박상준
펴낸곳   (주)민음사

출판등록 1966. 5. 19. 제16-490호
주소   서울특별시 강남구 도산대로1길 62(신사동)
          강남출판문화센터 5층(우편번호 06027)

대표전화 02-515-2000
팩시밀리 02-515-2007
홈페이지 www.minumsa.com

© 여성문학사연구모임, 2024. Printed in Seoul, Korea
ISBN 978-89-374-5681-7 (04810)
ISBN 978-89-374-5680-0 (세트)